Über die Autorin:

Maja Maifeld ist im Rheinland und in Kalifornien aufgewachsen. In Mainz, Wien und Glasgow studierte sie Anglistik, Psychologie und Publizistik. Zunächst arbeitete sie als freie Journalistin, danach als Referentin in Politik und Kultur. Sie lebt in der Vulkaneifel.

Maja Maifeld

Der Sprung des schlafenden Riesen

Roman

AWA Publishing

Der Sprung des schlafenden Riesen

www.MajaMaifeld.com

Senior Editor: Marjah Simon
Publisher: AWA Publishing
Simon Media Group - United States
www.SimonMediaGroup.com

ISBN: 9798854397520

Für Paul

Eine Mischung aus Licht und Schatten umgab die Passagiere des Flugzeugs, und in diesem Halbdunkel war er eingeschlafen. „In zwanzig Minuten landen wir in Papeete auf Tahiti“, sagte eine freundliche Stimme. Er streckte sich und entdeckte dabei eine kleine weiße Blüte auf dem Boden. Sie war ihm vorher gar nicht aufgefallen. So wie ein Spinnennetz zwischen den Ästen der Bäume erst sichtbar wird, wenn die Sonne es ausleuchtet und zufällig der Blick in seine Richtung gleitet. Sonst bleibt es vor den Augen verborgen.

Einmal hatte er ein solches Netz gesehen. Es war zwischen windumwehten Zweigen gespannt, und jede Böe hätte es leicht zerreißen können. Und doch hing es dort oben in der Luft, ganz elastisch machte es jede Bewegung der Äste mit. Damals hatte er sich gefragt, ob dies wohl eine Trainingsfläche für sehr kleine Spinnen mit Höhenangst war, die sich gemeinsam über den riesigen Abgrund tasteten. Ohne diese Fähigkeit konnten sie nicht überleben. Wer sein Netz überall spinnen konnte, der war sicher, weil er immer eine Beute erwischen würde. Konnte eine Spinne ihre Falle aber nur dort ausbreiten, wo es eigentlich nichts zu holen gab, weil ihre Angst jedes andere Gebiet zur verbotenen Zone erklärte, so würde sie früher oder später sterben. All diese Gedanken gingen ihm jetzt wieder durch den Kopf, nachdem er die Blüte vom Boden aufgehoben hatte. Es war eine Tiare, das Symbol Tahitis, dessen Duft und Form an vielen Stellen auf der Insel zu finden war.

Das Licht im Flugzeug ging wieder an, als es jetzt zur Landung ansetzte. Unten waren die Lichter des Flughafens zu erkennen und die der Hauptstadt. Der Reiseführer hatte ihm von Papeete abgeraten, und er hatte deshalb ein Auto gemietet, um gleich in den Südteil Tahitis zu fahren. Mitten in der Nacht, allein an einem völlig fremden Ort: Diese Fahrt war für ihn ein Abenteuer, ein Schritt ins völlig Unbekannte, nach dem er sich so lange gesehnt hatte. Vorfreude erfasste ihn, weil etwas Neues passieren würde.

So wie damals, als er mit zehn Jahren zum ersten Mal allein in die Stadt fahren durfte. Bisher hatten ihn immer seine Eltern zum Flötenunterricht gefahren, aber an diesem Tag war alles anders gewesen. Er wartete an der Bushaltestelle, stieg ein, nannte sein Ziel - „Zentralplatz" - und fand einen freien Platz direkt am Fenster hinter dem Fahrer. Von dort hatte er eine gute Sicht auf die Straße und konnte gleichzeitig die neu einsteigenden Fahrgäste beobachten. Alles veränderte sich unaufhörlich – jetzt fuhr der Bus durch eine grüne Allee, dann hielt er an einer roten Ampel, nun stoppte er an einer Haltestelle, an der schon viele Schulkinder warteten –, und weil Jacques ganz allein war, weil nichts und niemand ihn von seiner Wahrnehmung ablenkte, nahm er jedes Detail in sich auf, als sähe er die Welt zum ersten Mal: Da war die junge Frau mit den blonden Haaren, die mit ihrem Hund angelaufen kam; ihr Kopf war rot vom Rennen, und dem Cockerspaniel hing die Zunge schräg aus dem Maul. Wie schaffte er es, so schnell zu sein und sich dabei nicht auf die Zunge zu beißen? Fragen über Fragen kamen ihm in den Sinn, die er irgendwann beantworten würde.

Neben ihm nahm ein Mann Platz und blätterte in einem Buch, das lauter Fotos enthielt, unter denen kurze Sätze standen. Eines zeigte einen Sonnenuntergang am Wasser, bei dem der Himmel in vielen Farben glühte - von Rosarot über Orange bis Blassgelb. Jacques sah einen hölzernen Steg ins Wasser ragen und darauf einen Stuhl, der dazu einlud, Platz zu nehmen und den Blick auf die Weite des Sees und den Wald in der Ferne zu genießen. „Ihr habt die Uhren, wir haben die Zeit. Aus Tahiti" stand unter dem Bild. So viel konnte er gerade noch lesen, bevor der Mann das Buch zuklappte und ausstieg. Damals hatte er am selben Tag Tahiti in seinem Atlas gesucht, einen Kreis um einen grün-braunen Flecken im Meer gezogen und ein entschiedenes „Da will ich hin!" danebengeschrieben. Seine Mutter schmunzelte darüber.

„Um Sonne, Strand und Palmen zu genießen, musst du doch nicht so weit reisen. Das gibt es auch in Italien", meinte sie.

„Ja, das stimmt, Rimini ist schön", sagte Jacques und dachte dabei vor allem an das leckere pastellfarbene Eis, das nirgendwo sonst so gut schmeckte.

Und jetzt, achtundzwanzig Jahre später, würde er in wenigen Minuten auf genau dieser Insel landen, die ihm als kleinem Jungen so unendlich fern erschienen war. Die Passagiere holten ihr Gepäck aus den Ablagen, und als er sich mit der Schlange durch den Gang zum Ausgang des

Flugzeugs bewegte, blickte er auf die türkisfarbenen Decken, die auf den Sitzen lagen. Die Farbe erschien ihm froh und verheißungsvoll, wie eine Andeutung, dass dort draußen etwas Schönes auf ihn wartete.

Frauen mit einer Haut so dunkel wie zart schmelzende Schokolade und schwarzen Haaren, die wie ein Seidentuch ihren Rücken bedeckten, empfingen die Ankommenden. Blumenkränze reichten ihnen wie lange Perlenketten bis auf den Busen hinab. In den Händen trugen sie noch mehr dieser geflochtenen Blütencolliers, mit denen sie jeden von weit her Angereisten in jemanden verwandeln konnten, der am Ziel angelangt war. Jacques ging durch die Menschenmenge wie durch einen Wald voller unbekannter Pflanzen mit leuchtenden Blüten, deren Duft ihn lockte, deren Farben ihm gefielen und deren Stacheln so weich wie Barthaare waren.

Die Mitarbeiterin der Autovermietung war jedoch überzeugt, dass er sich verlaufen hatte. „Non, non", sagte sie, als sie seinen Namen bei den Reservierungen nicht finden konnte. Seine Buchung war irgendwie verlorengegangen. Es war auch keine gute Idee gewesen, Madame auf Englisch anzusprechen, nur weil ihm das am leichtesten fiel. Erst als er auf die Überbleibsel von fünf Jahren Französischunterricht zurückgriff, hellte sich ihre Miene auf. Er betrachtete die ältere Dame hinter dem Tisch lange. Ihr Lippenstift leuchtete in flammend rot, ihre langen, schlanken Beine steckten in dunkelblauen Leggins, und ihr weißes T-Shirt ließ ihre gebräunte Haut noch dunkler wirken. Ihr Pferdeschwanz lag selten ruhig im

Nacken. Mit hektischen Bewegungen suchte sie nach einem Autoschlüssel und einem Navi für Jacques. Aus der Ferne hatte er sie für eine junge Frau gehalten, doch als er vor ihr stand, sah er die feinen Linien, die die Zeit auf ihrer Haut hinterlassen hatte.

Statt eines Navis hielt Madame auf einmal nur eine leere Hülle in der Hand, die sie zusammendrückte, um ihm zu zeigen, dass der Inhalt fehlte. Doch wie sollte er ohne diese Hilfe seine Unterkunft im südlichen Teil der Insel finden? Sein Gesicht verwandelte sich in ein Fragezeichen und als Antwort gab sie ihm eine Karte, die ihn an ein Spielbrett erinnerte: Da und dort ein schwarzer Punkt mit einem Namen daneben, an anderen Stellen Palmen, Bananenstauden und das blaue Meer, dessen Wellen auf einen hellen Strand zurollten. Während sie gemeinsam zum Auto gingen, erklärte sie ihm den Weg. In der Hoffnung, alles behalten zu können, hörte er aufmerksam zu.

„Immer geradeaus und dann am Supermarkt Carrefour im Kreisverkehr links ab Richtung Tahiti Iti. Dann wieder geradeaus bis zur Vanilla Lodge. Es ist ganz schön weit. Aber Sie schaffen das."

Mit einem Lächeln drückte sie ihm den Autoschlüssel in die Hand.

Je weiter er sich vom Flughafen entfernte, desto mehr verdichtete sich das Dunkel der Nacht um ihn herum. Die Scheinwerfer seines Autos waren wie große Taschenlampen, die die Strecke vor ihm mehr schlecht als recht ausleuchteten. Das Licht aus den kleinen Fenstern der Häuser drang nicht bis zur Straße vor. Im Halbdunkel sah er manchmal die Umrisse von Menschen. Aber er hätte nicht sicher sagen können, ob sie wirklich dort waren, wo er sie für einen Moment vermutet hatte. Manche tauchten überraschend auf, wenn die Beleuchtung seines Wagens kleine Gruppen von Männern und Frauen am Straßenrand streifte. Worauf warteten sie? Was machten sie dort mitten in der Nacht? Jacques stellte sich vor, wie sie einander Geschichten erzählten und dabei niemals aufhörten, neue zu erfinden. Als er in die Nähe eines Dorfes kam, sah er im Vorbeifahren eine große Gestalt: Eine dunkelgrüne Schlange hatte sich fest um ihren nackten Oberschenkel gewickelt. Er sah sie nur aus dem Augenwinkel und anschließend im Rückspiegel, bevor sie wieder von der Finsternis verschluckt wurde. Ob es ein Mann oder eine Frau war, würde er nie erfahren. Und war die Schlange echt gewesen oder nur eine Tätowierung?

Jacques begann, an seiner Wahrnehmung zu zweifeln, als er wieder beschleunigte. Die Straße führte direkt am Meer entlang. Schutzplanken gab es keine. Hier und da wuchs eine Palme auf dem schmalen Streifen Erde, der Jacques vom Wasser trennte. Das kühle Licht des Mondes lag auf den Wellen, die ein leicht verzerrtes Bild der bleichen Scheibe spiegelten. Wenn er jetzt nicht aufpasste und aus der Kurve getragen wurde, dann war alles vorbei. Er würde in den Fluten versinken. Die Natur würde ein Grab für ihn stellen, das Wasser würde seine Lungen füllen, und er würde mit seinem Auto in der dunklen Tiefe des Meeres verschwinden. Schon oft hatte er diese Vorahnungen gehabt, dass etwas Schlimmes unmittelbar bevorstand. In solchen Momenten hatte er gespürt, dass sein Gefühl der Sicherheit nur eine Illusion war.

Auf Tahiti gab es zwei erloschene Vulkane, die unterschiedliche Inselteile gebildet hatten: Tahiti Nui und Tahiti Iti. Aus der Luft sahen sie aus wie eine Acht, und dort, wo die beiden Kreise sich berührten, bog er jetzt an einem riesigen Supermarkt links ab in Richtung Süden. „Vanilla Lodge“ war der Name der Anlage, in der er für zwei Wochen ein Ferienhaus gemietet hatte. Vergeblich suchte er nach einem Schild, das ihm den Weg dorthin weisen konnte. Die Straße schlängelte sich endlos am Meer entlang und immer einsamer wurde seine Fahrt. Weit und breit waren weder einzelne Häuser noch ein Dorf zu sehen, und so fuhr er immer weiter, in der Hoffnung, irgendwann anzukommen. Auf einmal sah er am Straßenrand zwei Mädchen, die auf einem breiten Baumstumpf saßen. Er fragte sie nach der Vanilla Lodge und sie sagten ihm, es sei nicht mehr weit, einfach geradeaus und dann links den Berg hoch. Tatsächlich sah er nach einer Weile den Schriftzug, nach dem er Ausschau gehalten hatte, und als er den Wagen bergauf steuerte, musste er mehrfach Gas geben, um die Steigung zu schaffen. Nachdem er das Auto abgestellt hatte, umgab ihn sofort eine Symphonie des Summens und Brummens. Die Geräusche hier waren anders als an der Küste: Mal leise, mal laut, mal hoch fiepend, mal dunkel tönend.

Während er zur Rezeption ging, hörte er ein Rascheln in den Büschen hinter sich. Doch als er sich danach umdrehte, war alles wieder still und stumm. An der Tür des Haupthauses hing eine Zeichnung, die ihm sein Ziel zeigte. Wenige Schritte führten ihn weiter hinauf, zu dem einzigen Haus, das beleuchtet war. Es war nicht abgeschlossen. Er trat ein, und im grellen Licht der Küchenlampe sah er als Erstes die Insekten, die um die Glühbirne schwirrten. Eine Echse mit hellgrünen Schuppen saß wie versteinert im Innern der Lampe und schaute ihn an. In den Pupillen ihrer bernsteinfarbenen Augen war nur ein schmaler, schwarzer Strich zu sehen. Ruckartig bewegte das Tier den Kopf auf und ab, bis es Jacques wieder mit einem kühlen Blick fixierte, der ihm das Gefühl gab, ein Eindringling zu sein.

Das zweistöckige Haus bestand ganz aus Holz und erinnerte ihn an ein Baumhaus. Die Rückseite mit einem kleinen Bad schmiegte sich an den dicht bewaldeten Berg, der vordere, dem Meer zugewandte Teil stand auf Stelzen. Die Küche mit ihrem großen Holztisch ging in einen Wohnraum über, der an der Längsseite völlig offen war. Nur ein hölzernes Gelände trennte hier innen von außen. Das Summen und Brummen folgte Jacques auf Schritt und Tritt: Nirgendwo gab es Stille.

Als er die Treppe zum Schlafzimmer hinaufging, kamen ihm Zweifel, ob er hier am richtigen Ort war. Die Luft war schwül und feucht. Durch das offene Fenster über dem Bett wehte ein Lufthauch herein, dessen kühlende Wirkung sich jedoch schnell wieder verlor. Unaufhörlich raschelte und knackte es, diesmal im Flechtwerk des Daches über ihm. Wo war die Echse? Im Dunkeln erschien sie ihm noch unheimlicher als eben. Die fremdartigen Geräusche des Waldes hatten sich mittlerweile auf einer gleichbleibenden Lautstärke eingependelt, an die er sich nur schwer gewöhnen konnte. Und als er aus dem Fenster zu den Sternen schaute, hoffte er, sie würden ein Anker für ihn sein, den er in dieser Fremdheit auswerfen konnte, um Halt zu finden und sich nicht so verloren zu fühlen. Schon oft hatte er in seinem Leben in den Nachthimmel geschaut, um sich an das Schöne und Gute zu erinnern, und alles andere auszublenden. Als Kind hatte er sich oft ausgemalt, ein Stern würde nachts zu ihm kommen und mit seinem kosmischen Licht alle Gespenster vertreiben. Vor dem Einschlafen erzählte er ihm stundenlang von fernen Galaxien. Wenn Jacques müde wurde, schlang der Stern seine Zacken um ihn, so dass sie sich wie eine Decke an ihn schmiegten. Immer wenn er sich das vorgestellt hatte, war die Einsamkeit in seinem Herzen weniger geworden. Viele Jahre später war das nicht mehr so einfach. Trotzdem fühlte er sich gleich wohler, als er nun an seine Träume von damals dachte, und endlich schlief er ein.

Die Nacht war kurz: Um vier Uhr weckten ihn laute Schreie, die er zunächst nicht einordnen konnte. Waren es die Tiere des Dschungels, die sich paarten? Oder kämpften dort zwei Rivalen auf Leben und Tod um ein Weibchen? Erst als Jacques genauer hinhörte, merkte er, dass es Hähne waren, die darum wetteiferten, wer mit dem lautesten Schrei die Nacht durchdringen konnte. Sein Gefühl, am falschen Ort zu sein, verstärkte sich, bis er wieder in einen traumlosen Schlaf fiel.

Die Sonne hatte ihn nicht geweckt, und als er gegen Mittag aufwachte, stand sie schon hoch am Himmel. Einzig und allein das Geräusch der Wellen, das aus der Ferne immer wieder zu hören war, durchflutete das Haus am Rand des Dschungels. Sonst war alles still, bis auf ein paar Vögel, die im angrenzenden Wald ihre Lieder sangen. Jacques öffnete die Augen und blickte in ein Dach aus geflochtenen Blättern und Zweigen. Es sah aus wie zwei gefaltete Hände, die sich in der Mitte so weit wie möglich öffneten, ohne einander loszulassen. Er fühlte sich geborgen wie eine Perle in einer Muschel am Strand, bevor sie gewaltsam aufgebrochen wird.

Im Bad erwartete ihn eine Dusche, die aus locker geschichteten, nur da und dort mit Mörtel verbundenen Steinen bestand. Die luftige Konstruktion passte zu dem gewellten Plastik, das oben den Regen abhielt und ringsum vor fremden Blicken schützte. Der Kunststoff war so dünn, dass er einen leuchtend grünen Gecko sehen konnte, der außen an der Wand entlang lief und innehielt, als Jacques den Wasserhahn am Waschbecken aufdrehte. Der kleine Körper bebte im Rhythmus seines Pulses, der sich immer mehr beschleunigte. Jacques schaute ihm eine Weile zu und einen Moment lang blieb die Zeit stehen. Plötzlich spürte er ganz deutlich auch seinen eigenen Herzschlag und die Lebendigkeit, die er mit diesem Wesen teilte. Gleichzeitig fragte er sich, ob es wohl Angst vor ihm hatte. Behutsam klopfte er gegen die Wand, und schnell huschte der Gecko davon.

Mit einem Kaffee in der Hand nahm Jacques an dem großen Holztisch Platz und ließ seinen Blick schweifen. Grüne Rasenflächen wechselten sich mit sanft geschwungenen Blumenbeeten ab, die sich um Palmen gruppierten und zum Hang hin abfielen. Da war der Weg, den er gestern Nacht heraufgekommen war und der auch zur Rezeption führte, die sich in einem Haus mit einem runden Dach befand. Gleich daneben war das Restaurant. Die freie Sicht von hier auf das Meer wurde nur von den Wipfeln der Palmen begrenzt, die sich im Wind hin und her wiegten. Weit dehnte sich der Horizont vor Jacques aus, und er verlor sich im Anblick der Wellen, die größer und größer wurden, um sich schließlich tief vor der Küste zu verneigen, bevor sie wieder im Meer aufgingen.

Jacques hatte nicht den Wunsch, irgendetwas zu tun oder irgendwo hinzugehen. Er wollte einfach nur die Wellen beobachten und Mensch sein, mehr nicht. Es war so schön, dass niemand ihn fragte: Was machst du gerade? Was schlägst du vor? Wann bist du fertig? Das Alleinsein war wie ein Schutzwall gegen diese Anforderungen und er begann, die Stille zu genießen.

So selten gab es in seinem Leben Ruhe. In der Redaktion ging es immer hoch her, ein Auftrag folgte dem nächsten, und auch zu Hause drehte sich das Karussell seiner Gedanken meist weiter. Sein Bewusstsein war wie ein See, in den die anderen ständig Kiesel warfen, so dass sich auf der Wasseroberfläche dauernd neue Ringe bildeten, die sich überlappten. Und kurz bevor der See endlich einem Spiegel glich, in dem nur Wolken und Sonne zu sehen waren, plumpste erneut ein Stein hinein.

Jetzt war es anders: Jacques hörte die Stille nicht nur, er fühlte sie auch, und seine Augen wurden feucht. Etwas Versteinertes, Spitzes in ihm wurde weich und geschmeidig, und von den Tränen weggespült, die seine Wangen hinunterliefen. So wie Schnee und Eiszapfen in den Bergen schmelzen, wenn der Frühling kommt, und als Bach ins Tal rauschen, in dem kleine Felsbrocken so lang aneinanderstoßen, bis ihre Ecken und Kanten verschwunden sind und sie sich in runde Kiesel verwandelt haben.

Jacques war froh, dass ihn niemand sehen konnte. So musste er sich nicht erklären und niemand bewertete ihn. „Tränen lügen nicht“ – der alte Schlager kam ihm in den Sinn. Aber wenn sie nicht lügen, welche Wahrheit erzählen sie dann? Mit dieser Frage klopfte er an die Tür zum Labyrinth seiner Seele, das sich in endlosen Bahnen in seinem Innern verzweigte. Dieses Netz an Wegen war so fein verästelt, dass noch nicht einmal er all seine Windungen kannte. So war er sich manchmal selbst ein Rätsel. Wichtig war ihm nur, die Tür nach draußen verschlossen zu halten, so dass niemand eindringen und ihn verletzen konnte. Trotzdem waren sie hineingerollt, die Handgranaten, die einige der Gänge zum Einsturz gebracht hatten. Schon früh hatten diese Attacken begonnen, doch er bemühte sich immer und unter allen

Umständen, Aufbauarbeit zu leisten, wenn ihn jemand verletzt hatte.

In seiner Familie war das oft vorgekommen: Als sein Vater ihm drohte, er müsse ausziehen, weil sein Zimmer immer so unordentlich sei, war wieder eine solche Handgranate in seinem Inneren explodiert und hatte dort Unheil angerichtet. Noch heute fühlte er die Angst, die er damals als Zwölfjähriger empfunden hatte: Wo sollte er hin, wenn er nicht mehr zu Hause wohnen konnte? In wenigen Stunden hatte er alles aufgeräumt und große, blaue Müllsäcke mit leeren Chipstüten, Bonbonhüllen und Comic-Heften gefüllt.

Als er einmal heimlich in den aufgeräumten Schreibtisch seines Vaters blickte, in dem alles so ordentlich abgeheftet und keine Staubflocke weit und breit zu sehen war, da konnte er dessen Angst vor dem Chaos spüren. In diesem Moment hatte er sich wieder stark gefühlt, weil er wusste, dass Unordnung ihm selbst nichts ausmachte. In den Redaktionen, in denen Jacques arbeitete, war das von Vorteil. Auch seine Verletzlichkeit erwies sich als Stärke: Seine Interviewpartner vertrauten ihm und öffneten sich in seiner Gegenwart.

Während seines ersten Radiopraktikums vor vielen Jahren hatte ihn der Chefredakteur in der morgendlichen Konferenz angefahren, weil er mal wieder schlechte Laune hatte.

„Sitzen Sie immer so da?“ hatte er laut gefragt und Jacques dann nachgeahmt, indem er sich vorbeugte, als würde er sich vor Bauchschmerzen krümmen.

Jacques war das sehr peinlich gewesen, und noch heute bemühte er sich immer, gerade zu sitzen, um nie wieder so zurechtgewiesen zu werden. Er wollte stark und unverwundbar wirken wie ein Ritter beim Turnier, hoch zu Ross, das Visier herabgelassen und die Lanze, mit der er den Gegner vom Pferd stoßen konnte, ohne ihn zu töten, fest im Griff. Denn dieser Killer-Instinkt fehlte ihm völlig. Seine Kollegen hielten ihn deshalb für schwach, seine Vorgesetzten übersahen ihn regelmäßig bei Beförderungen. Weiter als bis zum Redakteur einer Lokalzeitung hatte er es nie gebracht.

Kultur war sein Thema, und auch in der Kommunalpolitik kannte er sich gut aus. Sein Chef schickte ihn gern zu Interviews mit den Kulturgrößen der Stadt, weil er wusste, dass sie im Gespräch mit Jacques, dem Mann ohne Schwert, auch ihre Waffen strecken und mehr erzählen würden als sonst. Am nächsten Tag stand dann in der Zeitung, was eigentlich ein Geheimnis hätte bleiben sollen, und die Kulturdezernentin wunderte sich darüber, dass sie dem Journalisten mit den warmen braunen Augen so viel anvertraut hatte.

Hier auf Tahiti gab es aber niemanden, dem er Fragen stellen musste und auch keine Deadlines, die er zu beachten hatte. „Ihr habt die Uhren, wir haben die Zeit."

Als Jacques unter der Dusche stand, sah er einen schwarzen Wurm schnell in einem Zwischenraum zwischen zwei Steinen verschwinden. Oder war es eine Schlange gewesen?

Während er sich abtrocknete, schaute er in den Spiegel, und wieder einmal wusste er nicht recht, ob ihm der Mann gefiel, den er da sah. Große, braune Augen mit langen Wimpern blickten ihn an. Die leicht hängenden Lider nahmen die Offenheit des Blickes ein wenig zurück. Dieses abwärts Gerichtete in seinem Gesicht rief die gleiche Wirkung hervor wie ein schief hängendes Bild. Es lag etwas Unfertiges, Unvollkommenes darin, das im Betrachter den Wunsch wecken konnte, es wieder geradezurücken.

„Warum schaust du so traurig?" Diese Frage kannte Jacques nur zu gut. Sie kam ohne erkennbaren Grund, nur der Schnitt seiner Augen drängte sie anderen auf. Sie vermuteten hinter seinem melancholischen Ausdruck ein Geheimnis, das nur gelüftet werden musste, damit die Traurigkeit verschwand.

Mit Flip-Flops, kurzer Hose und T-Shirt bekleidet ging Jacques zum Restaurant, um zu frühstücken. „Un, deux, trois", rief eine Stimme ganz in seiner Nähe, dann verriet ein lautes Geräusch, dass jemand in den Pool gesprungen war. Schon beim Aufwachen hatte er Kinder gehört, die mit lautem Kreischen zum Schwimmbecken liefen, als wäre ein hungriger Löwe hinter ihnen her. Viele waren nicht da, denn die Vanilla Lodge bestand nur aus sechs Häusern, die in großen Abständen über das weite Gelände verteilt waren. Die Kinder trafen sich am Wasser, andere schlenderten zu zweit oder zu dritt umher.

Ein Junge und ein Mädchen gingen vor Jacques, vermutlich Geschwister. Der große Bruder hatte die Hand auf den Rücken seiner Schwester gelegt, doch als er den Arm um ihre Schultern schlang, riss sie sich los und rannte weg. Das schien ihn nicht weiter zu beunruhigen: Er behielt seine Schwester im Auge und beschleunigte seinen Schritt. Bald hatte er sie eingeholt und ging wieder neben ihr, als würde eine unsichtbare Schnur die beiden verbinden und dafür sorgen, dass keiner den anderen verlor.

Das Restaurant war leer, und Jacques glaubte schon, es sei geschlossen. „Lachslasagne mit grünem Salat und exotisches Tiramisu" stand in kindlicher Schrift auf einer Schiefertafel, die an einer Betonsäule hing. Halbhohe Mauern umschlossen ein Rondell mit sechs Tischen, dessen Dach aus kunstvoll miteinander verflochtenen Pflanzen und Ästen bestand. Jacques setzte sich an einen Tisch, von dem aus er zwischen Palmen das Meer sehen konnte.

Auf einmal stand eine kräftig gebaute Frau in Bermuda-Jeans und einem schulterfreien, schwarzen Oberteil vor ihm. Ihr langes, dunkles Haar war oben auf dem Kopf zu einem Dutt gebunden. Freundlich begrüßte sie ihn, und nachdem sie ihm zum Frühstück Pfannkuchen mit Ahornsirup angeboten hatte, stellte sie ein Glas mit frischen Blumen und einen Teller mit geschnittenem Obst auf seinen Tisch. Er schnupperte an den Blüten und aß die Früchte ganz langsam, als hätte er noch nie Papaya, Mango, Kokosnuss und Banane gekostet.

Das war etwas völlig anderes als die hastig herunter geschlungenen Wurst- und Käsebrötchen, die er sich auf dem Weg von einem Termin zum nächsten zwischen die Zähne schob. Viel zu selten hatte er Zeit, sich etwas Schönes zu kochen. Wenn er abends aus der Redaktion nach Hause kam, gönnte er sich meist nur eine Pizza, die er vor dem Fernseher mit einem Bier hinunterspülte, immer begleitet von einem schlechten Gewissen, weil er wusste, dass so ein Essen alles andere als gesund war. Doch wer machte sich schon um neun Uhr abends einen frischen Salat? „Ich nicht, ich bin müde", lautete seine Antwort jedes Mal, und so war im Lauf der Jahre aus dem dünnen Studenten ein recht kräftiger Mann geworden.

Die Pfannkuchen waren köstlich: Er liebte ihre zarten, weichen Oberflächen, den Geschmack des Kokosfetts, das noch an ihnen haftete, und den Ahornsirup, der sich süß in seinem Mund verteilte. Er ließ sich beim Essen Zeit und zögerte bewusst den Moment hinaus, bis der Teller leer sein würde. Seit langem hatte ihm nichts mehr so viel Freude bereitet.

Jacques war frei, das wurde ihm allmählich bewusst. Niemand kannte ihn hier, und er stellte sich vor, dass er die Identität des Journalisten Jacques Beaujean wie einen Wollmantel ablegte, der im Frühling überflüssig wurde und bis zum Winter zwischen Mottenpapier in einer Kiste verschwand.

Noch einmal schaute er auf die Tageskarte, bevor er ging. Jacques nahm sich vor, am Abend wiederzukommen. Er genoss das Gefühl, umsorgt zu werden. Auch wenn er wusste, dass er für die Fürsorge und den Service bezahlt hatte, so erinnerte ihn beides an die Geborgenheit in seiner Kindheit.

Wenn er von der Schule nach Hause kam, sich an den gedeckten Tisch setzte und es sein Lieblingsgericht gab, Spaghetti mit Tomatensauce und geriebenem Parmesan, hatte er ähnlich empfunden. Heute musste er sich selbst darum kümmern, dass es ihm gut ging. Als er sich fragte, wie er den Tag gestalten wollte, fühlte es sich an, als begegnete er einem alten Freund, den er seit einiger Zeit nicht mehr gesehen hatte und der ihm fremd geworden war. Denn die Antwort auf seine Frage ließ lange auf sich warten. Auf einmal war er ratlos, wie es weitergehen sollte.

Von seinem Haus blickte er über den parkähnlichen Garten der Vanilla Lodge und auf die Wellen in der Ferne. Die Palmen bogen sich im Wind. Als er nachts von den Schreien der Hähne aufgewacht war, hatte er sie anders wahrgenommen. Während er erschrocken aus dem Fenster geschaut hatte, waren ihm die Palmwipfel wie große schwarze Spinnen vorgekommen, die aufgespießt auf langen Stäben um ihr Leben zappelten. Nachdem er sich beruhigt hatte, waren sie ihm mehr wie Staubwedel erschienen, die der Nachtwind sanft hin und her bewegte. Als er sie jetzt im Sonnenlicht betrachtete, verflüchtigte sich seine Ratlosigkeit und innere Unruhe. Es war schön, keine Pläne zu haben und einfach nur dem Rauschen des Meeres und dem Rascheln der Blätter zu lauschen.

Bei Tag hatte der Verlauf der Straße direkt am Meer entlang nichts Bedrohliches mehr. Es machte Jacques Freude, so nah am Wasser entlang zu schlendern, dass er auch noch das leiseste Plätschern am Ufer hören konnte. Im Reiseführer hatte er von streunenden Hunden gelesen, die den Wanderern lästig werden konnten. Es wurde empfohlen, einen Stock bei sich zu tragen, um die Quälgeister in die Flucht zu schlagen. Dieser Rat galt jedoch vor allem für ein Gebiet voller tropischem Wald an der Spitze der Insel, das nur mit dem Boot zu erreichen war. Es gab dort abgelegene Pensionen für die Surfer, die der großen Welle so nahe wie möglich sein wollten. Sie hob sich wie eine riesige Hand Gottes aus dem Wasser und ihre Finger bogen sich langsam nach vorn, bis sie die Wasseroberfläche wieder berührten und einen Tunnel bildeten, den die Surfer schnell durchqueren mussten, bevor er über ihnen kollabierte. Wenn das geschah, war ihr Leben in Gefahr. Die Strömung konnte sie mit der Wucht eines Rennwagens, der mit zweihundert Stundenkilometern in die Bande kracht, unter Wasser gegen die Riffe schleudern. Wirbelsäulen brachen dann wie Streichhölzer, Schädeldecken waren mit einem Mal so zerbrechlich wie Eierschalen.

Haie warteten nur darauf, dass ein Surfer das Gleichgewicht verlor und in die Fluten stürzte. Manchmal tauchten sie so dicht neben den Surfbrettern auf, dass Fotografen vom Strand aus beide aufs Bild bannen konnten: den Sportler, der ganz darin aufging, die Welle zu spüren und eins mit ihrer Kraft zu werden, und den Hai, der ihn genau im Auge behielt.

Jacques hatte eine Reportage über eine junge Frau aus Hawaii gesehen, die beim Surfen von einem Tigerhai attackiert worden war und einen Arm verloren hatte. Als er auf die Wellen blickte, dachte er an ihr strahlendes Lächeln während eines Profiwettbewerbs, den sie einige Jahre später gewonnen hatte. Für Jacques, dem früher im Sportunterricht ein Sprung vom 5-Meter-Brett schon ein flaues Gefühl im Magen verursacht hatte, war der Mut der Surferin unvorstellbar.

Ein Junge mit nacktem Oberkörper kam ihm auf einem Fahrrad entgegen, das viel zu klein für ihn war. Er hielt sich sehr aufrecht, unter den Arm hatte er sich ein Surfbrett geklemmt, und seine geblümten langen Shorts waren noch feucht vom Baden im Meer. Er schenkte Jacques ein Lächeln. Sein Vorrat an Freundlichkeit schien so unerschöpflich, dass er jedem Fremden etwas davon abgeben konnte. In seinen Augen sah Jacques den Blick eines Kindes, das noch nie etwas Schlimmes erlebt hatte und dem bisher jeder Wellenritt gelungen war.

Er kannte diesen Ausdruck von den Praktikanten, die hin und wieder in der Redaktion arbeiteten und noch von dem Glauben beseelt waren, ihre eigene Freundlichkeit könnte nur ein ebenso nettes Echo bei ihren Mitmenschen hervorrufen. Nie würde er das ungläubige Gesicht einer Studentin vergessen, der ein Redakteur die Idee für einen Artikel gestohlen hatte. Sie wollte über einen vom Aussterben bedrohten Schmetterling an der Mosel schreiben. „Das Thema interessiert einen toten Mann“, hatte daraufhin sein Kollege in der Redaktionskonferenz gesagt und zwei Tage später selbst über den Apollofalter geschrieben.

Jacques schaute dem Jungen nach und wünschte ihm ein langes, glückliches Leben. Ob es hier leichter war, sich den Glauben an das Gute zu bewahren? Oder war das eine naive Frage? Er fand keine Antwort darauf und setzte seinen Weg fort.

Links und rechts der Straße standen kleine Häuser, die meisten weiß, einige auch in hellem Gelb oder Rosa. Manche hatten anstelle von Fensterscheiben nur breite Plastiklamellen, durch die Jacques gern einen Blick ins Innere geworfen hätte. Eine der Haustüren stand offen, und er versuchte, aus sicherer Entfernung hineinzuschauen. Auf den Stufen davor lag ein schlafender Hund. Speichel tropfte aus seinem halboffenen Maul, in dem scharfe Zähne zu sehen waren. Der Anblick genügte, um Jacques‘ Schritt wieder zu beschleunigen. Sein T-Shirt klebte ihm am Körper; er fühlte sich wie in einem Dampfbad. Der Wind spielte zwar mit den Wellen, wagte sich aber nicht an Land.

Trotz der Hitze ging Jacques weiter. Er liebte diese Augenblicke, wenn er etwas zum ersten Mal erblickte. Die Welt verwandelte sich dann in einen Film, er konnte jede Szene aufmerksam verfolgen. Dabei vergaß er sich selbst und es war, als würde er im Dunkel des Zuschauerraums verschwinden. Und wie im Kino nahm er beim ersten Mal alles sehr deutlich war, ganz anders als beim zweiten, dritten und vierten Mal, wenn das Einzigartige der Premiere schon verschwunden war.

Plötzlich merkte er, dass es nicht nur schlafende Hunde in dieser Nachbarschaft gab. Zwei der Tiere standen verloren mitten auf der Straße. Ein Auto weckte sie aus ihrer Trance, und sie schlichen träge zur Seite. Einen Moment lang hatte sich Jacques gefragt, ob er lieber umkehren sollte. Da war die Angst, seine ständige Begleiterin, die sich meist still im Hintergrund hielt, und ihm nun zuflüsterte: „Wer weiß, was mit den Hunden los ist? Vielleicht beißen sie und haben Tollwut. Bestimmt mögen sie keine Fremden. Geh zurück, besser früher als später." Doch seine Neugier war stärker, und so überhörte er das besorgte Murmeln in seinem Innern.

Grüne, von dichtem Wald bedeckte Berge ragten in der Ferne in die Höhe. Er konnte ihre Gipfel nicht sehen, weil sich der Nebel wie Zuckerwatte um die Spitzen gewickelt hatte. Vor jedem der Häuser pickten Hühner auf dem Boden nach unsichtbaren Körnern. Auch die Vögel bewegten sich wie in Zeitlupe, und in ihrer Nähe döste ein Hund, der sie mit einem Auge beobachtete. Jacques folgte weiter der Straße, deren Ende er mit Spannung erwartete. Auf der Karte, die er am Flughafen bekommen hatte, endete die rote Linie entlang der Küste ganz plötzlich an der Stelle, an der es die höchsten Wellen gab.

Nur wenige Menschen begegneten ihm auf dem Weg dorthin. „Bonjour!", sagte er zu einer Mutter mit zwei Kindern, die seinen Gruß leicht erstaunt erwiderte. Jacques fragte sich, ob es einen lokalen Dialekt gab, in dem seine

Worte freundlicher geklungen hätten. Die Kleinen betrachteten ihn neugierig.

Ein alter Mann stand in der Tür seines Hauses auf der anderen Straßenseite und winkte ihm zu. Jacques wusste nicht, was die Geste bedeuten sollte: War sie eine Einladung, näher zu kommen und einzutreten? Oder nur eine freundliche Floskel und mehr nicht? Noch bevor er eine Antwort fand, hatte sein Kopf schon freundlich genickt und seine Füße setzten ihren Weg fort. In diesem Moment, wie in vielen anderen zuvor, empfand er seine Schüchternheit als ein Gefängnis, aus dem er nicht ausbrechen konnte. So blieb oft eine unsichtbare Wand zwischen ihm und den anderen. Viele Gelegenheiten waren deshalb ungenutzt verstrichen. Manche hielten Jacques deshalb auch für arrogant, dabei war er nur vorsichtig. Hinzu kam, dass er seine Worte mit Bedacht wählte, weil er nie jemandem wehtun wollte. In der Redaktion hatte er sich deshalb den Spitznamen „Der Diplomat" eingehandelt. Er wusste nie, ob dies eine Ehre war oder ein Armutszeugnis, weil seine Kollegen ihm damit jeden kriegerischen Zug absprachen.

Jacques beschloss nun, seinen Spaziergang lieber entgegen der Fahrtrichtung fortzusetzen. Ihm war eingefallen, dass im Reiseführer stand, Alkohol am Steuer sei ein großes Problem auf Tahiti. Zwar waren nicht viele Autos unterwegs, aber die Wahrscheinlichkeit, frontal erfasst zu werden, schien ihm geringer als die, von hinten angefahren zu werden. Wieder hatte sich der meist geschlossene Vorhang im Theater seiner Ängste einen

Spalt breit geöffnet und den Blick auf ein mögliches Drama freigegeben. Während sein Blick auf eine schöne Blüte fiel, zog er ihn wieder zu.

Der Strauch am Straßenrand trug viele dieser Blüten in Rosa und Hellgelb. In verschwenderischer Fülle ragten sie aus dem Grün hervor. Ihre zarten, oval geformten Blätter schmiegten sich um einen dunkler gefärbten Kelch, in dem leuchtender Blütenstaub die Bienen anlockte. Jacques kannte dieses Schauen und Staunen von seinen Besuchen in Gemäldeausstellungen: Dann gab es für ihn nur die Formen auf der Leinwand, die Farben und den einzelnen Pinselstrich, falls er ihn erkennen konnte. Die Frage, was der Künstler ausdrücken wollte, beschäftigte ihn nicht. Der Maler kannte ihn ja gar nicht: Wieso sollte er sich mit einer Aussage speziell an ihn wenden? Es ging Jacques nur um das Bild an sich, ebenso wie in diesem Augenblick, als er die vielen Blüten bewunderte. Hier lag der Fall jedoch etwas anders: Den Schöpfer dieser Blütenkunst kannte er nicht – oder doch? Die Frage nach Gott hatte Jacques schon immer beschäftigt. Mit dem Bild des gütigen, alten Mannes mit Rauschebart, der von einer Wolke aus das irdische Geschehen überblickt und lenkt, konnte er nichts mehr anfangen.

Doch immer dann, wenn ihm etwas Gutes und Schönes begegnete, spürte er das Wirken einer höheren Macht. Jacques fotografierte die Blüten mit seinem Handy und hoffte, den Zauber, den er in diesem Augenblick spürte, später wieder heraufbeschwören zu können. Das Foto sollte ein fliegender Teppich für ihn sein, der ihn an einen

Ort in seinem Innern zurückbrachte, an dem er ohne Wenn und Aber glücklich gewesen war.

Jeder Schritt auf seinem Weg am Meer entlang erschien ihm wie ein Abenteuer, weil er nicht wusste, was ihn erwartete. Vorfreude auf all das Unbekannte erfüllte ihn, ähnlich dem angenehmen Gefühl, das ihn erfasste, wenn im Theater die Lichter erloschen, das Gemurmel verstummte und die Bühne sich mit Leben füllte.

Nach einer Weile fiel sein Blick auf ein Grundstück, das nur mit Gras bewachsen war und in dessen Mitte ein kleines Haus auf niedrigen Stelzen stand. Ein alter Mann saß aufrecht auf einem Klappstuhl am Rand der Rasenfläche. Seine dürren Beine hatte er übereinandergeschlagen, und ein Arm ruhte in seinem Schoß, der andere lag auf der schmalen Lehne. Durch dicke Brillengläser blickte er aufs Meer hinaus. Ein Bügel seiner Brille war mit braunem Klebeband geflickt. Sein ärmelloses Rippenshirt war makellos weiß, seine kurzen Hosen von undefinierbarem Beige, seine Haut braun, von der Sonne gegerbt.

Die Tür zu seinem Haus stand halb offen. Jacques verlangsamte seinen Schritt und warf möglichst unauffällig einen Blick hinein. Er sah keine Möbel, stellte sich aber vor, dass es dort drinnen ein Bett, einen Tisch, einen Stuhl, und einen Schrank gab. Der Anblick des alten Mannes berührte ihn. Er wirkte einsam und verloren auf ihn, doch Jacques war sich bewusst, dass dies nur seine eigene Sicht von außen war. Vielleicht wohnten ja im Haus nebenan fünf Kinder und zehn Enkelkinder, und der Mann war stolz darauf, dass er im hohen Alter noch allein in seinen eigenen vier Wänden lebte. Jacques fühlte sich zu ihm hingezogen. Er strahlte eine tiefe Ruhe aus und schien völlig zufrieden damit, nur dem Rauschen des Meeres zu lauschen und die Sonne zu spüren, deren Strahlen seine runzlige Haut wie eine Geliebte streichelten und wärmten. Gern hätte Jacques sich zu ihm gesetzt, um mehr über ihn zu erfahren, aber er wollte nicht aufdringlich erscheinen und verwarf den Gedanken wieder.

Irgendwann kamen ihm Lachslasagne, Salat und Tiramisu in den Sinn und er machte sich auf den Heimweg. Es kümmerte ihn nicht mehr, auf welcher Straßenseite er ging. Die Vorstellung, ein betrunkener Autofahrer könnte ihn aus Versehen in den Straßengraben reißen, erschien ihm jetzt absurd. Und er fragte sich, weshalb er sich jemals vor diesen Hunden gefürchtet hatte, die doch nur langsam mit dem Schwanz wedelten und ein paar Hühner anbellten, wenn sie der Straße zu nahe kamen.

Die Tür zu seinem Haus war wie immer unverschlossen; auch das wäre ihm zu Hause unvorstellbar erschienen. Hier gab es nur einen kleinen Tresor, der reichen musste, um sein Bedürfnis nach Sicherheit zu befriedigen. Als Jacques in der Küche stand, sah er einen Gecko, der die Milch aufleckte, die er am Morgen verschüttet hatte. Blitzschnell war er wieder im Flechtwerk der Wand verschwunden.

Das Tier erinnerte Jacques daran, wie er gemeinsam mit seinem Vater im Garten eine Grube ausgehoben hatte, um einen Teich anzulegen. Die Amphibien wollte er retten, nachdem er in der Schule erfahren hatte, dass ihr Lebensraum immer mehr schrumpfte und sie vom Aussterben bedroht waren. Eines Tages hatte er tatsächlich einen schwarz-gelben Salamander im Wasser entdeckt. Kurz darauf kamen Libellen hinzu. Jacques hatte sich damals wie ein Held gefühlt: Er hatte gefährdeten Tierarten eine Zuflucht geboten und so die Welt zum Besseren verändert. Im Rückblick musste er über den vierzehnjährigen Jungen von damals schmunzeln. Er war stolz auf ihn, auf seinen Enthusiasmus und seinen unbeirrbaren Glauben, etwas Gutes bewirken zu können.

Mit dieser Haltung war er auch als Journalist gestartet. Er wollte ein Taucher sein, der aus dem Meer der Informationen das Wichtigste herausfischt und dem Leser präsentiert, um dessen Horizont zu erweitern. Doch mit der Zeit war ihm bewusst geworden, dass er mehr einem Schlauchboot ähnelte, das sich nur an der Oberfläche eines Baggersees bewegte. Oft fühlte er sich wie ein Angler, der im Fluss seiner Stadt nach einem dicken Nachrichtenfisch Ausschau hält, aber nur alte Konservendosen ans Licht befördert, die er dann als seltene, interessante Fundstücke deklarieren muss. Inzwischen wusste er: Nur mit Sensationen ließ sich eine Zeitung verkaufen, mit aufgebauschten Nichtigkeiten. Um Wahrheit ging es im Journalismus nicht, sondern darum, welche Realität sich am besten vermarkten ließ.

Als Jacques dies klar wurde, war es schon zu spät gewesen, um die Weichen noch anders zu stellen. Zumindest kam es ihm so vor. Die Journalistenschule hatte er abgeschlossen, einige Jahre als Redakteur lagen bereits hinter ihm. Zweifel an seinem Beruf hatte er immer wieder gespürt, so wie er im Herbst den Morgennebel auf den Feldern wahrnahm, den Vorboten der kalten Jahreszeit, während jeder Sonnenstrahl den Spaziergängern zuflüsterte: „Der Sommer ist noch nicht vorbei." Ein solches Raunen war auch die Freude am Schreiben für ihn gewesen, eine angenehme Melodie, die seine Bedenken immer wieder übertönte und seine Zweifel verstummen ließ.

Der leere Kühlschrank in der Küche war für Jacques das Zeichen zum Aufbruch. Ohne Lebensmittel war dies kein Zuhause. Auch wenn dieser Ort nur für kurze Zeit seine Heimat war, so wünschte er sich doch Bananen und Äpfel, Käse und Rotwein. Als er an der Küste entlangfuhr, kamen ihm die Worte der Mitarbeiterin der Autovermietung in den Sinn: „Es ist ziemlich weit. Aber Sie schaffen das." Er lächelte darüber; denn die Insel war so klein.

Plötzlich musste er bremsen. Gerade noch rechtzeitig hatte er bemerkt, dass die Autos vor ihm angehalten hatten. Der Verkehr auf der zweispurigen Straße staute sich in beide Richtungen. Jacques lehnte sich aus dem Fenster, um zu sehen, was geschehen war. Dann stellte er wie die anderen Fahrer den Motor ab und ging nach vorn.

Eine Menschenmenge hatte einen Kreis um zwei Männer gebildet, die sich wütend gegenüberstanden. Sie konnten höchstens Anfang zwanzig sein; das Leben hatte die weichen Züge der Kindheit in ihren Gesichtern noch nicht verwischt. Und doch war in ihren Augen eine hasserfüllte Entschlossenheit zu sehen. Keiner der beiden hatte eine Waffe in der Hand, nur mit Blicken hielten sie einander in Schach. Niemand griff ein, als wäre es ihr gutes Recht, sich gleich einen Faustkampf zu liefern.

Auf einmal erschien wie aus dem Nichts eine ältere Frau und ging auf einen der Kämpfer zu. Ihre blanken Schultern schimmerten in der Sonne, während ihr bodenlanges, geblümtes Kleid im Wind wippte. Obwohl sie einen Kopf kleiner war, stieß sie ihn mit der Hand zurück, so dass er rückwärts taumelte. Diese Bewegung hatte ebenso wie ihre aufrechte Haltung etwas Majestätisches. Der junge Mann behielt seinen Gegner weiter im Blick und wollte wieder zu ihm, doch sie schlug ihm erneut gegen die Brust, schob ihn in Richtung Meer und machte ihrem Zorn mit lauter Stimme Luft. Währenddessen war der andere in der Menge verschwunden, die sich nun auflöste. Fahrräder, Mofas und Autos setzten sich wieder in Bewegung, die Fußgänger gingen weiter und Jacques rannte zu seinem Auto zurück. Er war beeindruckt von der Stärke und Unerschrockenheit dieser Frau. Welche Geschichte mochte sich hinter dem, was er eben miterlebt hatte, verbergen? Seine journalistische Neugier war erwacht, aber er wusste, dass er ihr nicht nachgeben würde.

Ein Paar am Straßenrand riss ihn aus seinen Gedanken – zwei noch sehr junge Lieblinge der Schöpfung. Dem Mädchen fielen die langen blonden Locken sanft über die gebräunten Schultern, das Haar des Jungen war vom Wind zerzaust. Die Surfboards hatten sie sich unter die Arme geklemmt, sie neigten sich schon zur Fahrbahn, um gleich in Richtung Meer laufen zu können. Die Vorfreude stand ihnen ins Gesicht geschrieben. Jacques konnte kaum den Blick von ihnen wenden. Das Mädchen erinnerte ihn an die Surferin aus Hawaii, der ein Hai den Arm abgerissen hatte, und die jedoch weiterhin auf den Wellen ritt. Er wünschte dem Paar im Stillen, dass ihnen nie ein solches Tier begegnen sollte, weder im Meer noch an Land in menschlicher Form.

Der volle Kühlschrank und das Obst auf dem Tisch schenkten Jacques' Haus mehr Gemütlichkeit. Die Nacht war sehr plötzlich hereingebrochen, als hätte jemand eine Lampe ausgeknipst. Der Wald atmete im Dunkeln wieder heftiger. Das Summen und Brummen schwoll an, nahm wieder ab und verzweigte sich in viele verschiedene Laute, die sich kurz darauf von Neuem vereinten.

Jacques blickte zu den Bäumen am Hang hinauf, deren schwarze Umrisse sich wie ein Scherenschnitt vor dem Nachthimmel abzeichneten. Ein Mann und eine Frau gingen eng umschlungen in Richtung Wald. Sein Arm lag um ihre Hüfte, ihre Hand steckte in seiner Hosentasche. Ab und zu lehnte sie den Kopf an seinen Hals, dann wieder blieben beide stehen und tauschten einen langen, innigen

Kuss aus. Jacques konnte kaum den Blick von ihnen lösen und hoffte nur, dass sie ihn nicht bemerkten. Der Journalist in ihm meldete sich wieder, der seine Neugier kaum zügeln konnte. „Stalker“ hatte ihn sein Freund Martin einmal genannt, der genau wusste, mit welcher Freude er das Leben im Mietshaus gegenüber beobachtete. Wie ein Detektiv, dem nichts entgeht, so bemerkte er sofort, wenn in einer Wohnung neue Gardinen angebracht, Lampen ausgetauscht oder die Pflanzen auf dem Balkon ausgewechselt worden waren.

„Warum interessiert dich das alles?“ hatte Martin ihn gefragt und er hatte geantwortet: „Ich sehe alle Details, weil ich nicht anders kann. Jede Einzelheit erzählt mir etwas über die Menschen. Ob die Geschichten stimmen, die mir dazu einfallen, ist nicht so wichtig. Meine Fantasie ist immer hungrig und will gefüttert werden.“

Eigentlich war es ziemlich banal, was er da gerade sah – zwei Menschen mittleren Alters, die offensichtlich sehr verliebt waren. Er gönnte den beiden ihr Glück und musste sich zugleich eingestehen, wie gern er mit dem Mann getauscht hätte, dessen Hand jetzt unter der weißen Bluse der Frau verschwand. Die genussvollen Berührungen der beiden deuteten spielerisch an, worauf sie sich schon freuten. Als er das Haus verließ, sah er sie im Wald verschwinden.

In der Nacht träumte Jacques von weißen Blüten, die wie Glühwürmchen in der Nacht leuchteten. Er wanderte durch einen finsteren Wald, dessen Bäume nur in

Umrissen zu erkennen waren. Die schwebenden Blüten begleiteten ihn und wiesen ihm den Weg. Er kam an eine Lichtung, in deren Mitte ein Teich lag. Eine Frau stand mit dem Rücken zu ihm am gegenüberliegenden Ufer. Sie war in einen Sari gehüllt, dessen Stoff leuchtete wie die Blüten, die nun von Jacques zu ihr hinflogen. Als könnten sie in ihrer Nähe wieder Teil eines Ganzen werden, nicht mehr getrennt von Blättern, Zweigen, Stamm und Wurzeln. Die Frau, der er mit jedem Schritt näherkam, wirkte anziehend auf ihn. Doch fühlte er sich unbehaglich, weil er ihr Gesicht nicht sehen konnte. Als er am Rand des Teiches in sicherer Entfernung stehenblieb, verwandelten sich die weißen Blüten rund um sie plötzlich in Kirschkerne und schossen aus der Ferne auf ihn zu.

Um sich zu schützen, schloss er die Augen, und als er sie wieder öffnete, sah er die Frau in dem leuchtenden Gewand auf den Waldrand zugehen. Sie drehte sich um und winkte ihm zu. Wieder konnte er ihr Gesicht nicht erkennen, aber es ging etwas Warmes, Wohliges von ihr aus. Als sie zwischen den Bäumen verschwunden war, machte er sich auf den Heimweg. In den Sohlen seiner Schuhe war jetzt ein Leuchten, und so fand er mühelos nach Hause zurück. Ob dieses Licht ein Geschenk der Frau war? Konnte sie zaubern?

Nach dem Aufwachen schwirrten ihm diese Fragen noch im Kopf herum, doch kurz darauf waren sie in den Tiefen seines Unterbewusstseins verschwunden. Er vermutete, dass die Hähne schon mehrfach laut gekräht hatten, aber sein Schlaf war so tief und fest gewesen, dass er sie nicht gehört hatte. Je mehr er zur Ruhe kam, desto mehr fügte sich seine Umgebung zu einem Ganzen, das auch ihn selbst einschloss. Wenn er jetzt zum Strand ging, wusste er, dass die Hunde zwar gefährlich aussahen, ihn aber nicht angreifen würden. Sie waren nur eine Attrappe, wie eine Pistole ohne Munition oder eine Überwachungskamera, die nicht ans Stromnetz angeschlossen ist. Das nächtliche Rascheln im Gebälk seines Hauses erschreckte ihn nicht mehr, weil er wusste, wie scheu die Echse war, die ihm nie zu nahe kommen würde. Manchmal sah er den Gecko wieder über die Plastikwand der Dusche huschen, und es erschien ihm wie ein Wunder, dass so viel Energie und Schnelligkeit in einem so kleinen Lebewesen steckte. Es kam sogar vor, dass es über seine Hand lief, wenn Jacques eine Weile am Tisch saß, ohne sich zu bewegen.

Am vierten Tag seines Urlaubs trank Jacques morgens eine Tasse grünen Tee und blickte in die Ferne. Er stellte sich gerade vor, wie es wäre, jeden Morgen mit dem Meeresrauschen im Ohr aufzuwachen, als er plötzlich laute Stimmen im Garten der Ferienanlage hörte. Sofort erkannte er, dass es sich um Amerikaner handelte. Sie sprachen mit dem Selbstbewusstsein von Menschen, die gewohnt waren, dass andere ihnen gern zuhörten, und die überzeugt davon waren, dass sie etwas Wichtiges zu sagen hatten. Als sei die Welt für sie wie eine Mutter, die jede ihrer Äußerungen begeistert aufnimmt. Oder lag es an der

Weite ihres Landes, dass die Amerikaner so laut sprachen? Diese Theorie hatte sich Jacques einmal zurechtgelegt, als ihm aufgefallen war, dass die Einheimischen in der dünn besiedelten Eifel meist kräftige Stimmen hatten und selbst über kurze Distanzen – von der Theke bis zum Barhocker gegenüber – so laut sprachen, als lägen Felder und Wiesen zwischen ihnen.

„Komm mal her, Jim, du hast mein Gepäck!", rief einer der neuen Gäste dem Fahrer zu, der zwei Koffer hinter sich herzog und zwei Rucksäcke geschultert hatte, einen vor der Brust, den anderen auf dem Rücken. Die Rufe der Gäste erreichten ihn so wenig wie ein Pfeil, der weit vor der Zielscheibe auf dem Boden landet. Mehrfach ging er hin und her zwischen dem Parkplatz und dem Gepäckberg neben der Rezeption, der immer größer wurde. Sein Gang wirkte so unbeschwert, als wäre er am Strand unterwegs, um dort gleich seine Frau in die Arme zu schließen.

Die Lautstärke, die das Ganze Hin und Her begleitete, hätte Jacques am liebsten abgestellt. Aber leider gab es keinen Knopf, den er hätte drücken können. Wie konnten die Amerikaner so rücksichtslos sein? War er unsichtbar? Wenn er sie sah, mussten sie ihn doch auch bemerken. Waren sie nur mit sich selbst beschäftigt? Oder lag es einfach in ihrer Natur, so zu sein, ohne dass sie sich irgendetwas dabei dachten?

Im Zweifel für den Angeklagten. Es gilt die Unschuldsvermutung, sagte sich Jacques, und er beschloss, das Ganze nicht negativ zu bewerten. Eine Szene aus einer seiner Lieblingsserien kam ihm dabei zu

Hilfe, die sein Gedächtnis am liebsten hervorkramte, wenn ihm etwas unerträglich erschien. Sie spielt in den unendlichen Weiten des Weltalls, und eine Admiralin der Sternenflotte sagt darin zu einem Offizier mit Beziehungsproblemen: „Liebe ist eine Entscheidung. Immer und immer wieder kann man sie treffen." Schon oft hatte er sich daraufhin gedacht: Wenn man angenehme Gefühle aufgrund einer Entscheidung immer wieder beleben kannn, dann muss es doch auch möglich sein, sich ebenso bewusst von unangenehmen Empfindungen zu verabschieden. In der Theorie einleuchtend, in der Praxis abwegig, so lautete jetzt sein Fazit. Diese Menschen sind einfach laut und nervig, jammerte eine Stimme in seinem Innern, mit der Ruhe ist es vorbei. Doch da meldete sich eine andere Stimme und flüsterte ihm eine lange verschüttete Weisheit aus einem Buch zu, dessen Titel ihm entfallen war: „Where the focus goes, energy flows."

Plötzlich wusste er wieder, was er an den amerikanischen Touristen in Koblenz so gemocht hatte, als er noch dort wohnte. Sie waren ihm oft wie große Kinder vorgekommen, wenn sie in ihren bequemen Turnschuhen im Park des Koblenzer Schlosses herumgestapft waren und verzückt jedes Rosenbeet betrachteten. „Oh, schau mal, wie schön sie sind. Meinst du, sie duften? Das muss ich herausfinden", hatte einer von ihnen einmal gesagt, und schon war der Tourist in die Hocke gegangen, um seine Nase auf der Suche nach dem Duft tief in einer rosa Blüte zu versenken.

Jacques hatte sich damals im Sommer oft mit einem Buch auf die breiten Stufen des Schlosses gesetzt. Hier verlangte niemand etwas von ihm und auch die Streitereien zwischen seinen Eltern waren nur noch ein Getöse, das ihn nichts mehr anging. Am meisten freuten sich die amerikanischen Touristen, wenn sie Vater Rhein und Mutter Mosel in inniger Umarmung entdeckten. Vielleicht stellte die weiße Marmorskulptur auch Neptun und eine Nixe aus den Tiefen des Meeres dar – beide Varianten hatte Jacques parat, wenn ihn Besucher des Schlossparks darauf ansprachen, und er zu ihrer Freude seiner Fantasie freien Lauf ließ. Die Frauengestalt mit den wallenden Locken, den ebenmäßigen Gesichtszügen einer Madonna und den Kurven einer Venus schmiegte sich an die breite Brust des muskulösen Mannes, der mit seinem Dreizack in der Hand erhaben in die Ferne blickte, dorthin, wo sich die Seeungeheuer zur Armee formierten, um gegen seine Feinde in den Kampf zu ziehen. Jacques hatte diese Wesen ebenso erfunden wie die Liebe des steinernen Paares, die vor allem Touristen in den Flitterwochen manchen Seufzer entlockte. Die Amerikaner gerieten ganz aus dem Häuschen, wenn er ihnen seine Märchen erzählte: „Was für eine wundervolle Geschichte! Ich liebe Deutschland. Hier gibt es so viel Schönes zu entdecken“, hatte eine Frau aus Idaho einmal zu ihm gesagt, und er hatte ihre Begeisterungsfähigkeit nie vergessen.

Die neuen Gäste aber waren für ihn nichts weiter als ein Haufen Eindringlinge. Sein Glück auf Tahiti schien nur einen Augenblick gewährt zu haben, und jetzt war es dahin. So wie die prachtvollen Blüten der Magnolie nur wenige Tage Freude schenken, ehe sie zu Boden fallen und die Menschen daran erinnern, wie schnell alles vergeht. Jacques hatte schon immer ein zwiespältiges Verhältnis zu Gruppen gehabt, und gerade für diese konnte er sich überhaupt nicht erwärmen. Laut scherzend gingen sie ins Restaurant. Obwohl es nur sechs Männer waren, hörten sie sich an wie eine ganze Schulklasse. Am liebsten hätte Jacques ihnen allen ein Pflaster auf den Mund geklebt. Es half auch rein gar nichts, dass er sich immer wieder vor Augen führte, welche Eigenschaften er an den Amerikanern eigentlich mochte.

Da er hungrig war, ging er ebenfalls ins Restaurant. Er setzte sich an einen Tisch mit Blick aufs Meer, das wie ein riesiger Spiegel den Sonnenuntergang reflektierte, ein Bild, das ihn immer wieder berührte.

„Wunderbar, einfach wunderbar", sagte eine Stimme hinter ihm in amerikanischem Englisch.

Neugierig drehte er sich um und schaute in die grünen Augen einer Frau, die seinen Blick unbefangen erwiderte. Sie strahlte Wärme aus, und obgleich Jacques noch kein Wort mit ihr gewechselt hatte, fühlte er sich sofort wohler. Zu Hause schloss er an sonnigen Tagen gern die Augen, wenn er an einer Bushaltestelle wartete. Er spürte dann die Wärme auf der Haut, hinter seinen Lidern pulsierte es rot, ein Gefühl der Geborgenheit erfüllte ihn, und die Welt blieb für kurze Zeit außen vor. So war es auch jetzt.

„Hi, ich bin Amy. Schön, dass du auch hier bist“, sagte die Frau, nachdem sie gemeinsam den Sonnenuntergang bewundert hatten. Sie reichte ihm die Hand und während er sie berührte, sah er ihr noch einmal kurz in die Augen, doch die Magie von eben war verschwunden.

Als er sich vorstellte, sagte sie: „Oh, Jacques, wie Jacques Brel, der belgische Sänger. Ich liebe seine Chansons, vor allem ‚La Mér‘.“

„Wie meine Mutter, sie liebt das Lied auch“, sagte Jacques. „Sie hat ihr Leben lang davon geträumt, am Meer zu leben, in einem Land, in dem immer die Sonne scheint.“

„Das klingt nach Kalifornien, meiner Heimat“, meinte Amy.

Dann erzählte sie ihm, dass sie Seminare für Menschen organisierte, die den Wunsch verspürten, den Riesen in sich aufzuwecken. Ihre halblaute Stimme verlieh dem Gespräch etwas Intimes. So könnten wir uns auch im Bett unterhalten, dachte Jacques, und er fühlte sich, als wäre er ganz allein mit ihr. Das Restaurant, die anderen Gäste, die Kellnerin, alles war nur Kulisse. Es hätte ihn nicht gewundert, wenn Amy mit einem Fingerschnippen die Zeit zum Stillstand hätte bringen können. Alle wären dann erstarrt und später mit einem Gefühl der Verwunderung wieder zu sich gekommen, dessen Ursache ihnen immer rätselhaft geblieben wäre.

„Was macht ihr da? Ist das ein Date? Wirst du mir etwa untreu?“, rief ein breitschultriger, blonder Mann vom Tisch der Amerikaner.

„Du bist nicht mein Typ, das weißt du doch", rief Amy zurück.

„Aber du sagst doch immer, es kommt auf die inneren Werte an", sagte der Hüne mit einem Lachen und wandte sich wieder seinen Kameraden zu.

„Hast du Lust, mit uns zu Abend zu essen?" fragte Amy Jacques. Er lächelte und nickte, ohne auch nur eine Sekunde zu zögern, und schon saß er neben dem groß gewachsenen Mann, der ihm mit einem Lächeln, das zwei Reihen besonders weißer Zähne enthüllte, seine Hand hinhielt. Er hieß Jeff, und nach wenigen Minuten kannte Jacques auch die Namen der anderen fünf am Tisch – John, Will, Mark, Tom und Stanley –, die ihn ebenso freundlich begrüßt hatten. Seine Vorbehalte gegen die Gruppe lösten sich so schnell in Luft auf wie das Knurren eines Hundes, der plötzlich mit dem Schwanz wedelt, nachdem er sein Gegenüber beschnuppert hat. Wie große Jungs kamen ihm die Amerikaner nun vor. Sie waren Erwachsene, die sich zugleich albern und verspielt wie Kinder verhalten konnten. Ihre Stimmen waren immer noch laut, aber Jacques erkannte, dass sie nicht anders konnten: So zu sprechen, das war einfach ihre Natur.

Das Gespräch drehte sich um den Höhepunkt des Seminars, das Amy für sie organisiert hatte. Bisher war Jacques nicht klar, worum es dabei ging. Immer wieder war die Rede von einem Sprung, aber über Details hatte noch keiner gesprochen.

Auf Amys T-Shirt stand auf der Rückseite „Team Dream". Auf der Vorderseite konnte Jacques einen

Schriftzug lesen, der von einem Regenbogen eingerahmt wurde: „Make your dreams come true with your coach Amy Kopatzky". Es folgte eine Adresse in Palm Springs, Kalifornien. Reflexartig griff er zu seinem Handy, um im Internet sofort mehr zu erfahren. Doch er schaffte es, seine Neugier zu zügeln und die Recherche auf später zu verschieben. Schnell zog er die Hand wieder aus seiner Hosentasche. Amy sah es, und um ihre Lippen spielte ein Lächeln, das er nicht einordnen konnte. War es spöttisch? Aufmunternd? Oder einfach nur freundlich? Er hätte viel darum gegeben, es deuten zu können.

„Was habt ihr denn da morgen vor? Ihr springt irgendwo in die Tiefe, so viel habe ich verstanden. Aber wo?", fragte Jacques.

„Wir springen nachts im Dschungel von einer Brücke in einen Fluss. Nur der Mond und die Sterne schauen uns zu. Es ist eine Mutprobe, die du nie mehr in deinem Leben vergessen wirst", sagte Amy.

„Ihr seid schon wieder am Flirten", rief Jeff ihnen über den Tisch hinweg zu und Jacques spürte, wie er rot wurde.

„Warum kommst du nicht mit?", fragte Amy und sah ihn erwartungsvoll an. „Ich mache dir auch einen Sonderpreis. Mit fünfhundert Dollar bist du dabei."

Während die Runde gerade anfing, darüber zu diskutieren, ob die Haie sich um die Seeschlangen kümmern würden, die in dem Gewässer umher schwammen, fühlte sich Jacques zunehmend unwohl.

„Seit wann gibt es denn Haie in einem Fluss?" fragte Jacques ein wenig gereizt.

Und so erfuhr er, dass es sich eigentlich um einen Meeresarm handelte, der ins Landesinnere ragte. Am liebsten hätte er sich in Luft aufgelöst, und so getan, als hätte er Amys Angebot, den Sprung zu wagen, nie gehört.

Auch Stanley neben ihm war immer stiller geworden. Jetzt schaute er Jacques an und fragte halblaut, so dass die anderen am Tisch es nicht hören konnten: „Du hast Angst, stimmt's? Du kannst es mir ruhig sagen. Ich spüre so etwas, ich bin Therapeut."

Seine Schultern sackten nach vorn, als lasteten auf ihnen alle Sorgen seiner Klienten, die er doch zu Hause in New York hatte lassen wollen. Jacques fühlte sich durchschaut. Stanleys dunkle, leicht vorquellende Augen erinnerten ihn an ein Eichhörnchen. Der Amerikaner wirkte auf ihn wie ein Fabelwesen, und da er Märchen immer gemocht hatte, fiel es ihm leicht, ihm zu vertrauen.

„Ja, stimmt, ich habe Angst. Aber sag's bitte nicht weiter", flüsterte er ihm zu. „Ich weiß auch gar nicht, ob ich das überhaupt will, so ein Risiko eingehen."

„Verstehe." Stanley legte ihm kurz die Hand auf die Schulter.

„Bietest du unserem neuen Freund deinen therapeutischen Beistand an?" rief John, der mit seinem kantigen Kinn so aussah, als stammte er von einem Nussknacker ab.

„Den braucht Jacques ganz bestimmt nicht", konterte Stanley, "aber bei dir bin ich mir da nicht so sicher. Deine Frau hat mir vor kurzem erzählt, dass du panische Angst vor Spinnen hast und sie die immer töten muss, weil du schreiend davon läufst, wenn du eine siehst." Um seine Worte zu illustrieren, ließ Stanley seine Finger in Johns Richtung krabbeln und grinste.

„Jetzt ist es aber gut. Seid mal ein bisschen nett zueinander", mahnte Amy und haute mit der Faust auf den Tisch. Allerdings geschah dies so sanft, dass niemand zusammenzuckte. Doch alle hatten die Geste gesehen und verstummten.

„Ich wünsche euch eine gute Nacht. Wir treffen uns morgen um fünf auf dem Parkplatz", sagte Amy und stand auf.

„Und dich muss ich noch ein bisschen coachen, bevor du mitspringen kannst", wandte sie sich an Jacques. „Lass uns morgen zusammen zu Mittag essen. Dann sag ich dir alles, was du wissen musst. Bis dahin hast du genug Zeit, um dich zu entscheiden."

Nachdem sie gegangen war, veränderte sich die Stimmung am Tisch. Die Zeit des Imponiergehabes war vorbei, das Gespräch verlief ruhiger. Selbst Jeff war jetzt in der Lage, einfach nur an seinem Bier zu nippen und hin und wieder zum Himmel aufzublicken, um still die Sterne zu bewundern. Als sich Jacques nach dem dritten Bier verabschiedete, hatte er das Gefühl, sechs Freunde fürs Leben gewonnen zu haben, auch wenn er wusste, wie trügerisch dieser Eindruck im Umgang mit Amerikanern war. Auf seinen Reisen hatte er das oft genug erlebt.

Schon mancher Jim, Larry oder wie immer sie hießen hatte ihm seine ganze Lebensgeschichte mit all ihren Höhen und Tiefen erzählt und zum Schluss gesagt: „Du musst mich unbedingt besuchen, wenn du in den USA bist. Lass uns in Verbindung bleiben."

Wenn er sich dann gemeldet hatte, war nie eine Antwort gekommen. Trotzdem mochte er diese Nähe zu anderen Menschen, selbst wenn sie so flüchtiger Natur war.

In der Nacht konnte Jacques nicht schlafen. „Wenn du immer nur tust, was du kannst, wirst du immer der bleiben, der du bist", hatte Stanley zu ihm gesagt, als er ihm gestanden hatte, dass er sich den Sprung nicht zutraut. Von der Komfortzone hatten alle gesprochen, die man verlassen müsse, um über sich hinauswachsen zu können. So einleuchtend Jacques das alles in dem Moment erschienen war, so unsinnig kam es ihm jetzt vor. Als ob er in die Schuhe eines Riesen schlüpfen sollte, die ihm eigentlich viel zu groß waren, nur um sich selbst vorzumachen, das sei sein eigenes Format.

„Du musst immer auf den Riesen in dir hören, nie auf den Zwerg", hatte der selbe John, der beim Anblick einer Spinne die Flucht ergriff, ihm noch mit auf den Weg gegeben. Und nun wollte er mit diesem Sprung den Giganten in sich aufwecken, sein mutiges Ich, das nicht nur Spinnen, sondern auch seiner Frau und anderen Menschen die Stirn bieten konnte.

Jacques lauschte in die Stille der Nacht hinein, in der zugleich das Leben unbeirrbar summte. Die Grillen zirpten, die Geckos raschelten im Flechtwerk des Dachs und in der Ferne rauschte das Meer. Wenn er morgen sterben würde, so würde das alles unverändert weitergehen. Die Natur kam sehr gut ohne ihn aus. Er war ein Teil von ihr, er brauchte sie zum Überleben, aber er war ihr völlig gleichgültig. Er stellte sich vor, wie seine Asche sich im Meer auflöste, wie sein Fleisch eins mit der Erde wurde, und plötzlich wusste er, was er morgen tun würde. Irgendwann würde sein Leben vorbei sein, und er hatte einmal gelesen, dass Menschen am Ende ihrer Tage nur das bereuen, was sie nicht getan haben. Die eigenen Fehler lassen sich erklären, Rechtfertigungen dafür gibt es immer. Aber die Chancen, die man nicht ergriffen hat, verfolgen einen bis ins Grab.

Was könnte passieren, wenn ich den Sprung wage? Wie wäre es, wenn ich meinen Gefühlen für Amy nachgebe? Wenn ich versuche, ihre Liebe zu gewinnen? Diese Fragen stellte er sich jetzt, und sofort rollte eine Lawine von vernünftigen Argumenten gegen solche Abenteuer auf ihn zu. Allein die Verletzungsgefahr – wie oft hatte er von Urlaubern gehört, die in unbekannte Gewässer gesprungen waren und sich das Genick gebrochen hatten. Er stellte sich vor, wie ein Hubschrauber ihn nach Papeete flog, nachdem er sich bei dem Sprung an der Wirbelsäule verletzt hatte. Im Halbschlaf hörte er die warnende Stimme seines Vaters, die sämtliche Risiken des Sprungs beschwor. Die Worte waren wie ein Schwarm schwarzer Raben, die den Himmel verdunkelten, sich auf einer Stromleitung niederließen und dann auf Jacques herabstießen.

Als er aufwachte, hatte er einen schalen Geschmack im Mund und spürte eine Spannung in der schwülen Luft, die ihm unheilvoll erschien. Es war erst vier Uhr morgens, doch er stand auf, setzte sich in den offenen Wohnraum und legte seine Füße auf die Brüstung. Die weiche Luft strich ihm wie eine Katze um die nackten Beine, und er entspannte sich wieder. Während er zu den Sternen aufsah, die über den schwarzen Umrissen der Palmen noch heller zu leuchten schienen, kehrte die Zuversicht in ihn zurück und gewann schließlich die Oberhand. Jacques wurde bewusst, dass es einen wichtigen Grund für ihn gab, um mutig zu sein: Er wollte vor Amy nicht wie ein Angsthase dastehen, wie eines der kleinen Tiere mit den weißen Stummelschwänzen, die im Park beim leisesten Geräusch Reißaus nahmen, ohne abzuwarten, ob tatsächlich Gefahr drohte oder nur ein harmloser Jogger seine Runden zog.

Er dachte an seinen ersten Spaziergang auf Tahiti, an die Hunde, die ihm so bedrohlich erschienen und doch so harmlos gewesen waren. Kein volltrunkener Autofahrer hatte ihn mit der Motorhaube aufgespießt, keine Tsunami-Welle hatte ihn ins Meer gerissen. Jacques wollte mehr von dieser Leichtigkeit, die er auf Tahiti schon gefühlt hatte. Und vielleicht gab es diese nur, wenn er wieder ein Risiko einging.

„Ja“, sagte er halblaut zu sich selbst. „Ja, ich tue es.“

Und bevor er es sich anders überlegen konnte, schrieb er eine Nachricht an seine Schwester Eva: „Liebes Schwesterherz, habe eine Gruppe Amerikaner kennengelernt. Wir machen morgen eine Mutprobe: ein Sprung von einer Brücke in einen Fluss im Dschungel.

Bericht folgt. Drück mir die Daumen, dass alles gut geht. Liebe Grüße, Dein Bruderherz."

Als er wieder unter sein Moskitonetz schlüpfte und sich in die Laken kuschelte, fühlte er sich merkwürdig befreit. Sein Leben erschien ihm auf einmal wie eine Fahrt im Cabriolet, bei der er keine Angst vor Ohrenschmerzen hatte, sondern es genoss, wie der Wind immer stärker durch seine Haare wirbelte, je mehr er beschleunigte.

Amy schaute zu dem erhöht gelegenen Ferienhaus hinauf, auf dessen Brüstung zwei nackte Füße in den Himmel ragten, die zweifellos zu Jacques gehörten. Sie konnte nicht schlafen; zu vieles ging ihr durch den Kopf, zu berauschend war es, endlich wieder in der Südsee zu sein. Auch wenn sie wusste, dass sich bei genauerem Hinsehen die Postkartenidylle aus Palmen, farbenfrohen Blumen und freundlichen Menschen in einen Ort mit vielen Problemen verwandeln konnte, so verringerte dies ihre Freude nicht.

Amy fühlte sich schon seit langem nicht mehr dafür zuständig, sich den Kopf über die Entwicklung der Welt zu zerbrechen. Ja, sie wusste, dass es auf Tahiti Arbeitslosigkeit, Drogen, zerfallende Familienstrukturen und einen bedrohlich ansteigenden Meeresspiegel gab. Aber warum sollte sie sich darüber Gedanken machen? Was änderte ihre Sorge am Zustand der Welt? Es führte nur dazu, dass sie sich mühselig und beladen fühlte, als ob auf ihren eigenen Schultern ein Paket lastete, das viel zu schwer für sie war und zudem an jemand anderen adressiert.

Dabei war es keine Ignoranz, die sie davon abhielt, Zeitungen zu lesen, Fernsehen zu schauen und Nachrichten im Internet zu lesen. Sondern sie wusste, dass es sinnlos war, sich alldem auszusetzen. Sinnvoll erschien es ihr hingegen, anderen Menschen außergewöhnliche Erfahrungen zu ermöglichen, die ihnen halfen, den eigenen Mut zu entdecken. Amy wollte, dass die Wünsche, die den Teilnehmern ihrer Seminare bisher wie unerreichbare Träume erschienen waren, Teil ihrer Wirklichkeit wurden und sich in Ziele verwandelten, zu denen sie einen Weg finden konnten.

„Das Ziel ist ein Magnet, der dir dabei hilft, einen Berg zu besteigen. Er liegt auf dem Gipfel und ermöglicht es dir, dorthin zu gelangen. Denn er verleiht dir Bärenkräfte, die du dir nie zugetraut hättest", erklärte sie ihnen. „Aber es muss dir Freude machen, den Berg zu besteigen. Nur dann verfolgst du das richtige Ziel. Und du schaffst es nicht allein. Du musst die Hilfe und Unterstützung anderer in Anspruch nehmen. Sonst wird es nichts."

Bergsteiger am Mount Everest stießen immer wieder auf tiefgefrorene Leichen. Amy hatte sie selbst gesehen. Je höher sie gekommen war, desto mehr von ihnen kauerten hinter Felsvorsprüngen oder am Wegesrand – eine Fleisch gewordene Warnung, die eigene Verwundbarkeit nicht zu vergessen, ein Stopp-Schild mit einem Totenkopf darauf. Die Kälte konservierte sie, der Schnee war ihr Leichentuch. Dennoch hatte sich der Aufstieg für Amy gelohnt. Es war ihr Wunsch gewesen, den Gipfel zu erreichen, und sie hatte es geschafft, trotz der Strapazen, des Erbrechens in der dünnen Luft der Hochlager und ihrer Angst, in eine Gletscherspalte zu stürzen.

„Wichtig ist, was auf dem Weg zum Ziel geschieht. Da passiert die Verwandlung vom Zwerg in den Riesen", erklärte sie den zwanzig Männern und Frauen, die für ein Wochenende Teil des „Team Dream" waren und ihr gebannt lauschten. „Wenn du oben ankommst, bist du nicht mehr der selbe Mensch wie vorher. Du bist über dich hinausgewachsen. Das darf natürlich nicht um jeden Preis geschehen, aber das richtige Ziel bewahrt dich davor, zu viel aufs Spiel zu setzen."

Dann zitierte sie gern den Heiligen Augustinus: „In dir muss brennen, was du in anderen entzünden willst." Und jetzt war es die Aufgabe jedes Einzelnen, sich zu fragen, was in ihm hell loderte und ihm helfen konnte, den mutigen Teil in sich selbst zu wecken. An dieser Stelle des Seminars stellte sie immer eine Kerze in der Form eines Herzens vor sich auf: Auf jeder Seite war ein Docht, einer war schon entflammt und leuchtete, während der andere noch im Dunkeln lag.

Auch jeder der Teilnehmer fand an seinem Platz eine Schachtel mit einem solchen Wachsherz. Mit langen Kaminstreichhölzern zündeten sie gemeinsam den einen Docht an, und Amy sagte: „Das ist der Teil von dir, der schon wach und lebendig ist. Du siehst dein Ziel vor dir, du weißt, wohin dein Herz dich führen möchte."

Anschließend lenkte sie die Aufmerksamkeit auf die Flammen.

„In uns allen brennt ein Feuer", erklärte sie. „Jeder von uns hat einen Traum, den er verwirklichen will. Deine Liebe zu diesem Ziel ist schon da. Jetzt brauchst du nur noch den Mut, dich auf den Weg zu machen. Entfessle deine Energie, lass deinen Traum leuchten."

Alle zündeten nun auch den zweiten Docht an, und im nächsten Moment bildeten vierzig Flammen ein Meer aus Licht, dessen Helligkeit den Raum erfüllte. Sie bildeten ein großes Herz, denn in dieser Form saßen die Seminarteilnehmer auf dem Boden. Amy wusste, dass sie das Bild nie vergessen und immer wieder Kraft daraus schöpfen würden. Als sie mitten in der Nacht daran dachte, hatte sie das Gefühl, genau am richtigen Ort auf der Welt zu sein, mit einer Aufgabe, die für sie bestimmt war.

Am nächsten Morgen blickte Jacques in den Spiegel und dachte: „Ich kenne dich zwar nicht, aber ich wasche dich trotzdem." Die Nacht war kurz gewesen, davon zeugten auch die dunklen Ringe unter seinen Augen. Sein Gesicht war verquollen – eine Folge von zu viel Bier und Chips am Abend zuvor. Zuhause in Düsseldorf ließ ihn ein solcher Anblick kalt. Er musste ja nicht zur Mister-Germany-Wahl, sondern nur in die Redaktion, und wenn er sich dort seine Kollegen anschaute, fühlte er sich selbst an schlechten Tagen nicht gerade vom Schicksal benachteiligt. Doch jetzt war es anders: Sein ramponiertes Äußeres war ihm unangenehm, denn nun gab es eine Frau, der er gefallen wollte. Er duschte kalt, obwohl er es hasste, und hoffte, danach frischer und wacher zu wirken. Beim Rasieren schnitt er sich mehrfach, weil er mit den Gedanken bereits bei seiner Verabredung um zwölf Uhr war.

Es war noch eine Stunde bis dahin, und er begann, sein Ferienhaus aufzuräumen. Er wollte vorbereitet sein, auch wenn er keine Ahnung hatte, wie er Amy dazu bewegen konnte, nach dem Essen mit zu ihm zu kommen. Unruhig ging er hin und her, stieg die Treppe zum Schlafzimmer hinauf und wieder hinunter. Die schmutzigen Teller spülte er, die Bettlaken zog er glatt, die Kissen auf der Liegebank am Fenster ordnete er in Reih und Glied, um sie gleich darauf wieder anders zu platzieren. Er schwitzte, das T-Shirt klebte ihm am Rücken, aber ein frisches anzuziehen war zwecklos, es würde doch gleich wieder feucht sein.

Das Klima, in dem er sich bisher so wohlgefühlt hatte, war ihm jetzt viel zu heiß und schwül, und er schaltete den großen Deckenventilator ein, der ihm allerdings nicht geheuer war. In einem Film, der in den Südstaaten der USA spielte, hatte er einmal gesehen, wie ein Mann von einem Ventilator enthauptet worden war. Er verdrängte die grausige Szene, und um sich zu beruhigen, setzte er sich genau dorthin, wo er gestern den Entschluss gefasst hatte, den Sprung zu wagen. Nach wenigen Augenblicken aber sprang er auf und ging wieder ins Bad. Im Spiegel blickte er in seine mittlerweile etwas weiter geöffneten Augen und lächelte sich zu. In einem Buch mit dem Titel „Gut drauf in acht Minuten" hatte er einmal gelesen, dass das Bewusstsein mit guter Laune reagiert, wenn ein Mensch sich so verhält, als wäre er tatsächlich in bester Stimmung. Mit einer Miene, als würde er einem guten Freund die Tür öffnen und sich riesig freuen, ihn zu sehen, lächelte er sich ein weiteres Mal zu. Und es funktionierte: Auf einmal fühlte er sich besser.

Jacques blickte zum Meer, wo sich die Wellen wie wilde Pferde in Richtung des Himmels aufbäumten, um dann zu Boden zu stürzen, die Wipfel der Palmen winkten ihm zu, und die Blumen schienen noch ein wenig stärker in Rosa, Weiß und Gelb zu leuchten, während die Sonne sie wie ein Scheinwerfer anstrahlte. Die Schönheit der Umgebung, für die er nun wieder empfänglich war, wirkte beruhigend auf ihn. „Du hast es geschafft. Du bist auf Tahiti, wo du immer hinwolltest. Und glaub mir, alles wird gut“, versicherte er sich selbst. Mit einem Gefühl der Zuversicht, in das sich noch ein Hauch von Zweifel mischte, machte er sich auf den Weg zum Restaurant, um Amy zu treffen.

Die Tür zur Küche stand offen, und ein aromatischer Duft nach gebratenem Fisch und Kräutern drang nach draußen. Auf der Tafel stand das Gericht des Tages: Spaghetti mit Tintenfisch und getrockneten Tomaten.

„Für mich bitte ohne Fisch“, sagte Amy, als sie bestellten.

Jacques überlegte einen Moment, ob er ihrem Beispiel folgen sollte. Obwohl er Vegetarier war, so hatte er doch nichts dagegen, Meeresbewohner zu essen. Die Versuchung war immer groß für ihn, sich anderen anzupassen, es ihnen recht zu machen, um nur ja gemocht zu werden, oder erst gar keinen Anlass für Konflikte zu bieten. Doch er rief sich zur Ordnung: Er war ein erwachsener Mann, der eigenständig Entscheidungen treffen konnte, auch über sein Mittagessen, und Amy war nicht seine Frau. Dabei gefiel ihm diese Vorstellung genauso gut wie gestern Abend.

Jacques hatte schon am Tisch gesessen, als sie kam, und war zur Begrüßung aufgestanden. Sie hatte ihm förmlich die Hand gegeben und ihm zwei Küsschen auf die Wangen gedrückt. Etwas Steifes und Geschmeidiges, etwas Schüchternes und Forsches vermischten sich in dieser ersten Annäherung, und Jacques liebte jede Sekunde davon.

Er war so beschäftigt damit, alles wahrzunehmen, was um ihn herum geschah, dass ihm gar nicht auffiel, wie wenig er sprach. Außer einem „Hallo! Schön, dich zu sehen“ war ihm noch nichts über die Lippen gekommen.

Sie erwiderte seinen Gruß mit einem Lächeln, und nachdem sie Platz genommen hatten, sah sie sich aufmerksam um. Er stellte sich vor, er wäre eine Kamera in ihrer Stirn, die pausenlos Aufnahmen machte: hier der Blick den Berg hinunter zum Strand, dort die offene Küchentür, in der sich jetzt der Koch Laurent zeigte, um ihnen mit seinem Handtuch zuzuwinken, anschließend der grüne Rasen, um den herum die Blumen ihre verschwenderische Pracht entfalteten. Es kam Jacques vor, als sähe er alles mit Amys Augen.

„Es ist wirklich schön hier. Ich liebe die Vanilla Lodge", sagte sie, und er stimmte ihr zu.

Dann ruhte ihr Blick auf ihm, und auf einmal war der Zauber der Verschmelzung vorbei. Auch sich selbst sah er nun von außen, und es fiel ihm ein, wie wenig ihm sein Gesicht im Spiegel heute Morgen gefallen hatte. Die Erinnerung daran ließ ihn unsicher werden. Er wandte die Augen von ihr ab, während ihre bei ihm verweilten. Als er sie wieder anschaute, geschah etwas Magisches. Jacques fühlte sich wohl, genau in diesem Moment, im Hier und Jetzt. Sie schaute ihn so wohlwollend an, so liebevoll. Ihre Nähe wirkte auf Jacques wie ein Balsam, der in Sekundenschnelle Wunden heilen konnte, wie ein unsichtbares Pflaster, das die Keime der Angst und Unsicherheit abhielt, die immer wieder in seine Seele einzudringen versuchten, und denen dies häufig gelang.

„Warum möchtest du den Sprung denn wagen?" fragte sie ihn und bat ihn gleichzeitig: „Sei ehrlich, bitte sag' mir die Wahrheit."

Viele Antworten hatte sich Jacques zurechtgelegt, falls sie ihn dies heute fragen sollte. Mutig wollte er wirken, souverän, selbstbewusst. Ein Satz wie „Ich liebe Herausforderungen, weil ich dabei jedes Mal über mich hinauswachsen kann" war ihm gestern durchaus passend erschienen, jetzt fand er ihn nur noch lächerlich. Amys Blick ließ eine solche Lüge nicht zu, er schien seine Seele wie mit Röntgenstrahlen zu durchdringen und gab Jacques das Gefühl, als wüsste sie schon alles über ihn.

„Weil es in mir einen kleinen Jungen gibt, der im Sportunterricht riesige Angst davor hatte, vom Fünf-Meter-Brett zu springen. Ich habe mich damit zum Gespött der ganzen Klasse gemacht. Wie alle anderen bin ich den Sprungturm hochgeklettert, und als ich springen sollte, blieb ich am Ende des Bretts stehen und schaute hinunter. Die Wasserfläche sah für mich aus wie eine Glasplatte, die in tausend Stücke zerspringen würde, wenn ich sie berührte. Und dann würde ich mich an den Splittern verletzen und mein Blut würde das Wasser rot färben. Ich bekam dieses Bild nicht mehr aus dem Kopf. Die anderen begannen rhythmisch zu klatschen und meinen Namen zu rufen." Jacques verstummte.

„Und dann? Was ist dann passiert?", fragte Amy und legte ihre Hand auf seine.

Weil ihre Berührung so angenehm war, hoffte Jacques, sie könnte einer der wenigen Menschen sein, die tatsächlich in der Lage waren, nicht alles zu bewerten, was sie erlebten. Er hatte einmal gelesen, dies sei eine Form der Weisheit, die einem viel Leid ersparen könne. Aber noch nie war er jemandem begegnet, der sich auf diese Kunst der Wahrnehmung verstand. Auch als sie ihre Hand wieder wegnahm, blieb ein Gefühl in ihm zurück, das ihm den Mut verlieh, mit seiner Geschichte fortzufahren:

„Der Lehrer stellte sich hinter mich und legte mir die Hand auf die Schulter. Er war sehr lieb. 'Du musst keine Angst haben. Du schaffst das', sagte er. Aber ich fing an zu zittern, mir wurde übel. Es kam mir hoch, ich hielt mir schnell die Hand vor den Mund, und rannte davon. Am nächsten Tag haben sich alle in der Schule die Hand vor den Mund gepresst und die Backen aufgeblasen, wenn sie mich gesehen haben. Ich habe dann kurz darauf die Schule gewechselt, und meine Eltern haben mir jedes Mal, wenn die Klasse ins Schwimmbad ging, eine Entschuldigung geschrieben."

Nachdem er den letzten Satz gesprochen hatte, fühlte sich Jacques unwohl. Er hatte seine Seele entblößt und schon ein Windhauch würde nun genügen, um sie frösteln zu lassen. So verwundbar hatte er sich schon lange nicht mehr gefühlt. Gleichzeitig war er sich sicher, dass es richtig gewesen war, dieses Risiko einzugehen. An Amys Reaktion würde er erkennen, ob sie wirklich die einfühlsame Frau war, für die er sie hielt. Sie hatte den Blick in die Ferne gerichtet, als könnte der Horizont ihr sagen, wie sie mit seiner Geschichte umgehen sollte.

„Das muss schlimm für dich gewesen sein", sagte sie, ohne erneut seine Hand zu berühren. Statt dessen knüllte sie ihre Serviette zusammen, legte sie auf den Tisch und stützte ihr Kinn in die Hände, ehe sie ihn wieder ansah.

„Was machen wir jetzt nur mit diesem kleinen Jungen in dir, der Angst hat? Angst vor dem Sprung in die Tiefe? Er schafft das heute Abend bestimmt nicht, aber du", sagte sie zu ihm und tippte ihm mitten aufs Herz. „Du bist schon groß, das sehe ich und das spüre ich."

„Ein Meter achtundsiebzig, wenn du's genau wissen willst", erwiderte Jacques, obwohl ihm klar war, dass seine Körpergröße nichts mit seinem Mut zu tun hatte. Wäre das Gespräch mitgeschnitten worden, hätte er seine unüberlegten Worte am liebsten sofort wieder von der Tonspur gelöscht, so wie er bei seinen Radiobeiträgen die Verlegenheitslaute der Interviewpartner – ähm, eh – entfernen konnte.

„Ein Zwerg bist du wirklich nicht", erklärte Amy und lächelte ihn an.

Jacques war erleichtert. So deplatziert, wie er geglaubt hatte, war seine Äußerung offenbar doch nicht gewesen.

„Aber ich würde gern den Riesen in dir wecken. Den Teil von dir, der sich von seiner Angst nicht aufhalten lässt", erklärte sie mit einer Entschiedenheit, die ihm schon fast unheimlich war.

Eben noch hatte er sich als Angsthase zu erkennen gegeben und jetzt bestand diese Frau darauf, dass dennoch jede Menge Mut in ihm steckte. Mit ihren vielen Fragen machte sie sich auf die Suche danach, und mit seinen Antworten malte sie ein ganz anderes Bild von ihm als jenes, das er in sich trug.

„Das ist alles sehr interessant, was du mir da erzählt hast. Du bist Journalist geworden, weil du es liebst, zu schreiben und zu recherchieren. Mit deiner Arbeit willst du den Horizont deiner Leser erweitern und ihnen helfen, die Welt besser zu verstehen. Dafür scheust du keine Mühen", sagte Amy. „Du gehst mit deinen Fragen der Wahrheit auf den Grund und lässt dich von nichts und niemandem daran hindern. Ich finde das sehr mutig. Jeden Tag folgst du einer neuen Spur und begibst dich auf unbekannte Pfade, ohne zu wissen, wie die Sache ausgeht."

„Stimmt, ich weiß morgens nicht, was mich erwartet, wenn ich in die Redaktion komme", bestätigte Jacques.

„Und trotzdem hast du keine Angst vor unangenehmen Überraschungen, sondern du stellst dich Tag für Tag mutig dem Kampf um die beste Story, die mit deinem Namen auf der Titelseite stehen soll", erklärte sie.

Jacques gefiel die Heldengeschichte, die Amy da erzählte. Er genoss es, dass jemand mit so viel Wertschätzung über ihn und seinen Beruf sprach. Gleichzeitig aber kam es ihm vor, als wären ihre Worte eine riesige Seifenblase, die ihn umschloss. Ihr positives Bild von ihm war wie das bunte Schillern dieser Kugel, das auf ihn abfärbte, aber kein Teil von ihm war. Wenn das zarte Gebilde platzte, würden nur peinliche feuchte Flecken auf seiner Kleidung davon übrig bleiben.

„Ich arbeite in der Lokalredaktion, mein Name steht nie auf der Titelseite", sagte er, und sofort hatte er das Gefühl, als hätte er sich selbst um mindestens zehn Zentimeter geschrumpft.

Doch Amy ließ sich nicht von ihrem Kurs abbringen.

„Ich habe nur versucht, dir klarzumachen, wie viel Mut du jeden Tag aufbringst. Du gehst raus in die Welt, hast keine Ahnung, was auf dich zukommt, und stehst deinen Mann. Das ist doch beeindruckend, findest du nicht?", fragte sie voller Begeisterung.

Ihr unverwüstlicher amerikanischer Optimismus erschien Jacques übertrieben, und er konnte nicht anders: Er musste sie auf den Boden der Tatsachen zurückholen –

dorthin, wo nur wenig glitzerte, was ihn bewundernswert erschienen ließ.

„Aber das macht doch jeder. Wir schlagen morgens die Augen auf und haben keine Ahnung, was passieren wird", sagte er, „und trotzdem machen wir weiter. Das ist wirklich nichts Besonderes."

Amy schaute ihn an und das Lächeln verschwand aus ihrem Gesicht.

„Und ob das etwas Besonderes ist! Weißt du, wie viele Menschen sich jedes Jahr umbringen? Aus purer Angst vor dem nächsten Tag! Weil sie es nicht geschafft haben, daran zu glauben, dass es auf dieser Welt einen Platz für sie gibt, eine Aufgabe, für die sie bestimmt sind. Und das hat nichts damit zu tun, ob jemand reich oder arm ist. Jeder muss einen Sinn in seinem Leben finden: Dieser Aufgabe kann keiner entkommen."

Jacques sah einen Spalt zwischen ihnen in der Erde aufgehen, der Amy in immer weitere Ferne rücken ließ. Wie konnte das passieren? Eben noch hatte sie seine Hand berührt, und jetzt war es, als kämen sie von verschiedenen Planeten und die Schnittmenge zwischen ihnen sei auf den Umfang eines Staubkorns geschrumpft. Bevor ihre Beziehung überhaupt richtig begonnen hatte, war es ihm schon gelungen, sie zu vermasseln. Diese Erkenntnis ließ ihn die Schönheit der Umgebung plötzlich als blanken Hohn empfinden. Palmen, Sonne, das Rauschen des Meeres: Es war die perfekte Umgebung, um sich zu verlieben, und er hatte es geschafft, die erste Frau seit

Jahren, die ihn interessierte, in ein Streitgespräch zu verwickeln.

„Es tut mir leid“, sagte er, „ich wollte dich nicht verärgern. Du sagst so viel Gutes über mich, aber ich kann es gar nicht annehmen. Weißt du, wenn ich Kriegsreporter wäre, dann wäre ich mutig. Aber ein Lokaljournalist, der über die Verleihung des Düsseldorfer Literaturpreises berichtet? Was ist daran mutig?“

Amy schwieg. Ihre Blicke begegneten sich und wieder fühlte er die Wärme, die von ihr ausging. Seine Ängste kamen ihm auf einmal vor wie die Zeugen Jehovas, die er aus alter Gewohnheit und weil er so schlecht nein sagen konnte, in die Wohnung hereingelassen hatte, nun aber zur Tür hinausschob: Er wollte ihr Gerede vom bevorstehenden Weltuntergang nicht mehr hören. Die Stille breitete sich zwischen ihnen aus wie eine Kraft, die die Ladung aller Teilchen umpolen konnte, und was sich vorher abgestoßen hatte, konnte sich jetzt wieder anziehen. So geschah es zwischen den beiden, während sie sich in die Augen schauten.

Das erste Mal hatte Jacques das Gefühl, Amy ganz in Ruhe ansehen zu können. Er ging davon aus, dass sie ihren fünfzigsten Geburtstag erst vor kurzem gefeiert hatte. Die Frau, die ihn so anzog, war keine Knospe mehr, die sich eben erst geöffnet hatte, eher wirkte sie auf ihn wie eine Rosenblüte, deren Blätter sich weit nach außen bogen, ohne dass die Gefahr bestand, der Wind könnte sie in alle Richtungen fortwehen. Ihr langes rotbraunes Haar erinnerte ihn an die Farbe von Kastanien, und auch das

Olivgrün ihrer Augen war ihm vertraut. Weich war ihre Haut, das spürte er, ohne sie berühren zu müssen. Im Licht der Sonne sah er die Linien um ihre Augen, die jedes Lachen dort hinein gezeichnet hatte, und die Adern auf ihren Händen, die sich als blaue Bahnen abzeichneten. In dem weißen, schulterfreien Sommerkleid konnte er auch ihre Oberarme sehen, die fest und weich zugleich wirkten, so wie Pfirsiche, die schon länger in einer Schale in der Küche gelegen haben und darauf warten, endlich gegessen zu werden.

Schlank war sie nicht, dick ebenso wenig. In Jacques' Augen war alles bei ihr an den richtigen Stellen. Er wusste, dass es für ihn eigentlich gleichgültig war, wie sie aussah. Denn es gab etwas an ihr, das sie für ihn unwiderstehlich machte. Es war ihr Blick, der die Angst von ihm nahm. In der Bibel heißt es: „Sprich nur ein Wort, so wird meine Seele gesund." Amy musste gar nichts sagen, sie musste ihn nur so und nicht anders anschauen, und alles war gut.

„Ist nicht schlimm", sagte sie nun. „Weißt du, vielleicht habe ich mich auch geirrt, und dieser Sprung ist für dich gar keine gute Idee, wenn du ohnehin so große Angst vor dem Springen hast. Auf der anderen Seite könnte es gerade für dich eine besonders wertvolle Erfahrung sein. Aber das musst du selbst wissen."

„Doch, ich komme auf jeden Fall mit. Ich habe gestern die ganze Nacht darüber nachgedacht und bin mir sicher, dass ich das will", erklärte Jacques.

„Das freut mich. Weißt du, nur weil du damals ein Angsthase warst, musst du das nicht für den Rest deines

Lebens sein. Die Vergangenheit ist nicht gleichbedeutend mit der Zukunft. Glaub mir, ich weiß, wovon ich rede. Aber das ist ein anderes Thema. Hier geht es um dich, nicht um mich", sagte Amy.

Dann schilderte sie ihm den Ablauf des Abends: Jeder der Teilnehmer würde mit einem Taucheranzug, einer Schwimmweste und einer Trillerpfeife ausgestattet werden. Außerdem würden Leuchtkörper in verschiedenen Farben am Anzug befestigt werden, damit niemand in der Dunkelheit verloren ging. Ein Bus würde die Gruppe zu einer Brücke über einen Meeresarm im Dschungel des Inselinneren bringen, der nur bei Flut mit Wasser gefüllt war und in einen See mündete.

„Keiner springt allein. Jeder nimmt seinen Partner an der Hand, und dann lasst ihr euch einfach fallen. Die Strömung trägt euch auf den See zu, aber auf dem Weg dahin gibt es eine Plattform im Wasser, die euch Halt bietet. Von dort bringen euch Boote an Land zurück", sagte Amy. „In einem Haus in der Nähe könnt ihr eure Taucheranzüge und die übrige Ausrüstung ablegen. Du trägst am besten eine Badehose unter dem Anzug, die trocknet schnell."

Amy reichte Jacques ein Formular, das er ohne zu zögern unterschrieb. Er versicherte damit, dass er den Sprung aus freien Stücken unternahm und die volle Haftung für sein Handeln trug. Die fünfhundert Dollar Gebühr schenkte sie ihm, unter der Bedingung, dass er den anderen Teilnehmern nichts davon sagte. Jacques konnte es sich nicht verkneifen, sie zu fragen, ob denn schon einmal etwas schief gegangen sei.

„Ich biete das jetzt seit zehn Jahren an und es ist noch nie etwas passiert. Außer dass aus einem Zwerg ein Riese geworden ist“, sagte Amy und lachte.

Jacques Frage, was denn mit den Seeschlangen sei, um die sich angeblich die Haie kümmern würden, konnte sie auch nicht beunruhigen. Sie habe keine Ahnung, welche Tiere in dem Gewässer lebten, sagte sie und meinte, manchmal sei es besser, nicht so genau Bescheid zu wissen. Jacques wunderte sich über diese Einstellung und nahm sich vor, besser nicht vorab zu recherchieren, ob es dort Seeschlangen und Haie gab.

„Ich kann in deinen Augen sehen, dass du dich gerade fragst, welche Meeresbewohner dir gefährlich werden könnten“, sagte Amy. „Vergiss es einfach. Vertrau mir. Es wird schon alles gut gehen. Noch etwas habe ich vergessen. Du darfst dich auf keinen Fall von der Strömung ans Ufer treiben lassen. Das Gestrüpp dort ist voller Dornen, und du könntest dich verletzen. Aber dein Partner passt auf, dass du nicht abgetrieben wirst.“

Dann erfuhr Jacques, dass Amy mit ihm gemeinsam springen würde. Sie erklärte ihm, dass die anderen viel mehr Zeit für die Vorbereitung mit ihr verbracht hätten und deshalb auch besser auf dieses Erlebnis vorbereitet seien.

„Auf dich muss ich ein bisschen aufpassen“, sagte sie. „Ich bewundere deinen Mut, weil ich weiß, dass du riesige Angst vor dem Sprung hast. Trotzdem machst du es, und darauf kommt es an. Ich habe gehört, wie Stanley zu dir gesagt hat: 'Wenn du immer nur das tust, was du schon kannst, bleibst du immer der, der du bist.' Als ich dich das erste Mal gesehen habe, da habe ich gespürt, dass du gern ein anderer wärst. Und ich habe gewusst, dass alles, was du dir wünschst, schon in dir ist. Heute Abend werden wir diese Kraft freilassen."

Ihre kleine Rede klang in Jacques' Ohren sehr pathetisch. Im Gegensatz zu den Deutschen scheuten sich die Amerikaner nicht davor, große Worte in den Mund zu nehmen. Sie hatten keinerlei Angst, zu viel zu wagen. Statt dessen verabscheuten sie es, kleine Brötchen zu backen. So ertappte sich Jacques dabei, dass er wieder davon zu träumen begann, wie Amy ihm heute Abend in sein Haus folgen würde, nachdem sie Hand in Hand in die Tiefe gesprungen waren. Und er wünschte sich, dass diese Nacht sie beide für immer verbinden würde.

Auf ihrer Homepage hatte er schon einiges über Amy erfahren: Nachdem sie an einer Elite-Uni in den USA Wirtschaft und Jura studiert hatte, war sie als Hedge-Fonds-Managerin sehr erfolgreich gewesen und hatte dabei nicht nur das Vermögen anderer sehr stark vergrößert, sondern war auch selbst reich geworden. Mit dieser Unabhängigkeit war in ihr der Wunsch entstanden, noch etwas ganz anderes in ihrem Leben zu erreichen.

„Ich habe viele Menschen reich gemacht", erklärte sie auf ihrer Internet-Seite. "Und ich habe erlebt, wie sich diese finanzielle Freiheit auswirken kann. Manche machen ihre Träume wahr, aber viele andere bleiben in ihren unsichtbaren Fesseln gefangen. Es hat mich traurig gemacht zu sehen, wie stark diese Ängste sind, wie ihretwegen all die Chancen, all die Träume im Nirgendwo verpuffen."

In dem Glauben, dass keiner allein seine Ängste besiegen kann, nannte Amy ihr neues Unternehmen „Team Dream". Und auf ihrer Homepage beschrieb sie ihre Mission ziemlich genau: „Wenn ein Elefant zu einem Arbeitselefanten werden soll, dann legt man ihm für einige Zeit Fesseln an, damit er nicht flieht und sich in sein Schicksal fügt. Irgendwann nimmt man ihm die Fesseln wieder ab. Doch er glaubt, er sei noch immer festgebunden, so sehr hat er die Ketten verinnerlicht. Sie sind eins mit ihm geworden. Deshalb kann er sie nicht mehr ablegen. Wir sind wie dieser Elefant. Unsere Ängste sind die Ketten, die uns andere angelegt haben. Unsere Eltern taten das oft in bester Absicht. Sie wollten uns schützen, aber auch nach ihren Vorstellungen lenken. Positive Erfahrungen, die wir im Leben machen, können uns von unseren Ängsten befreien, negative können bewirken, dass neue Ketten hinzukommen. Geschieht das öfter, wagen wir uns wie der Elefant nicht mehr vom Fleck, weil die Angst uns gefangen hält. Wir von ‚Team Dream' sprengen diese Fesseln. Gemeinsam wagen wir Erlebnisse, die für uns bis dahin weit außerhalb des Vorstellbaren lagen, und entdecken unsere innere Stärke wieder."

Jacques hatte über das vielfältige Angebot gestaunt, als er sich durch die Homepage von "Team Dream" klickte. Da gab es einen Lauf über glühende Kohlen an mehreren

Orten in den USA, das Erklettern einer sehr hohen Brücke in Melbourne, Fallschirmsprünge mitten in der Sahara und psychedelische Trips mit Meditation und dem Genuss halluzinogener Pilze in Südamerika.

Um viertel vor fünf stand Jacques allein auf dem Parkplatz. Weit und breit war niemand zu sehen, auch der Bus war noch nicht eingetroffen. Sofort kamen ihm Zweifel an der Professionalität der Organisation. Außerdem fragte er sich, ob er nicht von allen guten Geistern verlassen war, als er sich entschieden hatte, dieses Abenteuer zu wagen.

Noch konnte er unauffällig verschwinden. Er konnte einfach in sein Haus zurückgehen, um dann am Nachmittag mit schmerzverzerrtem Gesicht kurz aufzutauchen und sich unter dem Vorwand eines Magen-Darm-Infekts gleich wieder zu verabschieden. Aber er wusste, was für ein schlechter Schauspieler er war. Amy und die anderen würden sein Theater sofort durchschauen. Und was hatte er dann gewonnen?

„Ist doch egal. Du siehst die Leute ja nie wieder. Bei Amy hast du sowieso keine Chance. Mach dich aus dem Staub, schnell!“ forderte ihn der Angsthase in seinem Innern auf und Jacques war bereit, sich auf den Rückweg zu machen. Er drehte sich um. Stanley, der Psychotherapeut aus New York, stand ganz nah vor ihm und beinah wäre er mit ihm zusammengestoßen.

„Na, genießt du den Rundumblick in die Landschaft? Da mach ich mit“, sagte Stanley, legte ihm den Arm um die Schultern und drehte sich langsam mit ihm im Kreis. Der

Amerikaner bekam sich gar nicht mehr ein, so begeistert war er von der Schönheit, die ihn umgab: „Ich liebe diese Palmen. Sie sind so elegant mit ihrem hohen Wuchs. Und dann diese Blumen in Rosa, Weiß und Gelb. Der grüne Rasen, der weiße Meeresschaum, das blaue Meer: Das ist ein einziger Rausch für die Sinne. Hör dir das Zwitschern der Vögel an! Ist das nicht Musik in unseren Ohren?" Während dieser gesamten Hymne ließ er Jacques nicht los, und als er damit fertig war, sah er ihm gerade in die Augen und sagte: „Lass uns ehrlich sein. Du hast Angst, ich auch. Aber wir machen es trotzdem, okay?" Und dann umarmte er Jacques.

Inzwischen waren auch Amy und die anderen eingetroffen. Der Bus fuhr vor. Bob Marleys „Three Little Birds" schallte aus seinem Innern, und erst als alle eingestiegen waren, stellte James, der Fahrer, die Musik etwas leiser. Zu den Klängen des Refrains „Don't worry about a thing 'Cause every little thing gonna be al right" begann Amy zu sprechen. „Wie geht's euch, Jungs?" Die Amerikaner sprangen von ihren Sitzen auf und brüllten: „Super!" Dann ballten sie die Fäuste voller Entschlossenheit, hoben die Arme zum Himmel und jubelten. Alles war so schnell gegangen, dass Jacques gar nicht mitgekommen war und als letzter in den Jubel einstimmte. Stanley zwinkerte ihm zu und rollte mit den Augen, um ihn zum Lachen zu bringen. Jeff bekam es mit und stieß den wesentlich kleineren Stanley vorwurfsvoll in die Seite.

Amy sah es und schüttelte nur den Kopf. „Ihr seid so was von albern“, sagte sie zu den beiden, bevor sie wieder ernstere Töne anschlug. „Schön, dass ihr alle hier seid. Ich bin stolz auf euch, dass ihr euch auf dieses Abenteuer einlasst“, sagte sie. „Besonders freue ich mich, dass Jacques aus Deutschland mit uns springen wird. Einen Riesenapplaus bitte für Jacques!“

Alle klatschten, als hätte gerade die US-Fußballnationalmannschaft das Endspiel der Weltmeisterschaft gewonnen. Sie strahlten Jacques an, als wäre er der Kapitän ihres Teams und würde gleich den goldenen Pokal in die Höhe halten. Das Klatschen hörte sich anfangs wie ein Platzregen an, dann nahm es einen gleichmäßigen Rhythmus an. Sechs erwachsene Männer applaudierten ihm und riefen im Chor seinen Namen. So viel Euphorie war Jacques nicht geheuer. Die Situation war so ungewöhnlich, dass er gar nicht anders konnte, als sich darauf einzulassen. Es gab keine vergleichbare Erfahrung, auf die er hätte zurückgreifen können, um sich an ihr zu orientieren. Aber war dies hier nicht eine verkehrte Welt – im Vergleich zu seiner Jugend? Menschen, die an ihn glaubten, die ihn ermunterten, etwas zu wagen, statt sich über seine Ängste lustig zu machen, wie er es als Kind so oft erlebt hatte?

Amy, die neben dem Fahrer stand, hob mehrmals die Arme und ließ sie wieder sinken. Das Klatschen verstummte und alle nahmen wieder Platz. „Wir fahren jetzt ungefähr eine Stunde über die Insel. An unserer Brücke treffen wir die Polizei. Sie hat die Straße für uns abgesperrt, damit wir ungestört sind. Und jetzt lasst uns singen!“

Die roten Kunstledersitze des Busses waren an vielen Stellen aufgeschlitzt. Jacques griff versehentlich in eine solche Öffnung und hatte plötzlich bröselnden gelben Schaumstoff in der Hand. Eine ähnliche Erfahrung hatte er einmal in einem Programmkino in Köln gemacht, dessen Einrichtung aus den siebziger Jahren stammte. Die Fenster des Busses waren sauber, abgesehen von den Insekten, die gegen die Windschutzscheibe flogen und von James in regelmäßigen Abständen mit einem Wasserstrahl weggespült wurden, wenn er die Scheibenwischer bediente.

Jacques hatte den Eindruck, Stanley habe ihn auf dem Parkplatz durchschaut und gemerkt, dass er im Begriff gewesen war, sich davonzumachen. Er hatte ihn abgelenkt, bis die anderen kamen und es zu spät für einen Rückzug war. Aber vielleicht sollte es so sein, dachte Jacques. Er hatte seinen weißen Bademantel in den Rucksack gepackt, um nicht in nassen Sachen zur Vanilla Lodge zurückfahren zu müssen. Als Kind war er einmal in der noch feuchten Badehose vom Schwimmbad nach Hause geradelt. Der Fahrtwind hatte sich angenehm kühl angefühlt, aber die Folge war eine schmerzhafte Blasenentzündung gewesen, und deshalb hatte er heute diese Vorsichtsmaßnahme ergriffen, obwohl Amy gesagt hatte, es würde nach dem Sprung keine Gelegenheit geben, die Kleidung zu wechseln.

James' Bus, ein älteres Modell, hatte statt einer Musikanlage nur einen Schlitz für Kassetten über dem Radio. Amy reichte dem Fahrer ein solches Uralt-Modell der Musikwiedergabe und er legte es ein. „We Are The Champions" von Queen erklang, alle schmetterten den Song Wort für Wort mit, und im Nu kam Stimmung auf. Jacques musste an die Karnevalsfeiern in Köln denken, wenn alle schon bei den ersten Klängen außer Rand und Band gerieten. Es gab gar keine Zeit, erst einmal warm zu werden, von null auf hundert lautete die Devise. Während dort allerdings viel Alkohol im Spiel war, waren hier alle stocknüchtern. Jacques bewegte die Lippen zur Musik, musste aber improvisieren, weil er weder die Melodie noch den Text gut genug kannte.

Genauso hatte er es auch früher am Sonntag in der Kirche gehalten, und er war immer froh gewesen, dass es andere gegeben hatte, die die Führung übernommen und laut den Ton angegeben hatten. Diese Stimmen der anderen waren von etwas ergriffen gewesen, nachdem er sich sehnte: Gottvertrauen, Zuversicht, Glaube an das Gute im Menschen und an das Schöne in der Welt. Schon als Messdiener hatte er gespürt, dass der Keim all dessen auch in ihm ruhte und schon ein zartes Pflänzchen daraus geworden war. Wenn er sich über den blauen Himmel und die Sonne freute, über eine gute Note, über eine Umarmung seiner Mutter, über die rote Grütze mit Vanillesoße, die es zum Nachtisch gab, dann war sein Herz voller Freude und Dankbarkeit gegenüber einer höheren

Macht gewesen, die ihm Geborgenheit schenkte und mit der er sich verbunden fühlte.

Wenn seine Eltern sich aber beim Essen anschwiegen, seine Mutter nach einer Weile zu weinen begann und ihre Tränen dunkle Flecken auf ihrer Bluse hinterließen, und ihm keine tröstenden Worte einfielen, um sie aufzumuntern, oder wenn er während der Pause auf dem Schulhof allein dastand, weil er zu schüchtern war, um andere Kinder anzusprechen, dann war diese Verbindung nach oben abgerissen. Als Kind und Jugendlicher hatte er das nur allzu oft erlebt. Und statt dass seine Zuversicht zu einem großen Baum herangewachsen wäre, der ihm Selbstvertrauen verlieh, war sie ein kümmerliches Gestrüpp geblieben, das dem Erwachsenen wenig Schutz bieten konnte.

Jacques schaute aus dem Fenster und bewegte seine Lippen weiter zu Liedern, von denen er lediglich Bruchstücke kannte. „I love my life. I am wonderful. I am magical. I am me“, lautete der Refrain des Songs von Robbie Williams, der gerade gespielt wurde und den die Amerikaner aus voller Kehle mitsangen.

Inzwischen war es dunkel geworden, und von den mit Wald bewachsenen Zuckerhüten, um deren Spitze sich Wolken schlängelten, waren nur noch schwarze große Zacken in der Ferne übrig geblieben. Der Dschungel rechts der Straße war wie eine schwarze Wand, kein Mondlicht drang bis auf den Boden durch. Links fiel das Gelände steil ab und es gab keine Leitplanken, die verhindert hätten, dass der Bus in die Tiefe stürzte, falls er von der Straße abgekommen wäre. In Serpentinen ging es zum Meer hinunter, und Jacques war froh, dass James nicht aufs Tempo drückte; das hätte ihnen in den Haarnadelkurven zum Verhängnis werden können.

Plötzlich legte sich eine Hand auf sein Knie, und ihm wurde bewusst, dass er die ganze Zeit mit dem Bein auf und ab gewippt haben musste, bis Amy die Bewegung zum Stillstand gebracht hatte. „Wie geht es dir? Wir sind gleich da. Bist du bereit?“, fragte sie ihn.

Bevor er antworten konnte, drückte sie ihm ein Stück Papier in die Hand. Dann ging sie nach vorn und ergriff das Wort. In einem Ton, der die Zuhörer aufrütteln sollte und Jacques an die Sonntagspredigten des Pfarrers seiner Gemeinde erinnerte, sagte sie: „Wir sind stark. Wir sind mutig. In jedem von uns steckt eine grenzenlose Kraft. Wir wurden nicht geschaffen, um uns klein zu fühlen. Wir sind größer als jede Angst. Wir sind Riesen.“

Die anderen wiederholten ihre Worte, wieder und wieder: „Wir sind stark. Wir sind mutig. Wir sind größer als jede Angst. Wir sind Riesen.“

Genau diese Worte standen auf Jacques' Zettel, aber er brauchte gar nicht erst darauf zu schauen, um in den Chor einzustimmen. Alle waren wieder aufgestanden, reckten die Fäuste in die Höhe, und selbst als der Bus am Ziel angehalten hatte, riefen sie weiter die beschwörenden Sätze.

Jacques fühlte zwei Seelen in seiner Brust, die in unterschiedliche Richtungen unterwegs waren. Welcher sollte er folgen – dem Mut oder der Angst? Er sah das Bild der Justitia vor sich, die mit verbundenen Augen eine Waage mit zwei Schalen in der Hand hält und eine Entscheidung treffen muss. Er schloss die Augen, um wie sie blind für Einflüsse von außen zu sein. Die anderen hatten inzwischen den Bus verlassen, James hatte die Musik ausgeschaltet und es gab einen Moment der Stille, in dem Jacques nur sein Herz klopfen hörte.

Amy kam in den Bus und fragte ihn, ob alles in Ordnung sei. „Ja, alles gut, ich komme", sagte er und ging zu ihr. Sie sahen sich in die Augen, und ihr Blick beruhigte ihn. Grenzenloses Wohlwollen lag darin und die Zuversicht, dass er es schaffen würde. So hatte ihn auch seine Mutter angeschaut, bevor er als Kind das erste Mal mit seinem Fahrrad einen steilen Hang hinuntergefahren war. „Komm schon, du schaffst das!", hatte sie ihm zugerufen und er hatte ihr geglaubt. Damals war alles gut gegangen, und er erinnerte sich noch heute daran, wie glücklich er gewesen war, als er unten angekommen war. Diese Freude empfand er jetzt wieder und er stellte sich vor, dass er sich nach dem Sprung wahrscheinlich auch so fühlen würde, doch noch viel intensiver.

Ein Schulterschlag von Jeff holte ihn in die Wirklichkeit zurück. Vor ihm lagen auf einem großen Haufen Taucheranzüge unterschiedlicher Größen und jeder der Männer fischte sich einen passenden heraus. Amy stieg in den Bus, um sich ungestört umziehen zu können. Die Vorstellung, wie sie dort ihre Kleider ablegte, beflügelte Jacques' Fantasie: Er ging Arm in Arm mit ihr am Strand entlang, dann lagen sie in seinem Bett und er küsste sie auf den Nacken, schlang den Arm um sie und schmiegte sich eng an sie. Als sie wieder aus dem Bus auftauchte, sah sie verändert aus. Der Taucheranzug umschloss sie wie eine zweite Haut und ließ keinen Zweifel daran, dass sie eine Frau mit sehr weiblichen Formen war. Jaques zeichnete jede ihrer Kurven mit den Augen nach und wünschte sich, auch seine Hände könnten den Linien ihres Körpers folgen. Ein Seitenblick auf seine neuen amerikanischen Freunde verriet ihm, dass es ihnen ähnlich erging, und obwohl er sie sehr mochte, war er zum ersten Mal ein wenig eifersüchtig, weil sie so viel vertrauter mit Amy waren als er.

Sie teilte nun die Schwimmwesten aus und befestigte die Leuchtkörper an den Anzügen der Männer. Alle murmelten noch immer wie mit einer Stimme: „Wir sind stark. Wir sind mutig. In jedem von uns steckt eine grenzenlose Kraft. Wir wurden nicht geschaffen, um uns klein zu fühlen. Wir sind größer als jede Angst. Wir sind Riesen." Die Botschaft tat ihre Wirkung: Jacques wurde immer ruhiger, seine Schultern strafften sich und auf einmal stand er so aufrecht, als wäre er tatsächlich ein Riese.

Die Laute des Dschungels drangen an seine Ohren. Da war ein hoher Schrei, den er einem Affen zuordnete, ein plötzliches Fauchen und dazwischen wieder die Stille, in der unzählige Insekten summten und brummten. Das Meer näherte sich nun stärker dem Land, die Flut trieb die Wellen immer weiter ans Ufer und in der Ferne hoben sich weiße Schaumkronen vor dem Nachthimmel ab. Der

Horizont war nicht mehr zu erkennen, so dunkel war es auf einmal geworden. Die Scheinwerfer des Busses beleuchteten die Brücke, von der sie gleich springen würden.

Doch zunächst musste Amy noch etwas erklären: „Wir springen immer zu zweit. Bitte sucht euch jetzt euren Partner. Ihr seid verantwortlich füreinander. Lasst euch nicht aus den Augen. Wichtig ist, dass sich keiner von der Strömung abtreiben lässt. Der Meeresarm mündet in einen großen See, in dem wir die arme Seele, die dort landet, dann suchen müssten. Das wollen wir alle lieber vermeiden, oder?"

„Ja, klar", murmelten einige, die anderen nickten nur.

„Wie ihr wisst, ist in der Mitte des Meeresarms eine Plattform. Wenn ihr dort angekommen seid, klettert ihr hinauf. Ein Boot holt euch dann ab. Schwimmt auf keinen Fall selbst an Land, das ist zu gefährlich. Es gibt Schlingpflanzen im Wasser und Dornensträucher an beiden Ufern. Da könntet ihr euch verletzen."

Amy hielt inne und vergewisserte sich mit einem kurzen Blick in die Runde, dass alle aufmerksam zuhörten. Es war, als würde sie mit einer unsichtbaren Schnur die Köpfe der Männer heben und ihre Augen auf sich richten.

„Jacques und ich springen zuerst", sagte sie, als Nächste Jeff und John, dann Tom und Will und zum Schluss Stanley und Mark. Lasst uns einen Kreis bilden und noch einmal wiederholen, was uns stark macht, bevor wir zur Brücke gehen."

Stanley legte sofort seinen Arm um Jacques' Schulter, ganz schnell hatten sich alle so miteinander verbunden. Ihre gesamte Energie konzentrierte sich nun auf dem Boden in der Mitte des Kreises, und es hätte Jacques nicht gewundert, wenn plötzlich ein Blitz dort eingeschlagen hätte, eine so starke Spannung lag in der Luft, als alle mit vereinten Kräften wieder und wieder die gemeinsame Stärke beschworen.

Schließlich löste sich der Kreis auf und die Männer klatschten sich ab, einige umarmten sich auch. Stanley drückte Jacques fest an sich, und die Schweißperlen auf der Stirn des New Yorkers verrieten, dass er Angst hatte; der Blick seiner Augen ließ keinen Zweifel daran. Amy ging auf Jacques zu und nahm seine Hand. Ihre Handfläche war feucht, und er wunderte sich ein wenig darüber. Konnte es sein, dass auch sie aufgeregt war? Wie ein Kind, das von seinen Eltern zur Schule gebracht wird, folgte er ihr einfach, als sie sich zur Brücke umdrehte. Hinter ihnen bildeten sich weitere drei Paare, die in die selbe Richtung blickten. Amy ging los und alle anderen schlossen sich ihr an. Jacques fühlte sich an Amys Hand sehr wohl. Wie gern hätte er ihr noch einmal in die Augen geschaut und diesen Blick genossen, der ihm so viel Kraft schenken konnte. Doch sie behielt ein fernes Ziel im Auge und er entschied sich, auch dorthin zu schauen.

Mit der Zeit hatten sich seine Augen an die Dunkelheit gewöhnt, und er konnte unterschiedliche Schattierungen von Grau, Dunkelgrau und Schwarz ausmachen. Ein riesiger dunkelgrauer Kreis musste der See sein, von dem

Amy gesprochen hatte. Und als er sich vorstellte, er würde dort hinausgetrieben, wurde ihm ganz anders. Jacques hatte einmal einen Film gesehen, in dem ein Taucherpaar mitten auf dem Meer zurückgelassen worden war. Ein tiefes Grauen hatte die beiden erfasst, als sie entdeckten, dass die anderen schon an Land zurückgekehrt waren. Ein Teil dieses Gefühls ergriff ihn jetzt und er blieb abrupt stehen. Wie ungeschickte Teletubbies purzelten die drei Paare hinter ihm gegeneinander, bevor sie inne hielten.

Jacques zog seine Hand aus Amys und sagte: „Ich kann das nicht. Es ist zu gefährlich."

Dabei sprach er so leise, dass nur sie seine Worte hören konnte. Schweigend legte Amy den Arm um ihn, die anderen kamen hinzu, und wieder bildeten sie einen engen Kreis. Ihre Köpfe berührten sich, und der Mond sah auf sieben leicht gerötete Nacken und Amys braunes Haar herab, das ihr bis weit über die Schultern reichte. Jacques nahm den Knoblauchgeruch in Jeffs Atem wahr, er spürte Stanleys Angst – ein leichtes Zittern – und Amys Kopf, der sich an seinen drückte. Es kam ihm vor, als hätte sich die Gruppe in einen Oktopus mit vielen Armen, aber nur einem Kopf verwandelt.

Dieses Gefühl verstärkte sich noch, als die anderen erneut wie mit einer Stimme zu sprechen begannen: „Wir sind stark. Wir sind mutig. In jedem von uns steckt eine grenzenlose Kraft. Wir wurden nicht geschaffen, um uns klein zu fühlen. Wir sind größer als jede Angst. Wir sind Riesen."

Jacques stimmte ein und ließ sich von den Worten mitreißen. Mit geschlossenen Augen überließ er sich dem Klang der Stimmen, bis die Botschaft jeden Zweifel in den hintersten Winkel seiner Seele verbannt hatte. Plötzlich spürte er einen frischen Windhauch, als die anderen sich aus dem Kreis lösten und wieder ihre Positionen einnahmen. Auch Amy griff erneut nach seiner Hand und hielt sie fest umschlossen. Und es wurde Jacques klar, dass es jetzt kein Zurück mehr gab.

Die kleine Kolonne setzte ihren Weg fort. Vor seinem inneren Auge sah Jacques einen Trupp römischer Legionäre, die mit vereinten Kräften einen riesigen Schild über ihren Köpfen hielten, um sich vor den Pfeilen des Feindes zu schützen. Dem einzelnen wäre dies nicht möglich gewesen, aber da sie gemeinsam das schwere Schild festhielten, gelang die Verteidigung. Genauso hatten ihn die anderen eben vor den Pfeilen der Angst geschützt, die sein Herz zu durchbohren drohten.

Genau am Rand der Brücke blieb Amy stehen. Ringsum war alles dunkel, nur die Scheinwerfer des Busses spiegelten sich auf dem Wasser. Jacques drehte sich zu den anderen um. Stanley sah ihn an, er nickte ihm ganz langsam zu und reckte dann den Daumen in die Höhe. Die anderen folgten seinem Beispiel, und sechs Daumen zeigten nach oben. Amy lächelte die Gruppe an. Dann schaute sie wieder nach vorn. Im nächsten Moment sprang sie und riss Jacques mit in die Tiefe.

Er riss die Augen auf und für einen Moment war er sich nicht sicher, ob er lebte oder tot war. War es an Land dunkel gewesen, so war es jetzt im Wasser völlig finster. Nichts war um ihn herum zu sehen, Panik ergriff ihn, und er ruderte wild mit den Armen, bis er plötzlich auftauchte und nach Luft schnappen konnte. Sofort drehte er sich auf den Rücken und schaute nach oben. Der Sternenhimmel breitete sich über ihm aus wie ein Netz aus Diamanten und Brillanten, aus zahllosen Edelsteinen, die unaufhörlich funkelten und blinkten. Noch nie hatte er einen solchen Sternenhimmel gesehen, und nach dem schwarzem Nichts, das ihn eben umgeben hatte, erschienen ihm die Himmelskörper noch strahlender und heller als je zuvor.

Freude stieg in ihm auf wie aus einer unterirdischen Quelle, die nie an die Oberfläche gelangt war und jetzt als Geysir in mächtigem Strahl emporschoss. Jeden seiner Herzschläge konnte er spüren. Es war jedoch nicht das aufgeregte Pochen, das er aus den Redaktionskonferenzen kannte, bevor er sich zu Wort meldete, und das auch danach anhielt, weil er stets einen Angriff befürchten musste, nachdem er gesprochen hatte. Wie eine Trommel, die in seinem Inneren geschlagen wurde, damit er alle Kräfte mobilisieren konnte, um seinen Gegnern Paroli bieten zu können. Jetzt erlebte er sein Herz ganz anders. Er spürte die unbeirrbare Beharrlichkeit des Lebens, die jeden seiner Schläge hervorbrachte und eine Kraft freisetzte, die er noch nie gespürt hatte.

Amy schwamm um ihn herum wie ein Hund, der sein Herrchen keine Sekunde aus den Augen lässt.

„Lass dich jetzt einfach mal fallen", sagte sie zu ihm, während sie die Arme unter seinen Rücken und seine Schultern legte.

Jacques schaute in den Nachthimmel und ließ sich von ihr tragen. Nach einem Moment, der ihm unendlich erschien, weil er so schön war, tauchte er unter ihren Armen durch, um gleich darauf wieder vor ihrem Gesicht zu erscheinen. Sie sah ihn erstaunt an, und als er vorschlug, die Rollen zu tauschen, ließ sie sich ohne zu zögern auf den Rücken gleiten. Nun war er das tragende Element. Sie schloss die Augen und gab sich ihm ganz hin. Die Freude, die er nach dem Auftauchen empfunden hatte, leuchtete in ihm wie ein Schwarm Glühwürmchen und erhellte jeden Winkel seiner Seele. Seine Ängste kamen ihm plötzlich vor wie eine Neonlampe mit Wackelkontakt, die mit ihrer unruhigen, grellen Helligkeit seine Wahrnehmung der Welt verzerrt hatte. Jetzt aber war da eine völlig neue Beleuchtung, in deren sanftem Licht er die Hoffnung hegte, dass Amy sich auch in ihn verlieben könnte.

Die Strömung trug sie beide schnell voran. Jacques hatte jedes Zeitgefühl verloren, es gab für ihn nur noch das Jetzt. Die schwarzen Wipfel der Palmen wiegten sich im Wind. Aus dem Dickicht des Dschungels blitzten hin und wieder die Augen eines Tieres hervor und erinnerten daran, dass Menschen hier nicht willkommen waren. Doch gleichzeitig spürte Jacques ein Gefühl, das er bisher nur selten so empfunden hatte. In ihm war eine tiefe innere Ruhe, als er Amy so federleicht auf seinen Armen spürte – ihr Gewicht trug ja das Wasser – und sich nach den anderen umschaute, die hinter ihm in die selbe Richtung trieben.

Er nahm alles um sich herum wahr – die Geräusche der Natur, das Lachen der anderen, ihre erleichterten Plaudereien, Amys Atemzüge, die Leuchtfarben an den schwarzen Tauchanzügen – und es fügte sich mit seinem Herzschlag zu einem Ganzen. Er war auf einmal ein Teil davon und nicht mehr das vereinzelte Wesen, als das er sich stets wahrgenommen hatte, ein Sandkorn unter vielen am Strand des Lebens, das sich nur an den anderen reiben, aber niemals mit ihnen verschmelzen konnte. Immer waren da ein Ich und ein Du geblieben, es hatte keine Schnittmenge gegeben, kein Aufeinanderlegen zweier Kreise, die wie durchsichtige gelbe und blaue Filter Grün ergaben.

Das erste Mal in seinem Leben hatte er das Gefühl, alles könnte gut ausgehen, was er sich vornahm, und seine Träume könnten wahr werden. So oft hatte er gar nicht erst gewagt, zu träumen oder großartige Pläne zu schmieden, weil er befürchtete, noch trauriger als zuvor zu sein, falls sie scheitern sollten. Ihm wurde bewusst, dass die Trauer, die er in sich trug, nicht seine eigene war, sondern die seiner Eltern, die sich längst von ihren Träumen verabschiedet und nie versucht hatten, sie Wirklichkeit werden zu lassen. Da war sein Vater, der den elterlichen Handwerksbetrieb übernommen hatte, obwohl er viel lieber Förster statt Maler geworden wäre. Bei jedem Pinselstrich träumte er davon, wie es gewesen wäre, wenn er sich damals anders entschieden hätte und wie schön es wohl in diesem Augenblick im Wald war.

So war es mit den Träumen: Sie ließen sich nicht wirklich beerdigen, sie vermoderten nicht dort, wo die Menschen sie im hintersten Winkel der Seele verbargen, in der Hoffnung, sie würden in Vergessenheit geraten, und sie zerfielen auch nicht zu Staub, den der Wind in alle vier Himmelsrichtungen auf Nimmerwiedersehen verwehen konnte. Sie kamen immer wieder hervor, wie Vampire, die nicht sterben können, und nachts ihre Opfer heimsuchen. Auch längst aufgegebene Träume waren Quälgeister, die zwar kein Blut saugten, aber jeden Tag Energie raubten.

Jacques musste nur seinen Vater anschauen, dessen Gesichtszüge die ganze Geschichte eines einst möglichen, aber nie gelebten Lebens erzählten. Die tiefen, von der Enttäuschung eingekerbten Falten, die sich von der Nase bis zum Kinn hinabzogen, sprachen Bände. Jacques sah auch seine Mutter vor sich, die nur selten ihr schönes Lächeln zeigte, das sie viel jünger wirken ließ.

Mitgefühl mit den beiden regte sich in Jacques. Hatten sie je die Chance gehabt, eine Erfahrung wie die heutige zu erleben? Wieder blickte er zu den Sternen auf. Waren es dieselben, die auch im fernen Deutschland zu sehen waren? Natürlich waren sie es. Und er wünschte sich, dass auch seinen Eltern ein solches Wunder zuteil werden könnte: eine Erfahrung, die allem widersprach, was sie bisher erlebt hatten, die ihnen zeigte, dass alles auch ganz anders sein konnte.

Amy glitt unter Wasser. Als sie wieder auftauchte, hielt sie die Augen zunächst eine Weile geschlossen, legte den Kopf in den Nacken und strich sich die nassen Haare aus dem Gesicht. Am liebsten hätte Jacques in diesem Moment die zarte Haut ihrer Lider geküsst, aber er wusste, dass es dafür noch zu früh war, und so hielt er sich zurück. Als sie die Augen wieder öffnete, schaute sie ihn an und er erwiderte ihren Blick, ohne ihm auch nur eine Sekunde scheu auszuweichen. Einen Moment lang schien alles möglich, und er lächelte sie an, wie er noch nie eine Frau angelächelt hatte.

Dann musste er lachen. Es kam aus ihm hervor wie ein Wasserfall, der sich als unterirdischer Bach jahrelang durch den Felsen gekämpft hat und nun in vollem Schwall nach draußen schießt. Jacques ließ sich wieder auf den Rücken gleiten und lachte und lachte. Alles war eins, und zum ersten Mal in seinem Leben konnte er es auch fühlen. Er lachte über all die Schranken, die er aufgebaut hatte, um sich vor anderen zu schützen, über all die Ängste, die ihn gequält hatten, und er lachte, weil er so unendlich froh war, auf der Welt zu sein. Auf einmal empfand er ein tiefes Vertrauen in sein Schicksal, das ihn hierher geführt hatte, zu Amy und zu diesem Sprung ins Unbekannte.

In dieser Stimmung griff er nach Amys Hand, tauchte unter und zog sie mit zu der künstlichen Insel inmitten des Meeresarms. Ab und zu kam er nach oben, um Luft zu holen, und sah dabei aus dem Augenwinkel, dass Amy an seiner Seite schwamm. Vor seinem inneren Auge erschien das Bild zweier Delphine, die nebeneinander in den

Wellen auf- und abtauchten und vergnügt fiepten. Genauso ausgelassen fühlte er sich, als er nach zehn schnellen Zügen an der Plattform ankam, sich hochzog und aufstand. Sein Blick schweifte umher und fiel auf die große, schwarze Scheibe des Sees, in den der Meeresarm mündete. Seine Oberfläche schien unbewegt wie eine frisch geteerte Straße, und an seinen Ufern ragten spitze Gräser wie Speere in den Nachthimmel. Die Bäume dahinter waren völlig kahl.

Amy stand neben ihm auf der Plattform, die jedes Mal ins Schwanken geriet, wenn einer der anderen hinaufkletterte. Als sie merkte, wie gebannt er auf den dunklen See blickte, sagte sie: „Es hat dort einmal gebrannt, der ganze Wald ringsum wurde vernichtet. Erst ein starker Regen konnte das Feuer löschen. Es hatte wochenlang nicht geregnet, und die ganz Insel hat sehr unter der Hitze gelitten. Die Menschen, die hier leben, glauben, mit dem Feuer habe die Erde Gott sagen wollen, dass sie Durst hatte, und er habe das Zeichen verstanden."

Als Jacques in dem Boot Platz nahm, das die Gruppe an Land brachte, schaute er noch einmal zu der düsteren Landschaft hinüber, die nun, nachdem er ihre Geschichte kennengelernt hatte, nicht mehr so bedrohlich auf ihn wirkte. Dennoch stellte er sich insgeheim vor, wie es wohl wäre, dort allein zu sein, vergessen von der Gruppe, die sich längst auf dem Rückweg befand. Ihm wurde unbehaglich zumute und er fragte sich, ob die Leichtigkeit, die er eben gespürt hatte, vielleicht nur eine Momentaufnahme gewesen war und nicht ein neuer Zug seiner Persönlichkeit, über den er sich von nun an freuen konnte, weil er für immer ein Teil von ihm sein würde. Neben ihm im Boot saß Jeff, der Hüne mit der Spinnenangst , und legte den Arm um ihn. „Du warst so tapfer. Ich bin stolz auf dich", sagte er, und als sie am Ufer ankamen, rief er „Gib mir High Five" und klatschte Jacques ab. Alle aus der Gruppe wiederholten das Ritual, jeder mit jedem, und es entstand ein wildes Getümmel aus sechzehn hochschnellenden Händen, die die Luft mit schallenden Geräuschen erfüllten, und ebenso vielen Armen, die sich in wechselnden Konstellationen immer wieder neu miteinander verbanden. Dazwischen stiegen Jubelrufe auf, als hätte das kleine Team eine gegnerische Mannschaft auf dem Spielfeld gerade das Fürchten gelehrt und den Sieg davongetragen. Die Stimmung war ausgelassen und voller Freude.

In einem kleinen weißen Haus, in dem ein Generator summte, kamen alle zusammen. Es war leer und hatte keine Fenster – ein Rohbau in der Mitte von Nirgendwo. James, der Fahrer, hatte in der Zwischenzeit auf einigen umgedrehten Obstkisten Servietten ausgebreitet und Gläser, eine Tüte Milch und zwei Teller mit großen, runden Schokoladenkeksen daraufgestellt. Alle griffen zu, als sei eine solche Mahlzeit mitten in der Nacht im Dschungel das Normalste auf der Welt.

Amy spürte Jacques' leichtes Erstaunen und klärte ihn auf: „Cookies und Milch – das bekommst du in Amerika als Kind, wenn du dir das Knie aufgeschlagen hast, wenn du eine gute Note nach Hause gebracht hast, wenn du deinem Dad beim Rasenmähen geholfen hast oder deiner Mutter beim Aufräumen. Wir alle sind damit aufgewachsen. Cookies und Milch, das bedeutet Trost und Lob. Damit du spürst: Die Welt ist ein Ort, an dem man sich verdammt wohlfühlen kann."

Die Kekse sahen aus wie Unterteller mit einem Mosaik aus Steinen in unterschiedlichen Brauntönen. Die Schokoladenstücke, von der Hitze schon weich, schmolzen im Mund sehr schnell. Jacques wusste, dass er den Geschmack dieser Cookies nie vergessen und von nun an immer ein schönes Gefühl mit ihnen verbinden würde.

Am Bus schälten sich alle aus ihren Taucheranzügen, warfen sie auf einen Haufen und der Fahrer verstaute sie im Laderaum. Amy trug nur noch ihren Bikini und Jacques fiel auf, dass alle Männer versuchten, sie nicht anzustarren. Während sie weiter scherzten und plauderten, warfen sie ihr verstohlene Seitenblicke zu. Nachdem Amy als erste in den Bus gegangen war, blieben die anderen noch draußen, damit sie sich in Ruhe anziehen konnte. Auch James stand da und rauchte. Als Jacques den Bus betrat, hatte Amy sich in ein riesiges Handtuch gewickelt, das nur Schultern und Arme frei ließ. Der Stoff schlängelte sich in einem leuchtenden Pink um ihren Körper, so wie die Zweige der Bougainville-Sträucher jede Mauer umarmen und mit Blüten überschütten. Im hinteren Teil des Busses hatte Jacques eine Tasche mit einem weißen Bademantel hinterlegt, den er nun anzog.

„Oh, das ist eine gute Idee", sagte Stanley und fügte hinzu: „Ihr Deutschen seid immer so gut organisiert. Wirklich erstaunlich!"

Mit einem Lächeln nahm Jacques die anerkennenden Worte entgegen, doch sich selbst empfand er nicht gerade als Organisationsgenie. Denn als James den Motor anließ, war es für den entscheidenden Schritt zu spät geworden. Seine triefend nasse Badehose hatte er immer noch an. Er hatte es versäumt, im Bademantel kurz auszusteigen und sie im Schutz der Dunkelheit abzustreifen. Jetzt musste er wieder an die Blasenentzündung denken, die er sich damals als Kind eingehandelt hatte, als er mit seinem nassen Schwimmzeug am Leib auf dem Fahrrad nach Hause gefahren war. Und schon sah er sich wieder in einem Dilemma gefangen, das ihn weit forttrug von seinem Triumph, der doch erst zwanzig Minuten zurücklag. Das Hochgefühl von eben verflüchtigte sich, und nun beschäftigte ihn die Frage, ob er seine Badehose anbehalten sollte, auf die Gefahr hin, krank zu werden, oder ob er sie ausziehen und damit riskieren sollte, dass ihn jemand aus der Gruppe dabei beobachtete und ihn für äußerst merkwürdig hielt. Ganz zu schweigen von Amy, die dies bestimmt seltsam finden würde.

Doch während er das Pro und Contra beider Optionen abwog, geschah etwas noch nie Dagewesenes: Er hörte sich das ganze Palaver in seinem Kopf an, doch es beunruhigte ihn nicht mehr, so wie es vor dem Sprung der Fall gewesen wäre. Es kam ihm vor, als würde er voller Mitgefühl einem sorgenvollen Kind lauschen, dessen Nöte er gut verstehen konnte, und gleichzeitig war eine andere, erwachsene Instanz in ihm erwacht, die einfach wusste, was zu tun war. War das der Riese in ihm, dessen Existenz Amy so eindringlich vor dem Sprung beschworen hatte?

Während die anderen Bob Marleys Lied „Three Little Birds" sangen und ein süßlicher Duft sich im Inneren des Busses ausbreitete, wippte und sang Jacques in der letzten Bank mit, hielt mit einer Hand seinen Bademantel zu und streifte mit der anderen die Badehose über Oberschenkel, Knie und Füße. Als ihm das gelungen war, knüllte er sie schnell zusammen und stopfte sie in seinen Rucksack. Zur Sicherheit zog er den Bademantel eng um sich und schloss den Gürtel mit einem doppelten Knoten. Geschafft! Er freute sich, dass nun alles geregelt war und wusste instinktiv, dass er die richtige Entscheidung getroffen hatte. Und vor allem freute er sich, dass er sich nicht in seinen kindischen Bedenken verloren hatte, diesem angstvollen Geplapper, das ihn schon sein ganzes Leben begleitet hatte, wie ein Kaugummi, der an der Schuhsohle klebt und bei jedem Schritt mehr Schmutz anzieht.

Als Jacques wieder nach vorn ging, rückte Stanley sofort zur Seite und bot ihm nicht nur den Platz neben sich an, sondern auch den Joint, der gerade herumgereicht wurde. Jacques nahm einen Zug, inhalierte tief und ignorierte die Erinnerung an die Übelkeit, die ihn auf der letzten Party befallen hatte, nachdem er Marihuana geraucht hatte. Andere Bilder stiegen in ihm auf, die viel besser ins Hier und Jetzt passten und auch ein Teil seiner Vergangenheit waren: Seine Schwester Eva und er, wie sie sich vor Lachen bogen, als sie im Kino saßen und „Das Leben des Brian“ von Monthy Python sahen. Eine Tüte hatten sie schon zu Hause geraucht, und als Jesus in der Schlussszene am Kreuz „Always look on the bright side of life“ sang und dann mit zwei anderen Gekreuzigten die Melodie des Songs pfiff, sangen sie laut mit. Das Kino war bis auf den letzten Platz ausverkauft und ihre Stimmen verschmolzen mit dem Chor des Publikums. Es war eine Wiederholung, die jedes Jahr in der Filmreihe „Britischer Humor“ gezeigt wurde, und bei besonders lustigen Szenen fingen die Leute oft schon vorher an, über den Gag zu lachen, der gleich kommen würde. „Always look on the bright side of life“ - das wär's, dachte Jacques jetzt. Und als Stanley ihn fragte, woran er denke, erzählte er ihm von dem Erlebnis mit seiner Schwester.

„Das ist auch einer meiner Lieblingsfilme. Ich habe ihn gefühlt schon tausendmal gesehen. Jedes Wort kann ich auswendig“, sagte er, und plötzlich stimmten sie beide das Lied an, das Jacques und Eva damals feuchte Augen beschert hatte. Später hatten sie es immer darauf geschoben, dass sie high gewesen waren und deshalb so viel gelacht hatten, aber beide wussten insgeheim, dass ihnen noch aus einem anderen Grund die Tränen gekommen waren: Die humorvolle, von Zuversicht getragene Sicht auf das Leben, die der Film vermittelte, hatten sie sich so sehnlich gewünscht wie zwei Pflanzen, die zu verdorren drohen, weil es ihnen an Wasser fehlt.

In der Vanilla Lodge zerstreute sich die Gruppe schnell. Der Rausch war verflogen, alle waren müde und wollten nur noch ins Bett. Amy lud sie zu einem Frühstück um zehn Uhr ein, an das sich ein gemeinsamer Strandtag anschließen sollte. Die Männer tauschten Umarmungen aus und keiner von ihnen ließ es sich nehmen, auch Amy noch einmal in die Arme zu schließen. Jacques hätte sie am liebsten gar nicht mehr losgelassen.

Ihre Hand hielt er noch immer in der seinen, als er zu ihr sagte: „Vielen Dank, dass du mich eingeladen hast, mitzukommen. Ohne dich, ohne die anderen, hätte ich mich das nie getraut. Das war eine der schönsten Erfahrungen meines Lebens."

Amy schaute ihn an und in ihren Augen konnte er die pure Freude sehen, die seine Worte bei ihr hervorriefen.

„Das ist ganz wunderbar. Das freut mich sehr", entgegnete sie. „Aber du musst wissen: Heute, das war nur ein Sprung. Der Riese in dir kann noch viel größere Sprünge machen, nicht nur diesen einen. Schlaf gut. Wir sehen uns morgen."

Sie schaute ihn an und da war dieser Blick, nachdem er sich so sehnte, seit er ihn das erste Mal wahrgenommen hatte. Sprich nur ein Wort, so wird meine Seele gesund. Ihre Augen sprachen zu ihm. Sie beschrieben ihm ein Meer der Möglichkeiten, in dem er sich nach Herzenslust tummeln und in jede Richtung schwimmen konnte, ohne je unterzugehen. Als wäre das Leben ein Frühstücksbuffet, das immer neue Köstlichkeiten bot, und er musste nur zugreifen, damit seine Seele satt wurde.

In der Nacht kochte sich Jacques noch einen großen Teller Spaghetti mit grünem Pesto und gönnte sich ein Glas Rotwein dazu. Jeder Schluck machte ihm Freude. Er schloss die Augen und konzentrierte sich auf die einzelnen Geschmacksnuancen, die sich nach und nach entfalteten. So müsste das Leben immer sein, dachte er, so leicht, so schön, und in seine Freude mischte sich ein Hauch Melancholie, weil er nicht sicher war, ob es ihm gelingen würde, sich in Deutschland etwas von diesem Gefühl zu bewahren. Doch es war nur eine schwache Konzentration dieses Gifts, das sich Zweifel nennt und jedes Glücksgefühl zerstören kann. So wie ein Tropfen Tinte sich in einer Schale voll Wasser auflöst und unsichtbar wird, so verdünnte die Erinnerung an die Schönheit des Tages jeden sorgenvollen Gedanken, der in Jacques aufkam, bis er in Zuversicht aufgegangen und fast verschwunden war.

Das Lieblingslied seiner Oma kam ihm dabei zu Hilfe und er summte die Melodie vor sich hin. Die Familie hatte es auch für ihre Todesanzeige ausgewählt, die er ausgeschnitten hatte und zu Hause aufbewahrte.

„Von guten Mächten wunderbar geborgen, erwarten wir getrost, was kommen mag. Gott ist mit uns am Abend und am Morgen, und ganz gewiss an jedem neuen Tag."

Die Erinnerung an den Kinderchor, der es damals im Trauergottesdienst für seine Oma gesungen hatte, stieg in ihm auf und die hellen, unschuldigen Stimmen begleiteten ihn in den Schlaf.

Als Jacques am nächsten Morgen um halb elf aufwachte, waren Amy und die sechs Amerikaner schon zum Strand gefahren. Im ersten Moment verwünschte er sich dafür, dass er verschlafen hatte. Gleich darauf aber war er froh, nun in Ruhe frühstücken zu können. Während er seinen grünen Tee trank, wurde sein Inneres von einem Traum überflutet, der sich erst wieder aus seinem Herzen zurückzog, als die Vernunft ihm vor Augen führte, wie kühn seine Fantasien waren: Er stellte sich vor, dass es ihm gelingen würde, Amy für sich zu gewinnen, nicht nur für heute, sondern für immer. Mit offenen Augen erträumte er sich eine Zukunft, die so schön, so aufregend, so schillernd war, dass ihm von all den Bildern fast schwindlig wurde und er sich so benommen fühlte, als hätte er eine gute Nachricht bekommen, die er erst einmal verdauen musste. Genauso war es gewesen, als er die Zusage für die Journalistenschule erhalten hatte und sich sein Leben vor ihm auszubreiten schien wie eine endlose Folge von spannenden, bewegenden Geschichten, die er schreiben konnte.

Auf dem Weg zum Strand waren sie alle da, die Bilder, die er gern zum Leben erwecken würde: Amy und er gingen Hand in Hand spazieren. Er wachte morgens neben ihr auf und küsste sie zart auf den Nacken. Dann drehte sie sich im Bett um, erst schlang sie ihre Arme um seinen Hals, bevor ihre Beine ihn umschlossen, und ihre Zungen begannen, miteinander zu tanzen. Sie probten den Rhythmus, dem ihre Körper gleich folgen würden. Wie zwei Taue waren sie, die sich fest umeinander winden und

schließlich zu einem einzigen werden, das noch stärker ist als jedes für sich und in keiner noch so heftigen Böe zerreißen kann.
In seinem Traum, den er mit offenen Augen erlebte, und der in seinem Inneren wie ein Film ablief, waren sie auch nach dem Liebesspiel noch vereint. Sie saßen an dem großen Tisch in seinem Ferienhaus und blickten aufs Meer, nur ihre Hände berührten sich noch, und doch fühlte er sich mit ihr verbunden, weil er über alles mit ihr sprechen konnte. Ihr liebevoller, wohlwollender Blick ermunterte ihn, jede Tür seiner Seele aufzustoßen, in der es ganz unterschiedliche Räume gab.

Da waren Rumpelkammern, in die er alles hineingestopft hatte, in der Hoffnung, es auf diese Weise loswerden und vergessen zu können: die Streitigkeiten seiner Eltern, den Spott seiner Mitschüler, seine Ängste und seine Schüchternheit. Es gab aber auch große Zimmer, in denen er sich wohlfühlte, weil sie schön eingerichtet waren und das Sonnenlicht in alle hineinschien: Alles, worüber er sich freuen konnte - die Schönheit der Natur, seine Fähigkeit, zu schreiben, einfühlsam und liebevoll zu sein, seine Neugier auf die Welt und ihre Wunder, sein unaufhörliches Staunen über alles, was gut und schön war - hatte dort ein Zuhause. Er träumte davon, wie er mit Amy durch alle Räume spazieren würde, sie einiges wegwerfen, anderes hinzufügen und neu einrichten würden.

So würde seine Seele ein Ort werden, an dem auch sie sich wohlfühlen konnte, ein gemeinsames Zuhause. Er hatte so große Sehnsucht danach, ihr den Schlüssel dafür in die Hand zu drücken und gleichzeitig Zugang zu den geheimsten Winkeln ihres Innern zu erhalten, nicht nur zu den Stellen ihres Körpers, die weich waren und gleichzeitig voll explosiver Kraft. Wie einen Vulkan stellte er sich Amy vor, der jederzeit ausbrechen konnte, weil die Energie in seiner Tiefe mit aller Macht nach draußen drängte. Doch ihre Lava bedeutete nicht das Ende. Amys Feuer konnte neues Leben einhauchen, das hatte er gestern im Dschungel erlebt.

Während er sich seinen Träumen hingab, achtete er weder auf die Blumen am Wegesrand, noch auf die schlaftrunkenen Hunde, denen der Speichel an ihren scharfen Zähnen vorbei lief, während sie mit halb geöffnetem Maul in der Hitze auf dem Boden lagen. Endlich einmal unterteilte er nicht alle Reize in die, die ihm Angst einjagten, und jene, die ihm Freude bereiteten. Statt dessen ging er einfach so dahin, als wäre er Teil eines Gemäldes, auf dem er als Spaziergänger kurz auftauchte, um dann, wenn er sein Ziel erreicht hatte, wieder am Bildrand zu verschwinden.

Jeff winkte ihm schon von weitem zu, als sich Jacques dem Strand näherte. Dann hechtete er nach der Frisbee-Scheibe, die John ihm zugeworfen hatte, und ließ sich schwer in den Sand fallen. Jacques dachte an die vergangene Nacht und das Erlebte kam ihm so unwirklich vor wie ein Traum, an den er sich nach dem Erwachen nur schemenhaft erinnern konnte, der dann allmählich aus seinem Bewusstsein schwand und nur noch eine vage Stimmung hinterließ, die sich schnell verflüchtigte.

Doch dieser Traum war anders. Er hatte ihn wirklich erlebt, die Menschen, die ihn dabei begleitet hatten, waren tatsächlich hier. Und das Gefühl, das ihn seit dem Sprung begleitete, war von erstaunlicher Beständigkeit. Es war wie eine intensive Farbe, die er noch nie gesehen hatte und bei deren Anblick ihn Glücksgefühle durchfluteten, weil in ihr alles aufleuchtete, wonach er sich immer gesehnt hatte: spielerische Leichtigkeit, Zuversicht, Selbstvertrauen, Freude und innere Ruhe. Gleichzeitig waren ihm diese neuen Begleiter nicht ganz geheuer. Er befürchtete, die Wirkung des ungewohnten Cocktails angenehmer Empfindungen, der ihn seit gestern Nacht so berauschte, könnte irgendwann nachlassen wie eine Windböe, die einer Flaute weicht.

Amy lag mit geschlossenen Augen auf einem pinkfarbenen Handtuch, das mit seiner Größe für Abstand zu den Handtüchern der Männern sorgte, die links und rechts davon lagen. Ein riesiger weißer Sonnenschirm, auf dem ein Regenbogen und der Schriftzug „Team Dream" prangten, warf einen kreisförmigen Schatten, der die ganze Gruppe einschloss. Jacques breitete sein Handtuch am Rand neben Stanley aus, und der New Yorker begrüßte ihn mit einer Umarmung, die ihn überraschte. Er roch nach Kokosnuss und einem würzigen After Shave, nach Sonnenschutzcreme und Deo – dem Duft eines gepflegten Mannes am Strand. Die anderen Amerikaner standen ebenfalls auf und umarmten Jacques kurz, aber herzlich. Als letztes kam Amy an die Reihe, die sich ein weißes Tuch mit großen Blüten umgewickelt hatte und ihn fest an sich drückte. Dann standen alle im Halbkreis und klatschten in die Hände, während sie in Jubel ausbrachen.

„Du hast es geschafft! Du bist der Größte! Du bist ein Riese!", rief Amy.

Jacques stiegen die Tränen in die Augen, während er sich größte Mühe gab, die Fassung zu bewahren: Er schluckte mehrmals, als ob er so die Kontrolle zurückgewinnen könnte. So viel Herzlichkeit und Zuwendung hatte er lange nicht mehr erlebt, schon gar nicht in einer Gruppe.

Innerlich sehr bewegt richtete er das Wort an alle: „Liebe Amy, liebe Freunde, ohne euch hätte ich das gestern nie geschafft. Ihr habt mir die Kraft geschenkt, mit der es mir gelungen ist, meine Angst vor dem Sprung zu besiegen. Dank euch bin ich über mich hinausgewachsen. Und ich habe das erste Mal in meinem Leben gespürt, wie es ist, wenn man nicht auf den Zwerg in sich hört, sondern auf den Riesen. Ich bin euch allen sehr dankbar für eure Unterstützung. Ihr seid die Größten! Danke!"

Wieder applaudierten alle und strahlten ihn an. Hinter ihren Sonnenbrillen konnte er ihre Augen nicht sehen, und für einen Moment erinnerten ihre Gesichter ihn an Großaufnahmen von Fliegenköpfen, die er einmal in einem Tierfilm gesehen hatte. Einige trugen auch Brillen mit farbig verspiegelten Gläsern, die ihn an bunt schillernde Schmeißfliegen denken ließen. Schnell verscheuchte er diese Assoziationen, die so gar nicht hierher passen wollten.

„Wahrscheinlich liegt es an dem schwülen Klima, das ich nicht gewohnt bin, und deshalb geht meine Fantasie mit mir durch“, sagte sich Jacques und aus seiner Badetasche zog er eine Baseballkappe, die er sich aufsetzte, bevor er sich auf sein Handtuch fallen ließ. Während er alle viere von sich streckte, und die Mütze einen Schatten auf sein Gesicht warf, spürte er, wie die Anspannung von eben von ihm wich. Das Rauschen der Wellen, die Sonnenstrahlen auf seiner Haut, das Lachen und Geplauder der anderen lullten ihn ein. Einen Sonnenbrand brauchte er nicht zu befürchten, denn er hatte sich von Kopf bis Fuß mit Lichtschutzfaktor fünfzig eingecremt. „Sogar diese Gefahr habe ich gebannt. Alles ist gut“, dachte er noch, dann ließ er sich in den Schlaf fallen, wie in ein Netz, das einen Sprung aus großer Höhe mühelos abfedern und ihn jederzeit auffangen konnte.

Ein Strahl aus Stanleys Wasserpistole weckte ihn. Eiskaltes Wasser sammelte sich in seinem Bauchnabel und er kam schlagartig wieder zu sich.

„Hör auf! Das kitzelt!“, rief er und hielt sich die Hände vor den Bauch, um weitere kühle Spritzer abzuwehren.

„Nur wenn du mit mir spazieren gehst“, entgegnete Stanley und gleich darauf wanderten sie zu zweit den Strand entlang.

Keines der Häuser an der Straße stand direkt am Wasser. Schmale graue oder schwarze Rohre führten von ihren Gärten bis dorthin, wo das Wasser bei Flut seinen höchsten Stand erreichte. Bei Ebbe, wie jetzt, sah man

Schaum aus den Leitungen hervorquellen, und Jacques fragte sich, was hier wohl alles ins Wasser geleitet wurde. Besser, man befasste sich nicht näher mit der Entsorgungssituation auf Tahiti, sagte er sich und ärgerte sich insgeheim darüber, dass er nicht anders konnte als jedes noch so kleine Detail in seiner Umgebung zu registrieren. Viel lieber wäre es ihm gewesen, wenn er bewusst hätte wählen können, worauf er seine Aufmerksamkeit richtete.

„Woran denkst du gerade?", fragte ihn Stanley plötzlich, und als Jacques in seine freundlich blickenden großen Eichhörnchenaugen sah, entschied er sich, ihm die Wahrheit zu sagen.

„Das ist ein uralter Traum der Menschheit, bewusst entscheiden zu können, wohin die Aufmerksamkeit wandert", antwortete Stanley. „Alle meine Patienten träumen davon. Sie möchten sich nicht mehr mit ihren Problemen beschäftigen, weil sie das depressiv gemacht hat, sie wünschen sich einen anderen Fokus. Und ich helfe ihnen, sich neu zu orientieren. Ich versuche es zumindest. Es gelingt mir nicht immer, aber oft."

„Und wie machst du das?", wollte Jacques wissen.

Stanley blieb stehen und setzte sich in den Sand.

„Komm, wir schauen uns den Sonnenuntergang an, und ich erzähle es dir, weil ich merke, dass du wirklich eine Antwort möchtest und kein Blabla hören willst." Er lächelte Jacques an.

In diesem Augenblick hatte Jacques den Eindruck, beide könnten Freunde werden. Stanleys Mienenspiel verriet viel von seiner Persönlichkeit. Da war ein wenig Traurigkeit, denn seine Mundwinkel bewegten sich kaum nach oben, wenn er lächelte, und auch eine gewisse Anspannung, weil er die Lippen oft fest aufeinanderpresste, als müsste er großen Druck aushalten. Doch plötzlich entblößte er eine Reihe makellos weißer Zähne, schlug Jacques auf den Rücken und sagte: „Ich mag dich. Schön, dass wir uns begegnet sind."

Grübchen erschienen neben seinen Mundwinkeln, als hätte kurz vor Ende des Schöpfungsakts ein himmlischer Finger letzte Spuren dort hinterlassen, um sein Gesicht zu verschönern, so wie ein Konditor seine Torte mit Marzipanrosen verziert, einfach weil sie so unwiderstehlich sind.

„Aber zurück zu deiner Frage, wie ich den Menschen helfe, ihren Fokus neu auszurichten. Meistens stelle ich ihnen einfach Fragen, auf die sie selbst nicht kommen, weil sie so von ihrem Problem in Anspruch genommen sind", sagte Stanley. „Es ist, als wäre eine Fliege zum Fenster hereingeflogen und würde nun unentwegt die gleichen Bahnen durchs Zimmer ziehen. Und egal, was du tust, wie sehr du dich auch bemühst, sie aus dem Raum zu verscheuchen, es gelingt dir nicht. Aber wenn du dich nicht auf den Störenfried, sondern auf das offene Fenster und das Schöne in der Welt da draußen und in deinem Innern konzentrierst, dann verschwindet die Fliege von selbst. Um es auf den Punkt zu bringen, sage ich immer: Wo die Aufmerksamkeit hingeht, da geht auch die Energie hin. Wenn ich sie auf den Kampf gegen etwas richte, dann mache ich alles nur noch schlimmer. Aber genug davon. Ich will dir nicht das Ohr abkauen, auch wenn du mich so nett gefragt hast. Lass mal schauen, ob es schon blutet."

Er fasste Jacques' Ohrläppchen und bewegte es leicht hin und her. Jacques musste lachen, weil er an den Ohren kitzelig war.

„Bitte nicht, sonst verliere ich den Verstand! Und das wäre doch schade, oder?", witzelte er, dann wurde er wieder ernst. „Fragen als Werkzeug, um eine andere Wahrheit ans Licht zu bringen. Das hört sich an wie bei einem Verhör, bei dem Schlimmes ans Licht kommen kann, oder wie bei einem Interview, bei dem jemand das wahre Ich des anderen ergründen will. Als Journalist stelle ich auch viele Fragen. Leider weiß ich die Antwort oft schon vorher. Und manchmal wünsche ich mir eine ganz bestimmte Antwort, damit ich die Geschichte so schreiben kann, wie ich sie am liebsten hätte."

Jacques schwieg und blickte in die Ferne. Die Sonne stand noch als riesiger orangefarbener Ball am Horizont, aber es würde nicht mehr lange dauern, bis sie im Meer versank. Es war auch schon ein wenig kühler geworden. Der Sand, in den Jacques seine Zehen eingegraben hatte, fühlte sich auf einmal nicht mehr nur feucht, sondern auch kalt an. Stanley war ebenfalls verstummt, und erst jetzt merkte Jacques, wie nahe der andere an ihn herangerückt war. Ihre Schultern berührten sich, und wieder nahm er den Duft von After Shave, Kokosnuss und Deo wahr, der den Amerikaner wie ein besonderes Parfum umgab. Er stand auf, ging zum Wasser hinunter und watete bis zu den Knien hinein. Einen Moment lang dachte er daran, sich in die Fluten zu stürzen, doch die Vorstellung, allein zu sein in den nassen Weiten, gefiel ihm nicht und er kehrte zu Stanley zurück.

„Ich glaube, ich weiß, was du mit der Macht der Fragen meinst. Meine Schwester – sie ist sechsundvierzig – hat meinem Vater vor ein paar Jahren einmal eine entscheidende Frage gestellt. Als sie sechzehn Jahre alt war, bekam sie im Zeugnis eine Durchschnittsnote von 1,8. In Mathe und Physik war sie nicht so gut, und unser Vater hat nur zu ihr gesagt: 'In den Fächern kannst du ja Nachhilfe nehmen.' Das war sein einziger Kommentar, ein Lob bekam sie nicht zu hören. Sein großer Fehler war, dass er nur auf ihre Schwächen eingegangen ist", sagte Jacques. „Sie dachte deshalb immer: Nichts, was ich mache, ist gut genug. Bis sie ihn eines Tages gefragt hat, wie er das damals genau gemeint hatte. Die Antwort war: 'Ich wollte dir nur einen Tipp geben, wie du dich verbessern kannst. Das war alles. Ich hab's nicht böse gemeint.' Das war eine Erlösung für sie. Schade, dass sie ihn nicht schon früher gefragt hat."

„Stimmt, das sehe ich auch so", sagte Stanley. „Aber es ist großartig, dass sie ihn überhaupt gefragt hat. Weißt du, viele stellen die entscheidenden Fragen gar nicht. Dann sind die Eltern eines Tages nicht mehr da und es gibt gar keine Möglichkeit mehr, die Wahrheit zu erfahren."

Von der Gruppe drang auf einmal Musik zu ihnen herüber. „Come on over, have some fun, dancing in the morning sun. What a feeling!" Das Lied aus der Bacardi-

Werbung erklang, und beide konnten sehen, wie Amy und die anderen dazu tanzten. Die Einheimischen und die Surfer hatten den Strand schon verlassen, als es begann, dunkel zu werden. Jeff, John, Tom, Mark und Will hatten Holz gesammelt, es zu einem kleinen Haufen aufgetürmt und dann einen brennenden Ast hineingesteckt, von dem das Feuer nach und nach auf alle anderen Scheite übergesprungen war, bis viele Flammen hell aufloderten.

Jacques stellte sich vor, wie er zusammen mit Amy auf einer Decke am Strand liegen würde, während die Funken des Feuers in den Himmel aufstiegen. Doch war er diesem Ziel bisher keinen Schritt näher gekommen. In Stanley aber glaubte er einen Freund gewonnen zu haben, so nahe hatte er sich dem Amerikaner während ihres Gesprächs gefühlt.

„Ich kenne diesen verliebten Blick und habe ihn schon bei vielen Männern gesehen", sagte Stanley. „Gott sei Dank bin ich schwul und damit immun gegen Amys weiblichen Zauber. Gut, ich mag sie, und sie ist für mich als Therapeuten auch eine Inspiration. Was sie aus den Menschen herausholt, das ist fantastisch. Aber bei dir geht es um weit mehr, stimmt's? Du bist in sie verliebt."

Jacques fühlte sich ertappt. Mehr noch, er war sogar ein wenig verärgert. Als hätte er sein Handy herumliegen lassen und Stanley hätte es ohne sein Einverständnis durchstöbert, alle Nachrichten gelesen und sämtliche Fotos angeschaut – aus purer Neugierde. Und jetzt kannte er sein ganzes Leben, ohne dass Jacques ihm Zugang dazu gewährt hatte. Er stand auf und verschränkte die Arme. Doch er konnte Stanley keinen Vorwurf machen: Wenn auf seiner Stirn in unsichtbaren Buchstaben „Verliebt in Amy“ stand, dann war es nur eine Frage menschlicher Nähe, ob jemand es lesen konnte oder nicht. Und er hatte Stanley mehr als jeden anderen in der Gruppe an sich herangelassen.

Plötzlich stand Stanley vor ihm, fasste ihn an den Schultern und blickte ihm in die Augen. „Ich wollte dir nicht zu nahe treten", sagte er. "Es ist nur so, dass ich von Anfang an gemerkt habe, was hier passiert. Ihr Europäer seid ja oft so romantisch. Wahrscheinlich würdet ihr sagen, Amors Pfeil sei durch die Luft geflogen und hätte dich mitten ins Herz getroffen, als du ihr begegnet bist. Ich verstehe das ja auch. Es gibt keinen Schutzschild dagegen. Man kann sich nicht gegen die Liebe wappnen.“

Jacques gab sich keine Mühe, irgendetwas abzustreiten: „Ich sehe schon, ich kann dir nichts vormachen. Ja, ich bin noch nie einer Frau wie Amy begegnet. Weißt du, wenn sie mich anschaut, dann habe ich das Gefühl, alles ist gut und es wird auch in Zukunft so sein. Weil sie so in sich ruht. Weil sie so viel Kraft ausstrahlt. Meine Mutter hat immer zu mir gesagt, und selbst heute tut sie das noch: ‚In der Ruhe liegt die Kraft.‘ Und genauso ist es bei Amy. In mir ist eine große Sehnsucht nach ihr.“

Stanley hörte einfach nur zu, während beide ihre Schritte langsam wieder in Richtung der Gruppe lenkten. Dann legte er den Arm um Jacques, wie er es schon einmal getan hatte, als Jacques kurz davor gewesen war, die Flucht zu ergreifen und den Sprung nicht zu wagen.

„Vielleicht geht es mich ja gar nichts an, ob deine Träume im Nirgendwo enden und du dann furchtbar enttäuscht bist“, sagte er. „Es kann auch sein, dass euch beide bald eine große Liebe verbindet und ich völlig falsch liege. Tatsache ist aber: Amy ist wie die Sonne, die für jeden scheint. Es hat nichts mit dir zu tun, wenn dir in ihrer Gegenwart warm ums Herz wird. Es ist ihre Mission, dich stark zu machen. Dafür verströmt sie ihre innere Kraft so großzügig wie die Sonne, die überallhin scheint. Amy will immer gewinnen, sie will in jedem den Riesen zum Leben erwecken. Je schwieriger der Fall, desto mehr reizt sie die Aufgabe. Aus diesem Grund hat sie dir so viel Aufmerksamkeit geschenkt. Sie hat dich aber auch deshalb gefragt, ob du mitkommst, weil der Sprung dadurch noch spannender für uns wurde. Sie hat ja gespürt, wieviel Angst du hattest.“

Die Sonne versank am Horizont ins Wasser. Sie war wie eine Orange, die vom Tisch rollte, hinunterfiel und aus Jacques' Blickfeld verschwand. Das Meer erschien ihm jetzt seltsam grau und ungestüm, denn mit der Flut war Wind aufgekommen und die Wellen trieben immer stärker dem Land zu. Stanley standen sämtliche Haare zu Berge, und er versuchte, sie immer wieder an den Kopf zu drücken – ein hoffnungsloses Unterfangen, weil sie sofort wieder hochgeweht wurden. Er sah aus wie ein Meereswesen, das sich, soeben den Fluten entstiegen, an Land neu orientieren muss. Es hätte Jacques nicht gewundert, wenn er Schwimmhäute zwischen seinen Fingern und Zehen entdeckt hätte. Seine leicht vorquellenden Augen erinnerten ihn an die der Fische, die mit leerem Blick auf Eiswürfeln aufgebahrt im Supermarkt auf Käufer warteten. Die feuchte Kälte breitete sich von Jacques‘ Zehen auf seinen ganzen Körper aus, als krabbelte ein Schwarm Frösche nass und kühl an ihm hoch. Wind und Gischt verursachten ihm eine Gänsehaut. Er verschränkte die Arme und spürte seinen Herzschlag, der ihn sofort wieder ins Hier und Jetzt zurückholte.

Ihm fiel auf, wie bekümmert Stanley aussah: Seine Stirn hatte sich in Falten gelegt, und wieder hatte er die Lippen aufeinander gepresst, als wollte er verhindern, dass auch nur ein einziges weiteres Wort daraus entwich. Als er ihn ansah, empfand Jacques Mitgefühl mit ihm und es wurde ihm bewusst, dass es keinen Grund gab, ärgerlich auf ihn zu sein. Stanley war ein sensibler Mensch, und so war es nicht weiter erstaunlich, dass ihm seine, Jacques', Gefühle für Amy nicht entgangen waren. Ein Pokerface aufsetzen, hinter dem er verstecken konnte, was in ihm vorging, das hatte Jacques noch nie gekonnt.

„In meinem Büro habe ich eine Postkarte am Computer. Darauf ist ein Einhorn in Regenbogenfarben abgebildet. Darunter steht: Auf dem Boden der Tatsachen liegt eindeutig zu wenig Glitzer. So empfinde ich das, was du mir eben über Amy erzählt hast. Du hast bestimmt recht damit, dass sie ihr Licht für jeden leuchten lässt, dem sie damit helfen kann, dass sie niemanden außen vor lässt. Also bin ich nichts Besonderes für sie. Das könnte ich jetzt denken, ich könnte mich damit zufriedengeben und meinen Träumen Lebewohl sagen. Aber da liegt mir eindeutig zu wenig Glitzer auf dem Boden. Diesen Holzweg will ich nicht gehen, auch wenn es das Einfachste wäre, weil ich dann nicht scheitern könnte. Aber weißt du, wenn ich nicht wenigstens versuche, ihr Herz zu erobern, dann werde ich mir immer Vorwürfe machen. Und das will ich auf keinen Fall", sagte Jacques. Stanley umarmte ihn und seine Haare flogen dem Freund ins Gesicht wie vom Wind hochgewirbelte Zweige.

„Du bist wirklich ein Riese. Wenn ich dir helfen kann, sag mir Bescheid. Es würde mich sehr freuen, wenn du mit Amy dein Glück findest. Aber jetzt weißt du zumindest, worauf du dich einlässt", sagte der Amerikaner und fügte lachend hinzu: „Einfach kann schließlich jeder."

Sie traten ans Feuer, um das die anderen im Kreis auf dem Boden saßen. Die Musik war inzwischen verstummt, doch Jeff hatte zur Gitarre gegriffen und ein Lied von James Taylor angestimmt, in dem es um Freundschaft ging. „Winter, spring, summer or fall, all you have to do is call and I will be there. You've got a friend", lautete der Refrain, den alle mitsangen.

„Das ist unser Lied", erklärte Stanley, als wieder Stille eingekehrt war. „Weißt du, jeden von uns hat es irgendwo anders hin verschlagen. Die Familie, der Job, die Liebe – es gibt tausend Gründe, warum wir nicht mehr alle in Santa Cruz leben, wo wir studiert haben. Nach dem Studium haben wir uns aber geschworen, für immer Freunde zu bleiben. Das ist nicht einfach; du kennst sicher die Schwierigkeiten, die sich einem da in den Weg stellen können. Trotzdem treffen wir uns jedes Jahr und unternehmen etwas zusammen, damit wir uns nicht aus den Augen verlieren. Und seit zehn Jahren reisen wir mit Amy."

„Das stimmt, ihr seid meine treuesten Kunden", sagte sie. „Wobei ihr für mich mehr seid als das. Ich habe das Gefühl, wir sind Freunde geworden. Jeder Einzelne von euch ist mir ans Herz gewachsen. In meinem Büro in Palm Springs hängen Fotos von allen unseren Abenteuern an der Wand und wenn mein Blick darauf fällt, freue ich mich jedes Mal."

Das Feuer knisterte und ein Funkenschwarm stieg zum Himmel auf. Jacques fiel auf, dass niemand eine Bierflasche oder ein Glas Wein in der Hand hatte, und auch der süßliche Geruch, der gestern Abend die Luft erfüllt hatte, war verschwunden. Dennoch wirkten alle entspannt und fröhlich. Plötzlich stand Amy auf und fasste John und Tom, die rechts und links von ihr saßen, an den Händen. Die beiden ergriffen Wills und Marks Hände, und Jeff, Stanley und Jacques schlossen den Kreis. Eine feierliche Stimmung machte sich breit, als alle still waren und in die Flammen blickten.

Schließlich ergriff Amy das Wort und ihre Stimme übertönte das Rauschen der Brandung: „Wir sind Riesen. Das spüren wir hier und jetzt. Dieses Gefühl nehmen wir mit in die Welt da draußen, wenn wir arbeiten, wenn wir für unsere Kinder sorgen, unsere Partner lieben, unsere Eltern besuchen, unsere Freunde treffen. In uns ist die Kraft, unsere Träume zu verwirklichen. In uns ist der Mut, den wir brauchen, um ins Handeln zu kommen und nicht nur davon zu reden. Wir sind Riesen, wir hören nicht auf den Zwerg in uns, der sagt: ‚Das kannst du nicht, das funktioniert nicht, versuch's erst gar nicht.' Deshalb frage ich euch: Was würdet ihr tun, wenn ihr wüsstet, dass ihr damit nicht scheitern könntet? Stanley, bitte, du zuerst."

Stanley räusperte sich, den Blick weiter auf die Flammen gerichtet. „Ich würde ein halbes Jahr meine Praxis schließen und einfach nur um die Welt reisen."

Dann drückte er Jacques' Hand, um ihm zu signalisieren, dass er an der Reihe war. Ein Holzstück im Feuer glühte wie ein frisch geschmiedetes Hufeisen auf dem Amboss, bevor es in zwei Teile zerfiel und unzählige Funken nach oben flogen. Jacques schwieg. Am liebsten hätte er sich in Luft aufgelöst. Er starrte ins Feuer und hoffte, die pechschwarze Nacht würde ihn verhüllen und den Blicken der anderen entziehen. Diese Hoffnung war so naiv wie die eines Kindes beim Versteckspielen, dass sich die Hände vor die Augen hält und meint, die anderen könnten es nicht mehr sehen. Stanley drückte seine Hand ein zweites Mal, diesmal etwas kräftiger. Es gab kein Entkommen, Jacques musste etwas sagen, aber auf keinen Fall wollte er von Amy sprechen.

„Ich würde auf mein Herz hören und das tun, was mir richtig erscheint", hörte er sich auf einmal sagen.

Es war, als hätte ein anderer Mensch gesprochen und er hätte ihm nur zugehört. Doch gleichzeitig hatte es sich richtig und gut angefühlt, genau diese und keine andere Erklärung abzugeben. Stanleys Hand lag warm in seiner und er spürte die Feuchtigkeit zwischen den beiden

Handflächen. Normalerweise hätte er sich jetzt die Hand an der Hose abgewischt, doch er hielt sich zurück. Er wollte die Energie des Kreises nicht durchbrechen.

Aufmerksam lauschte er John, der neben ihm nun sagte: „Ich würde tauchen lernen und unbekannte Welten auf dem Meeresgrund entdecken. Vielleicht würde ich sogar nach einem Schatz suchen."

Will wollte seinen Job wechseln, Mark eine Bar aufmachen, Jeff seiner Schwiegermutter endlich Grenzen setzen und Tom seinen Chef fragen, ob er ein Sabbatical machen könnte. Dann war Amy an der Reihe. Jacques wagte nicht, in ihre Richtung zu sehen, da alle weiterhin in die Flammen schauten, wie er mit einem kurzen Blick nach rechts und links feststellte. Stanley drückte erneut seine Hand, doch diesmal empfand er die Berührung eher als einen Scherz, nicht als Mahnung. Der New Yorker wusste ja, dass es keinerlei Anlass gab, ihn wachzurütteln.

Etliche Sekunden verstrichen, vielleicht waren es auch Minuten, bis Amy endlich sagte: „Schließt bitte die Augen und lenkt eure Aufmerksamkeit auf eure Hände. Ihr spürt dort einen Herzschlag, aber ihr wisst nicht, wessen Herz da schlägt. Ist es Meines oder das meines Nachbarn, so fragt euer Verstand. Euer Herz aber kennt die Antwort: Wir sind alle eins. Lasst nun die Energie hier im Kreis fließen. Es ist nicht Deine oder Meine. Es ist unsere Kraft, die ihr spürt. Unsere Riesenkraft!"

Es war mucksmäuschenstill nach diesen Worten, als würde der Wind einen Moment verschnaufen, bevor er von Neuem das Meer aufwühlte und das Feuer anfachte.

In den beiden Händen, die Jacques gefasst hielt, pulsierte es: War es sein eigenes Blut? War es das der anderen? Amys Worte hatten wie eine Prophezeiung geklungen, so als würde sie ein Wunder vorhersagen, das sich jeden Moment ereignen konnte. Jacques hielt die Augen fest geschlossen und gab sich dem warmen Pochen in seinen Händen hin, bis er sein Herz laut schlagen hörte. Und es war nicht allein, es klang, als würden viele Trommeln zeitversetzt geschlagen. Jede folgte ihrem eigenen Takt, und zusammen ergaben sie einen neuen Rhythmus, der alle in sich aufnahm. Eine Weile stand Jacques so da, und hätte ihn später jemand gefragt, wie viel Zeit verstrichen war, er hätte es nicht gewusst.

Amys Stimme kam von weit her, als sie sagte: „Und nun öffnet die Augen bitte wieder. Diesen Moment, als ihr euch miteinander verbunden gefühlt habt, könnt ihr mitnehmen in euren Alltag und euch immer daran erinnern, wenn ihr euch einsam und verloren fühlt. Es ist in solchen Momenten nicht immer möglich, einen Freund anzurufen oder eine Nachricht zu schreiben, und vielleicht würde das auch gar nicht zur Lösung des Problems beitragen, das euch gerade beschäftigt. Oft genügt es schon, sich einfach darauf zu konzentrieren, dass ihr nicht allein seid. Dann verändert sich etwas in euch: Die Angst weicht zurück, weil da auf einmal Zuversicht ist. Und dann gewinnt ihr wieder einen Zugang zu eurem Herzen, das die Lösung kennt. Nehmt diesen Moment mit, so wie ihr einen leuchtenden Stein in eure Tasche steckt, der euch jederzeit

Licht schenken kann. Er ist da, er ist ein Teil von euch, genauso wie dieses Einssein, das ihr eben gespürt habt."

Jacques liebte es, ihrer Stimme zu lauschen. Sie war sanft, aber sie wirkte nicht mädchenhaft. Unter dem weichen Klang lag fast unhörbar auch etwas Raues, das aber nichts Bedrohliches an sich hatte. Jacques stellte sich vor, wie Amy bei geschäftlichen Terminen diese raue Seite ihrer Stimme mehr zum Vorschein bringen konnte, wie einen Revolver, den sie auf den Tisch legte, um klarzumachen, dass sie bereit zur Verteidigung war und schießen konnte, wenn sie bedroht wurde. Die Vorstellung, wieviel Amy in sich vereinte - Weiches und Hartes, Schwaches und Starkes - faszinierte ihn. Es lag eine Harmonie darin, wie er sie nur aus der Natur kannte: Sonne und Mond, Tag und Nacht, Wasser und Land, Mann und Frau, alles konnte sich wie zwei Hälften zu einem Ganzen zusammenfügen, das eine konnte ohne das andere nie komplett sein. Gleichzeitig wunderte er sich, dass ihm diese Dualität nicht mehr als Gegensatz erschien, als zwei Seiten, die sich gegenseitig ausschlossen.

Er erinnerte sich, dass er einmal den Mond, der wie eine sichelförmige weiße Wolke am Himmel stand, und gleichzeitig die längst aufgegangene Sonne gesehen hatte. Die beiden schienen sich zuzuwinken wie Soldaten bei der Wachablösung. Und dann war da der Regenbogen, der sein Band aus sieben leuchtenden Farben nur zeigte, wenn Sonne und Regen zusammenkamen. Es war ein Wunder: Zwei Gegensätze traten gemeinsam auf und es entstand etwas Neues, Schillerndes, Wunderschönes.

Ob das auch im täglichen Leben möglich war? Wenn er alles zuließe, die Freude und die Angst, die Wut und das Vergeben, die Abneigung und die Liebe, wenn es nebeneinander existieren könnte, ohne dass er sich darüber ärgerte oder es bewertete, was würde dann geschehen? Er schaute zu dem Regenbogen auf, der sich über Amys großen weißen Sonnenschirm spannte. Warum hatte sie dieses Symbol für ihr Unternehmen gewählt? Eines Tages würde er sie fragen und mit ihr darüber sprechen. Nach diesem Gespräch sehnte er sich schon jetzt, und tief in seinem Innern war die Gewissheit, dass es auch stattfinden würde.

Alle suchten nun ihre Sachen zusammen. Jacques hob den Sonnenschirm aus seinem Plastikständer und faltete ihn zusammen. Der Regenbogen verschwand und ihm erschien dies wie ein Vorzeichen dafür, dass auch die anderen morgen nicht mehr da sein würden. Als sie sich gemeinsam auf den Weg zur Straße machten, umgab sie eine Stille, wie er sie nur von Beerdigungen kannte. Es gab nun nichts mehr zu sagen, der Urlaub war morgen vorbei und diese schmerzliche Gewissheit ließ alle verstummen. Plötzlich frischte der Wind auf und die Palmen schwankten, als würden sie den Menschen, die zur Vanilla Lodge gingen, zum Abschied winken. Ein Rauschen erfüllte nun die Luft, in dem das Zirpen der Grillen fast unterging. Jacques fragte sich, ob er diese Windstärke schon als Vorstufe eines Hurrikans einordnen sollte und verwarf diesen unheilvollen Gedanken aber wieder, als er das Licht in den Häusern an der Straße sah. Es war schlagartig dunkel geworden, ohne den fließenden Übergang der Dämmerung, als hätte jemand auf einen Schalter gedrückt und das Tageslicht ausgeknipst. Die flachen Häuser standen vor einem undurchdringlichen Vorhang aus schwarzem Samt, der die Berge völlig verbarg und über dem nur noch die Sterne leuchteten.

Endlich ergriff Amy, die vorneweg ging, das Wort. Sie drehte sich um und sagte: „Seht mal, wie das Licht die Finsternis vertreibt. Sie kann nicht in die Häuser eindringen, im Gegenteil: Die Helligkeit im Inneren vertreibt die Dunkelheit im Außen. Sie ist stärker. Ist euch das schon mal aufgefallen?"

Sie war stehen geblieben und die anderen, die weiter gegangen waren, standen nun auf einer Höhe mit ihr.

„Ja, Amy, das ist mir auch schon aufgefallen", sagte Jeff, der große Mann mit dem kantigen Kinn, der sich vor Spinnen fürchtete. „Trotzdem bin ich traurig, weil morgen alles vorbei ist. Wir werden uns in alle Winde zerstreuen bis zum nächsten Jahr, und das war's dann mal wieder."

„So geht's mir auch, Jeff. Ich könnte heulen", sagte Stanley und legte den Arm um die Schultern des Hünen, was nicht ganz einfach für ihn war, weil er wesentlich kleiner war. Amy erwiderte nichts.

„Kein Drama jetzt bitte, Jungs", sagte sie, bevor sie sich wieder auf den Weg zur Vanilla Lodge machte.

Jacques ging neben ihr. Er wunderte sich, dass sie nicht versucht hatte, die anderen zu trösten. War sie vielleicht doch nicht die warmherzige, mitfühlende Frau, für die er sie gehalten hatte? War die ganze Unternehmung für sie vielleicht nur ein Job, um Geld zu verdienen? Aber angeblich hatte sie davon ja mehr als genug, wie Stanley ihm gesagt hatte. Doch woher sollte der New Yorker über Amys Finanzen Bescheid wissen? Inzwischen hatten sie die Häuser hinter sich gelassen. In der Ferne waren schon die Laternen der Vanilla Lodge zu sehen, aber der Weg dorthin lag in tiefem Dunkel. Amy blieb stehen, kramte in ihrem Rucksack und brachte vier Taschenlampen zum Vorschein, die sie Jeff, Stanley, Will und Jacques in die Hand drückte.

„Jetzt seht ihr es selbst: Ihr seid das Licht, das die Dunkelheit vertreibt", sagte sie und lachte.

Die anderen stimmten mit ein, und die Schwermut, die wie eine dunkle Wolke über ihnen gehangen hatte, verzog sich. Jacques blieb an Amys Seite und leuchtete mit seiner Taschenlampe den Weg aus.

Plötzlich sagte sie zu ihm: „Du wunderst dich, dass ich eben nicht versucht habe, Jeff und Stanley aufzumuntern. Aber die beiden sind schon groß und ich bin nicht ihre Mutter. Seit zehn Jahren mache ich nun diese Reisen mit den Jungs und jedes Mal kommt am Ende das Gejammer, weil wir wieder auseinandergehen. Ich kann ihnen den Schmerz nicht nehmen. Denn wenn es ihnen nicht gefallen hätte, wenn sie einander nicht so viel bedeuten würden, wenn sie nicht so gut miteinander befreundet wären, dann gäbe es diese Traurigkeit nicht. Sie ist nun mal die andere Seite der Medaille. Ich habe schon oft versucht, ihnen das klarzumachen, aber sie leiden lieber als die Dinge einfach so zu akzeptieren, wie sie sind. Da kann ich ihnen auch nicht helfen.“

Die anderen waren mittlerweile ein ganzes Stück zurückgeblieben. Inzwischen hatte ein leichter Nieselregen eingesetzt, und die Straße glänzte im Schein der Taschenlampen. Amys Worte klangen vernünftig, fand Jacques, aber auch erschreckend nüchtern. Er staunte, dass sie seine Gedanken erraten hatte. Ob sie wohl auch spürte, wie sehr er sie mochte?

Sein T-Shirt klebte ihm am Körper und das Herz schlug ihm bis zum Hals, obwohl sie nicht sehr schnell gingen. Die Vanilla Lodge rückte immer näher, und gleich würden sich ihre Wege trennen. Die wenige Zeit, die ihnen noch blieb, war seine einzige Chance, Amy irgendwie zu zeigen, dass er sie gern wiedersehen würde. Doch ihm fiel nichts ein, was er hätte sagen können, allzu angestrengt bemühte er sich, nur ja nichts falsch zu machen. Plötzlich gab ihm der Sonnenschirm, den er unter den Arm geklemmt hielt, den rettenden Hinweis.

„Heute kam mir der Gedanke, dass etwas sehr Schönes entstehen kann, wenn zwei völlig gegensätzliche Dinge gemeinsam erscheinen", sagte er. "Regen und Sonnenschein zum Beispiel: Dann erscheint ein Regenbogen am Himmel. Jedes Mal, wenn ich diese wunderschönen Farben am Himmel sehe, geht mir das Herz auf.“

Amy schaute ihn von der Seite an. Es kam ihm vor, als hätte eben nicht er, sondern jemand anderer nach Worten gesucht. Denn ihr Blick wirkte auf ihn wie ein Bad in einem riesigen Becken voller Wohlwollen, Freude und Zuversicht, in dem er ganz untertauchen und als ein neuer Mensch wieder auftauchen konnte, gesegnet mit all diesen Gaben, die nun Eingang in jede seiner Zellen gefunden hatten. Inzwischen waren sie am Fuß des Hügels angekommen, auf dem die Häuser der Vanilla Lodge standen. Die anderen waren mittlerweile so weit zurückgeblieben, dass sie sie aus den Augen verloren hatten.

Jacques fasste ihre Hand und sie blieben stehen. Er machte die Taschenlampe aus und umarmte Amy, und auch sie schlang ihre Arme um ihn. Als sie ihren Kopf an seine Schulter schmiegte, fiel ihm auf, dass sie gar nicht so groß war, wie er sie bisher wahrgenommen hatte. Sie waren wie zwei Kreise, die sanft und lautlos übereinander glitten und eine Schnittmenge bildeten, die einzigartig war. In dieser Mitte gab es nur Gemeinsamkeiten: Vorher fremde Teilchen berührten sich und verschmolzen zu einer neuen Einheit. Jacques fühlte, wie etwas Besonderes geschah, das er noch nie erlebt hatte: Auch wenn sich die beiden Kreise eines Tages wieder voneinander entfernten – die Erinnerung an das Einssein und das damit verbundene Glück würde im Bewusstsein jedes ihrer Elemente gespeichert bleiben.

Er hielt Amy fest und bedeckte ihr Gesicht und ihren Hals mit Küssen, bis ihre Lippen sich fanden und miteinander zu tanzen begannen. Es war kein Salsa, es war ein langsamer, gefühlvoller Tango: Mal führte er, mal führte sie. In völligem Vertrauen zueinander blühten beide in der Nähe des anderen auf. Als sich Stimmen näherten, lösten sie sich schnell voneinander.

„Ich wusste, dass es so mit dir sein würde. So schön, so leicht", sagte Amy. Sie nahm erneut seine Hand, um sie gleich darauf schnell wieder loszulassen.

Jacques, der ihre Heimlichtuerei vor den anderen zwar akzeptierte, aber überflüssig fand, kreiste mit der Taschenlampe über ihren Körper, als könnten die Lichtstrahlen seine Hände ersetzen. Sie kicherte, als würde er sie kitzeln.

„Stopp, lieber nicht! Sonst wissen die anderen sofort, was los ist. Komm', wir gehen weiter", sagte sie und nahm ihm mit einem Lächeln die Taschenlampe ab.

Sie gingen den Hügel hinauf und setzten sich im Restaurant an einen Tisch, um auf die anderen zu warten. Alle Gäste waren längst gegangen – es war spät, schon elf Uhr –, nur Laurent, der Koch, war noch damit beschäftigt, die Küche aufzuräumen. Als er das Stühlerücken draußen hörte, steckte er den Kopf aus der Tür und winkte ihnen mit seinem Handtuch zu. „Wollt ihr noch etwas trinken?", fragte er.

„Nein danke, wir müssen morgen früh aufstehen. Wir gehen gleich wieder", erklärte Amy, ohne Jacques zu fragen, ob er etwas wollte. Doch dieser fühlte sich, als würde er nie wieder in seinem Leben irgendeinen Mangel spüren.

Während des Kusses hatte sich eine Kammer in seinem Herzen geöffnet, die bis zu diesem Abend verschlossen gewesen war, obwohl er schon einige Frauen geküsst hatte. Noch nie war er so tief in seinem Innern berührt worden. Amy hatte die Decke des Raumes, in dem sein Herz schlug, wie den Deckel einer Schachtel angehoben und entfernt. Licht war an eine Stelle gedrungen, die bisher im Dunkeln gelegen hatte. Alles an diesem Ort hatte sich im Lauf der Zeit an die Verhältnisse angepasst. Seine Träume hatten keine Gestalt mehr, weil er sie nicht benennen konnte. Zu schemenhaft waren ihre Umrisse im Dunkeln, wie die von Möbeln, die unter Tüchern verborgen im Keller einstauben und einen muffigen Geruch annehmen.

Doch jetzt war alles anders. Die Fenster hatten sich geöffnet, der Staub war wie ein Schwarm Wespen hinausgeflogen, und die Sonnenstrahlen hatten das Zimmer an jeder Stelle durchdrungen. Auf dem Boden lag ein Dielenboden in einem warmen Holzton, und zwischen seinen Planken begann es zu sprießen. Gras und Blumen ragten aus den Zwischenräumen. Efeu begann, von außen die Wände zu überziehen, bis sie vollkommen von Grün bedeckt waren und auf eine Wiese sanken, so dass es keinen Unterschied mehr zwischen Innen und Außen gab. Nur ein großer runder, goldgerahmter Spiegel lag noch inmitten des Blütenmeers, das aus Jacques' verborgener Kammer entstanden war. Weiße und hellgelbe Schmetterlinge flatterten durch die Luft, Bienen flogen unermüdlich von einem Blütenkelch zum nächsten, winzige Frösche hüpften durch das Gras zum nächsten Teich.

Aus dem Spiegel schaute Jacques ein anderer Mensch entgegen. Mut, Zuversicht und Entschlossenheit lagen in seinem Blick und auch grenzenloses Mitgefühl mit allen, deren Herzen noch in ihren dunklen Kammern hausten, weit entfernt davon, Liebe geben und empfangen zu können, weil ihre Angst sie dort gefangen hielt. Ihm wurde bewusst, dass Amy ihm mit ihrer Einladung, den Sprung zu wagen, den Schlüssel zur Freiheit in die Hand gedrückt hatte. Er hatte ihn benutzt und war geflohen.

Aber erst ihr Blick, der die Hoffnung „Sprich nur ein Wort, so wird meine Seele gesund“ einlöste, und ihr Kuss hatten alles verwandelt. Es gab nun kein Zurück mehr. Er war frei, und in ihm blühte das Leben in all seiner Fülle. Nie zuvor war er so glücklich gewesen.

„Wie schön, dass es dich gibt“, sagte Amy zu ihm, als Laurent wieder in der Küche verschwunden war.

An diesen Moment voller Glückseligkeit dachte Jacques, als das Flugzeug in Frankfurt landete. Kaum war das Zeichen zum Öffnen der Gurte aufgeleuchtet, standen die meisten der Passagiere schon voller Ungeduld auf, drängten zum Gang und beeilten sich, ihr Gepäck aus den Fächern zu nehmen.

Jacques saß am Fenster und ließ seinen Blick über die Signale an der Landebahn und die vielen Lichter der Flughafengebäude gleiten. In der Nacht wirkten sie wie nervös blinkende Taschenlampen, deren Batterien im nächsten Moment auslaufen und mit ihrer Säure Schaden anrichten würden. Er holte sein Handy hervor und sah sich die Fotos der Blumen an, die auf Tahiti seinen Weg zum Meer gesäumt hatten. Er merkte, dass seine Sitznachbarin zum ihm herüberschielte, und hoffte, sie würde sich einen Kommentar verkneifen. Zu viel hatte ihm die ältere Dame schon erzählt, auf das er gern verzichtet hätte. Tahitis Hauptstadt Papeete war ihr zu schmutzig und zu laut gewesen. Auch ihr Hotel hatte ihr nicht gefallen. Als sie berichtete, wie sie sich nach dem Genuss von Meeresfrüchten die ganze Nacht übergeben hatte und jetzt von der Angst vor einer Gelbsucht-Infektion umgetrieben wurde, hatte Jacques seinerseits einen Übelkeitsanfall vorgetäuscht und sich die Papiertüte vor ihm gegriffen, auf der „Brechen Sie auf zu neuen Ufern" stand. Dann war er zur Toilette gegangen, damit er dort endlich zwei Minuten Ruhe hatte. Als er zurückkam, bemühte er sein ganzes schauspielerisches Talent, um die Frau neben ihm davon zu überzeugen, dass er zu schwach sei, um auch nur einen Moment länger die Augen offen zu halten und ihr höflich zuzuhören. Er bestellte sich noch zwei Jägermeister als Schlummertrunk, und erklärte ihr, wie gut so etwas seinem nervösen Magen tue. Der Schlaf war eine Erlösung für ihn gewesen und erst das Rumpeln des Flugzeugs bei der Landung hatte ihn geweckt.

Immer noch betrachtete er die gelben, lila und pinkfarbenen Blüten auf dem Bildschirm seines Handys, während sich die Passagiere zum Ausgang bewegten. Er fühlte sich wie ein Verdurstender in der Wüste, der seine bis auf den letzten Tropfen geleerte Wasserflasche anstarrt und langsam begreift, dass nur ein Wunder ihn noch retten kann. Doch wie groß war die Wahrscheinlichkeit dafür? „Ein Wunder ist etwas, das deiner bisherigen Erfahrung widerspricht." Diese Definition hatte er einmal gelesen, und sie erschien ihm durchaus zutreffend für das, was er auf Tahiti erlebt hatte. Über das Wasser gelaufen war er zwar nicht, aber seine Erfahrungen waren für ihn ebenso unvorstellbar und genau so wahr wie die Geschichte in der Bibel. Es gab nur einen Menschen, der das verstehen würde – seine Schwester Eva. So schnell wie möglich musste er sie sehen, und als er „Liebe Eva, bin gut gelandet. Wann treffen wir uns? Dein Bruderherz" in sein Handy tippte, hellte sich seine Stimmung wieder ein wenig auf.

An der Gepäckausgabe standen lauter missmutig schauende Menschen. Jacques fand ihre ungeniert zur Schau getragene Übellaunigkeit unerträglich: Niemandem wurde hier ein Leid zugefügt, die Reisenden mussten nur auf ihre Siebensachen warten.

„Was ist daran so schlimm?" fragte er sich.

All die hängenden Mundwinkel, die aufeinander gepressten Lippen und die verschränkten Arme, die sich blitzschnell öffneten, um den eigenen Koffer an sich zu reißen – sie widerten ihn an.

Doch eine innere Stimme rief ihn zur Ordnung: „Bist du denn einen Deut besser? Was soll diese Arroganz? Sprühst du selbst etwa vor Lebensfreude und Esprit? Davon kann ja wohl keine Rede sein. Jetzt nimm dich mal zusammen."

Nach dieser Gardinenpredigt gelang es ihm sogar, ein Kind anzulächeln, das an einem Koffer lehnte und ein kleines Plüschkamel an sich drückte. Es hatte ihn schon eine ganze Weile neugierig angeschaut, und nun rang er sich zu einem unbeholfenen Winken durch, das von dem Mädchen schüchtern erwidert wurde, bis seine Mutter es auf den Arm nahm. „Immerhin ist sie nicht in Tränen ausgebrochen, als ich sie angelächelt habe", dachte er und merkte im selben Moment, wie tief er gesunken war. Denn der Zwerg in ihm hatte sich da gerade zu Wort gemeldet.

„Du musst spielen, um zu gewinnen, und nicht, um nicht zu verlieren", hatte Amy einmal zu ihm gesagt, und ihm eine Geschichte erzählt, die ihre Botschaft verdeutlichte. „Als ich damals als Hedge-Fonds-Managerin aufgehört habe, sagte mein damaliger Chef: ‚Wenn Deine Firma den Bach runtergeht, dann kannst du immer noch zurück an die Wall Street.' Da habe ich zu ihm gesagt: ‚Es gibt keinen Plan B. Das muss funktionieren. Ich spiele nur aus einem Grund: Ich will gewinnen.'"

Aus der Distanz kam ihm diese Aussage mittlerweile etwas gewagt und sogar reichlich abgehoben vor. Er dachte an seinen Vater, der schon zufrieden gewesen war, wenn das Konto seines Malerbetriebes nicht ins Minus rutschte. Er wagte gar nicht, sich mehr zu erhoffen. Auch Eva kam Jacques in den Sinn, die sich freute, wenn bei ihrer Arbeit im Rathaus nichts schief lief. Von Erfolgen sprach sie nie. Warum war es in seiner Familie Tradition, so durchs Leben zu gehen? Obwohl er im Flugzeug geschlafen hatte, war Jacques müde: Doch diese Frage wühlte ihn auf, weil er keine Antwort wusste.

Der Düsseldorfer Hauptbahnhof empfing ihn mit vertrauter Schmucklosigkeit. Unter den niedrigen weißen Decken bekam er fast Platzangst; erst in der großen Halle konnte er wieder frei atmen. Ein dünner junger Mann, dessen Wangen- und Kieferknochen sich wie Eisenstangen unter der Haut abzeichneten, kam auf ihn zu, blickte ihn mit glasigen Augen an und streckte ihm die Hand hin.

„Haste mal'n Euro? Für die Notschlafstelle?", fragte er mit Berliner Akzent.

Jacques glaubte ihm kein Wort, und er vermutete, dass der Bettler sich mit dem Geld gleich beim nächsten Kiosk einen Schnaps kaufen würde. Doch er war zu erschöpft, um schweigend die Hand zu heben und sie wie ein Scheibenwischer mit abwehrendem Blick hin und her zu bewegen. Diese weltweit verständliche Geste hatte ihm schon viele unerfreuliche Begegnungen und Diskussionen erspart, nicht nur an Bahnhöfen. Jetzt aber stieg eine Erinnerung aus Kindertagen in ihm auf, die ihn weich werden ließ. Er hörte seinen damaligen Pfarrer murmeln: „Und Jesus sagt: ‚Was du dem geringsten meiner Brüder getan hast, das hast du mir getan'", und noch ehe der Satz zu Ende war, lag ein Euro in der Hand des anderen, der mit einem überraschend lebhaften „Danke, hey, dit is dufte" reagierte.

Der Taxifahrer hüllte sich in Schweigen und Jacques dankte ihm die Stille im Wagen mit einem Trinkgeld, das an gewöhnlichen Tagen geringer ausgefallen wäre. Er konnte es kaum erwarten, in seine Wohnung zu gelangen. Eilig stürmte er die sechzig Stufen hinauf in den sechsten

Stock. Sein Herz schlug schnell, weil er so flott gewesen war, und gleichzeitig drückte sein beschwingter Rhythmus auch die Freude aus, die wieder von ihm Besitz ergriffen hatte. Auf einmal war sie wieder da, wie die Schwalben, denen er im Sommer von seinem Balkon aus bei ihren wilden Flugmanövern zuschaute. Manchmal waren sie tagelang verschwunden, und er fragte sich, wo sie abgeblieben sein mochten. Dann hörte er ihre Rufe wieder und sah, wie sie sich von den Dächern nebeneinander in die Tiefe stürzten, um wagemutig nah an der Hauswand entlang mit ausgebreiteten Flügeln wieder hoch in die Luft zu schießen.

Obwohl er zwei Wochen nicht da gewesen war, wirkte seine Wohnung nicht verlassen. An verschiedenen Stellen konnte er die Spuren eines lieben Menschen entdecken, der sich um sein Zuhause gekümmert hatte. Sein Freund Martin hatte Wort gehalten und sich gut um die Orchideen gekümmert. Die exotische Schönheit ihrer Blüten rief augenblicklich Erinnerungen an Tahiti in Jacques wach.

Er nahm ein Poster aus seinem Koffer, das er dort gekauft und zwischen zwei T-Shirts gerollt hatte, um es zu schützen. Auf seinem Küchentisch schob er die Post beiseite, die er noch keines Blickes gewürdigt hatte – „Morgen, morgen, nur nicht heute“, sagt er sich – und er breitete das Bild aus, das er aus der Ferne in die Stadt am Rhein gebracht hatte. Palmen, um die sich wilde Lianen wanden, ragten darauf ins Blau des Himmels, und die Sonne schien hell auf das Strohdach und die Holzwände seines Ferienhauses. Sein Blick wanderte zu dem

Wohnraum und den Drahtschnüren, die ihn an der offenen Seite begrenzten. Dort hatte er mit Amy gestanden und in den Nachthimmel geschaut.

Nachdem er sich von allen verabschiedet hatte, weil seine neuen Freunde früh am nächsten Morgen mit dem Bus zum Flughafen mussten, war er zu seinem Haus gegangen.

„Ich komme gleich“, hatte sie ihm zuvor ins Ohr geflüstert, und die kurze Zeit, die er auf sie gewartet hatte, gehörte mit zu den schönsten Momenten in seinem Leben.

Zumindest kam es ihm jetzt so vor. Ein Glücksgefühl hatte ihn nach ihrem Kuss überschwemmt, eine Flut, die nie mehr weichen wollte und jede Zelle seines Körpers ausfüllte. Inzwischen hatte sich diese Empfindung abgeschwächt, aber er hatte das Gefühl, sie könnte jederzeit in der gleichen Intensität wiederkehren. Es schien Teil seiner Natur geworden zu sein, sich regelmäßig so fühlen zu können, nicht nur manchmal und eher zufällig, wenn ihm etwas Schönes auffiel. Auf dem Poster der Vanilla Lodge waren auch die rosafarbenen Polster im Wohnzimmer zu sehen, auf denen Amy und er sich niedergelassen hatten, um in den Armen des anderen zu versinken. Amys Parfum, das schon fast verflogen war, hatte nach Vanille, Orangenblüten und Kokos geduftet, und während er an ihr schnupperte, war es gewesen, als hätte die Sonne endlich einen Weg gefunden, ihr Licht auch in der Nacht zu verströmen.

Auf die Ecken des Posters stellte er Gläser, damit es sich nicht wieder aufrollte und er es ausgiebig betrachten konnte. Jacques erinnerte sich, wie Amy das kleine Fenster im Wohnzimmer geöffnet hatte, und beide hatten einen Arm hinausgestreckt, die Hände ineinander verschränkt, um mit geschlossenen Augen den Wind zu spüren, dessen Berührung so zart war, als hätte ein unsichtbarer Engel Luftschlangen auf sie herabschweben lassen. So viel hatte er in dieser Nacht erlebt, wenn sein Leben morgen zu Ende wäre, dann wäre es ein schönes Leben gewesen und er würde in seinen letzten Minuten glücklich darauf zurückblicken, weil er auf Tahiti gewesen und Amy begegnet war. Die Sehnsucht nach ihr bereitete ihm fast körperliche Schmerzen. Gegen Kopfweh konnte er Aspirin einnehmen und das Hämmern in seinem Gehirn hörte auf. Gegen die Sehnsucht in seinem Herzen aber war er machtlos. Doch um nichts in der Welt hätte er diesen neuen Zustand gegen sein vorheriges Leben eingetauscht. Amy hatte ihn wachgeküsst, der Sprung hatte ihn befreit. Er fühlte sich wie ein Riese, den Zwerge ein Leben lang an den Boden gefesselt hatten, bis er sich seiner Kraft bewusst wurde, die Fesseln sprengte, und sich zu seiner vollen Größe aufrichtete.

Jacques klappte seinen Laptop auf und betrachtete Amys Bild auf ihrer Homepage. Er sah ihre leuchtenden grünen Augen mit den vielen Lachfältchen, die von der Sonne aufgehellten Locken, die immer wirkten, als käme sie gerade vom Strand und hätte noch Salzwasser in den Haaren, ihre Sommersprossen, und ihre schön geschwungenen Lippen, mit denen sie so oft wie niemand sonst lächelte. Und da war er wieder, ihr Blick voller

Zuversicht, Wohlwollen, Freude und Wärme, den er so liebte. Stanley hatte ihn zwar gewarnt, Amy verschenke ihn so großzügig wie die Sonne ihre Strahlen. Doch nach ihrer gemeinsamen Nacht wusste er, dass es eine besondere Verbindung zwischen ihnen gab.

„Ich habe mein Leben lang auf dich gewartet", hatte sie zu ihm gesagt und dann mit ihrer etwas heiseren Stimme Neil Youngs Lied „Heart of Gold" angestimmt.

„I want to live, I want to give, I've been a miner for a heart of gold . . ."

Sie sang nur die ersten beiden Zeilen, bevor sie inne hielt, und zu ihm sagte: „Und du hast dieses Herz aus Gold. Ich habe es sofort gespürt, als ich dich das erste Mal gesehen habe. Deshalb wollte ich unbedingt, dass du mit uns den Sprung wagst. Ich hatte das Gefühl, das könnte ganz wunderbar für dich sein. Und ich wollte, dass wir dieses Erlebnis miteinander teilen."

„Aber was meinst du damit, ein Herz aus Gold?", hatte Jacques sie gefragt, ein wenig ungläubig, dass sie ausgerechnet über ihn so dachte.

„Gold ist ein unzerstörbares Material", entgegnete Amy: „Du kannst es erhitzen und in die unterschiedlichsten Formen gießen, aber nur eine Säure, das sogenannte Königswasser, kann es in seine Bestandteile aufspalten. Diese Unzerstörbarkeit ist etwas ganz Besonderes. Genau so ist auch das Gute in dir nicht kaputtzukriegen. Du hast ein reines, gutes Herz, egal, was um dich herum geschieht. Es ist wie ein frisch geschlüpftes Küken, das noch nie in Gefahr gewesen ist."

„Na ja, ganz so ist es nicht. Ich habe auch schon Federn gelassen, um bei deinem Bild zu bleiben. Schließlich bin ich keine zwanzig mehr."

„Das stimmt. Aber was immer du erlebt hast – nie ist etwas in dir abgestorben. Du hast nie deine Perspektive geändert, hast nie begonnen, das Gute und das Schöne nicht mehr wahrzunehmen. In deiner Seele ist nie etwas erfroren, auch wenn es um dich herum einmal eisig und bitterkalt war."

Jacques hatte eine Weile geschwiegen. An die Tiefpunkte seines Lebens wollte er in dieser Nacht nicht erinnert werden.

„Vielleicht bin ich ja eigentlich ein Eisbär, und du hast es nur nicht erkannt", sagte er, um dem Gespräch wieder mehr Leichtigkeit zu verleihen.

„Nein, du bist eine Biene", erklärte sie lachend.

Während Jacques entgegnete, er könne sich viel besser mit dem starken Bewohner der Arktis identifizieren, sagte sie zu ihm: „Es gibt zwei Sorten von Menschen: die Bienen und die Mücken. Auf jeder Wiese finden die Mücken einen Hundehaufen, während die Bienen auf jeder Müllhalde eine Blume finden."

„Das gefällt mir", erwiderte Jacques. „So, jetzt muss ich fleißiges Bienchen aber schnell wieder zu meinem Blütenkelch."

Mit einem Kuss zeigte er Amy, wo sich der Kelch befand.

Jacques fuhr auf dem Heimweg mit der Straßenbahn an einem Blumengeschäft vorbei. Sofort musste er an die Blütenpracht denken, die sich im Sommer auf seinem Balkon entfaltete. Er liebte nicht nur die Sonnenblumen, die von unscheinbaren Samen zu großen Pflanzen mit ausladenden, leuchtend gelben Blüten herangereift waren, sondern auch den Lavendel, den Jasmin und die Petunien mit ihren rosa-weiß gestreiften Köpfen. Oft ging er dann nach der Arbeit zuerst auf den Balkon, um den Bienen bei der Arbeit zuzuschauen, wie sie emsig von Blüte zu Blüte flogen, ohne jemals müde zu werden. Einzig und allein die Abenddämmerung war für sie ein Zeichen, sich zurückzuziehen. Von nun an würde er beim Anblick jeder Biene an Amy denken müssen. Und auch jedes Mal, wenn ihm eine Mücke über den Weg flog, würde es so sein.

„Wir werden uns wiedersehen, mein Herz aus Gold“, hatte sie zum Abschied gesagt, bevor sie im Morgengrauen barfuß zu ihrem Haus gehuscht war. Er nahm sein Handy und schrieb ihr: „Liebe Amy, Du bist immer bei mir, auch wenn Du weit weg bist. Ich liebe Dich. Fühl Dich ganz fest von mir gedrückt. Liebe Grüße, Dein Jacques“. Rings um die Nachricht flocht er einen Kranz aus Blumen, als hätte er jede einzelne nur für sie gepflückt.

Plötzlich tauchte ein Ereignis aus seiner Vergangenheit aus seinem Unterbewusstsein auf, wie eine Boje, die im Sturm von den Wellen verschluckt und erst bei ruhiger See wieder freigegeben wird. Als er zwölf oder dreizehn war, hatte ihn seine Mutter einmal zu einer Wahrsagerin mitgenommen. Es stand mal wieder schlecht um das Geschäft seines Vaters, und in ihrer Verzweiflung griff sie nach jedem Strohhalm. Die Frau mit dem osteuropäischen Akzent sah ganz anders aus, als er sich einen Menschen mit magischen Fähigkeiten vorgestellt hatte. Sie hatte weder große dunkle Augen noch wilde, von einem bunten Kopftuch kaum gebändigte Locken. Solche Frauen kannte er von Bildern in seinen Märchenbüchern und er wusste, dass sie mit Hilfe einer großen Kristallkugel in die Zukunft blicken konnten.

Maria Spassiba aber sah sich nur die Linien in seiner rechten Handfläche an. Ihr Aussehen erinnerte ihn an eine Puppe seiner Schwester, die lange, glatte schwarze Haare und Mandelaugen hatte.

„Ich sehe einen Ort weit weg, an dem du sehr glücklich sein wirst. Du kannst dort nicht bleiben, aber in deinem Herzen nimmst du ihn mit, wo auch immer du hingehst", erklärte sie. Der Blick ihrer blauen Augen ähnelte dem eines Huskys, und ihre leuchtende Farbe bot einen starken Kontrast zu ihren dunklen Haaren.

„Es wird einige Frauen in deinem Leben geben, und es wird eine Weile dauern, bis sie zu dir kommt – deine andere Hälfte. Aber du darfst nie den Mut verlieren und solltest immer daran glauben, dass du sie findest. Ich sehe viel Wasser zwischen euch und auch Berge. Aber du wirst diese Hindernisse überwinden."

Vor mehr als drei Jahrzehnten hatte er diese Worte gehört, und sie damals nicht ganz ernst genommen.

Trotzdem hatte er sie noch am selben Abend aufgeschrieben. Seine Mutter glaubte an Maria Spassibas Prophezeiungen, also musste doch ein Körnchen Wahrheit in ihnen stecken.

Jetzt erschien ihm die Weissagung von damals wie ein Rätsel, das er endlich entschlüsselt hatte. Die Südsee-Insel Tahiti musste der Sehnsuchtsort sein, von dem die Wahrsagerin gesprochen hatte. Dennoch sträubte sich etwas ihn ihm dagegen, die Begegnung mit Amy und den Amerikanern als schicksalhaft zu betrachten. Schließlich war es seine eigene Entscheidung gewesen, die ihn nach Französisch-Polynesien geführt hatte. Auch wenn seine Freunde und vor allem seine Eltern ihm davon abgeraten hatten. Sonne und schöne Strände gab es schließlich auch in Europa. Aber warum hatte er sich nicht beirren lassen?

Wegen eines Gefühls, das er als Junge empfunden hatte, als er mit zehn Jahren zum ersten Mal allein in die Stadt gefahren war. Im Bus war sein Blick auf ein Bild in einem Buch seines Sitznachbarn gefallen. Es zeigte einen Sonnenuntergang am Wasser, bei dem der Himmel in fast allen Farben glühte - von Rosarot, Orange bis Blassgelb. Er erinnerte sich auch an einen hölzernen Steg, der ins Wasser hinein ragte. Und an einen Stuhl dort, um die Aussicht auf den See und den Wald in der Ferne zu genießen. „Ihr habt die Uhren, wir haben die Zeit. Aus Tahiti", diesen Satz hatte er unter dem Bild gelesen. Fernweh hatte damals sein Herz ergriffen und Jahre später war er ihm gefolgt.

Und auf einmal wusste er: Was auch immer ab jetzt passieren mochte, er würde wieder den richtigen Weg wählen und eine Lösung finden. In diesem tiefen Vertrauen ließ er sich auf sein Bett fallen. Seine Wohnung kam ihm vor wie ein Schneckenhaus, das er zurückgelassen hatte, als er vor zwei Wochen aufgebrochen war. Jetzt nahm sie ihn wieder auf, und als er einschlief, fühlte er, wie gut sie zu ihm passte. Hierher konnte er sich zurückziehen und war rundum vor der Welt geschützt. So wie die Schnecke in ihrem Haus verschwinden kann, dessen harte äußere Schicht sie gegen Gefahren abschirmt. Raubvögel übersehen sie sogar aus der Luft, weil die unscheinbare Farbe ihres Verstecks wie eine Tarnkappe wirkt.

Das Verlagsgebäude war ein Relikt aus besseren Zeiten, als die Zeitung noch unangefochtener Meinungsführer war und nicht mit vielen anderen Nachrichtenquellen um die Aufmerksamkeit der Leser konkurrieren musste. Der Bau aus der Gründerzeit thronte direkt an der Königsallee, der ersten Adresse in der Stadt. Durch die ganze Straße zog sich ein Wassergraben, der von grünen, zur Promenade hin leicht ansteigenden Rasenflächen gesäumt war. In den Kronen der vielen Kastanien rauschte der Wind, als wäre hier sein Lieblingsspielplatz in der Stadt. Mehrere Brücken aus Sandstein führten über den Kanal und an der breitesten von ihnen entstieg ein großer steinerner Meeresgott dem Wasser und begeisterte als Springbrunnen die Touristen, die die vielen Nobelboutiquen an der Prachtstraße besuchten.

Jacques mochte diese Umgebung, auch wenn er im Alltag gar nicht dazu kam, ihre Schönheit wirklich in sich aufzunehmen. Er sah sie wie aus einem fahrenden Auto, sie rauschte an ihm vorbei. Und er hatte das Gefühl, immer schneller fahren zu müssen. Ein unsichtbares Wesen drückte aufs Gaspedal, während er am Steuer saß und der fremden Tempovorgabe völlig ausgeliefert war.

Seit das Internet gratis und rund um die Uhr immer neue Sensationen lieferte, war die Auflage des „Düsseldorfer Kurier“ stark gesunken – und das Niveau der Berichterstattung ebenfalls. Der Chefredakteur war überzeugt, der Mensch von heute brauche starke Reize, um überhaupt etwas zu spüren. Es genügte ihm nicht mehr, die Zahl der Opfer eines Amoklaufs an einer amerikanischen Schule zu nennen. Unbedingt musste noch ein Bild dazu, das die fassungslosen Gesichter der überlebenden Mädchen und Jungen zeigte. „Bad news are good news“, das war seine Haltung, und sie färbte auch auf den Lokalteil ab. Sebastian Pohl, der Lokalchef, hatte eine besondere Vorliebe für den Polizeifunk, den er mithörte, um immer möglichst schnell am Ort des Geschehens zu sein. Sein Ehrgeiz war es, der BILD-Zeitung zuvorzukommen und noch früher als sie über sämtliche Kriminalfälle zu berichten. Jacques hatte den Verdacht, dass Pohl nach Feierabend ausschließlich blutrünstige Thriller schaute, in denen er sein negatives Menschenbild bestätigt fand. Besonders wohl fühlte er sich im Gerichtssaal, und je mehr er über den Bösewicht auf der

Anklagebank schreiben konnte, desto mehr Begeisterung empfand er für seinen Beruf.

Mit der Kultur hatte Jacques eine Nische gefunden, in der er der Boulevardisierung seiner Zeitung entkommen konnte. Die Verlegerin, eine ältere Dame im Chanel-Kostüm mit stets perfekt geföhntem schneeweißem Haar und rotem, genau auf ihren Nagellack abgestimmtem Lippenstift liebte Kunst und Kultur. Der Chefredakteur wusste, dass sie ihm freie Hand ließ, wenn er diesen Teil der Zeitung nicht antastete. In den vergangenen Jahren war die Zahl der Anzeigen stark zurückgegangen – sie waren wie die Leser ins Internet abgewandert – und damit war auch die Zahl der Mitarbeiter gesunken. Jacques musste nun oft über andere Themen berichten, wenn in der Redaktion Not am Mann war. Aus Sebastian Pohls Sicht war dies täglich der Fall und er übertrug jedem der Redakteure so viele Aufgaben wie irgend möglich.

Jacques hatte sich einmal, als er für den Besuch einer Pressekonferenz mittags im Rathaus eingeteilt wurde, in der Redaktionskonferenz beschwert und ihn darauf hingewiesen, dass er am Nachmittag ein Interview mit dem neuen Opernintendanten führen, bis zum nächsten Tag noch eine Theaterkritik verfassen und für die Samstagsausgabe die Buchtipps für die Sommerferien schreiben musste.

Pohl hatte ihm daraufhin vor versammelter Mannschaft eines der „Fisherman's Friend Mint“ Bonbons zugeworfen, die er ständig lutschte, um seine Alkoholfahne zu überdecken, und gesagt: „Kennst du die Werbung für diese Bonbons? ‚Sind sie zu stark, bist du zu schwach.' Das gilt hier auch: Wenn dir das alles zu viel ist, dann stimmt was nicht mit dir. Dann bist du zu schwach, Beaujean. Weißt du, meine Mutter hat immer gesagt, man wächst an den Herausforderungen. Aber wenn du nicht mehr wachsen kannst, mein Junge, wenn du das Gefühl hast, du bist hier bereits am Ende der Fahnenstange angekommen, dann denk mal drüber nach, ob das der richtige Job für dich ist."

Jedes Mal, wenn Jacques das Verlagsgebäude betrat, musste er an diese Worte denken und bekam ein flaues Gefühl in der Magengrube. Der Pförtner grüßte ihn stets besonders freundlich, und manchmal stand die Tür zu seinem Raum hinter dem Empfang offen. Die gesamte rechte Wand war dort mit einer Tapete bedeckt, die einen weißen Strand mit hohen Palmen zeigte, deren grüne Wedel in der Sonne glänzten. Das Meer glitzerte, als läge ein Netz aus Straß-Steinen darauf, in denen sich die Lichtstrahlen spiegelten.

Immer wenn Jacques' Blick heute auf dieses Bild fiel, erschien es ihm wie ein Gruß aus seiner Zeit auf Tahiti. Am liebsten wäre er sofort dorthin zurückgekehrt, und er bedauerte, dass das Beamen nur in der Fernsehserie „Star Trek" und nicht in der Wirklichkeit funktionierte. Doch dann dachte er an den Riesen in sich, dem er in der Südsee begegnet war. Der größer gewesen war als seine Angst, der den Sprung ins dunkle Wasser gewagt hatte. Er stellte sich vor, wie dieser Riese den Zwerg in ihm, der sich vor dem ersten Arbeitstag nach dem Urlaub fürchtete, auf seine

Schultern hob, sodass er nun die Perspektive des Großen einnehmen konnte. Bei diesem Bild musste er lächeln.

„So gut gelaunt hab' ich Sie ja schon lang nicht mehr gesehen, und das so früh am Morgen", sagte Franzi zu ihm, die Redaktionsassistentin.

Sie hatte den Übergang ins digitale Zeitalter gut überstanden, auch wenn sie sich oft beschwerte, dass sie nun mit E-Mails genauso zugemüllt wurde wie früher mit Faxen. Aber dann setzte sie jedes Mal hinzu: „Gott sei Dank muss ich nicht alle E-Mails ausdrucken. Habt ihr ein Glück, dass ich für euch schon mal die Spreu vom Weizen trenne!"

Franzi, die eigentlich Franziska Schmitt hieß, betrachtete sich selbst als ein Geschenk an ihre Umwelt. Jacques staunte oft darüber, wie selbstbewusst sie auftrat, und fragte sich, aus welcher geheimen Quelle sie ihre unerschütterliche Begeisterung für sich selbst schöpfte. War sie als Kind vielleicht in einen Bottich mit „Ich bin fantastisch-Sirup" gefallen? So wie Obelix als kleiner Junge in einen Kessel mit Zaubertrank geplumpst war, der ihn besonders groß und stark gemacht hatte? Jedenfalls vermittelte Franzi stets den Eindruck, mit ihr sei alles zu schaffen und ohne sie würde die Zeitung sofort den Bach runtergehen.

Normalerweise fand Jacques so viel Selbstbewusstsein äußerst anziehend, doch bei ihr galt seine Bewunderung ausschließlich ihrem Charakter, nicht ihrem Äußeren. Die Zähne seiner Kollegin standen leicht vor, was ihr einen weniger intelligenten Gesichtsausdruck verlieh, ihr Busen schien sich förmlich in den Körper zurückzusehnen, so flach war ihre Brust, und ihr kleiner, knabenhafter Körper erinnerte ihn eher an einen jungen Mann als an eine Frau. Ihr burschikoser Kleidungsstil mit Jeans und Hemd verstärkte diesen Eindruck noch, und ihre Stimme war nicht zu überhören. Hart, aber herzlich, so empfand Jacques Franzis Art, und er freute sich, wenn sie mit Pohl an den Tagen laut herum meckerte, an denen der Lokalchef nicht nur eine Alkohol-, sondern dazu noch eine Knoblauchfahne hatte.

„Was zu viel ist, ist zu viel. Auch ich habe Grenzen der Belastbarkeit", sagte sie dann laut zu Pohl, sodass alle im Großraumbüro es hören konnten, und wedelte mit einer Zeitung vor ihrem Gesicht, als wollte sie eine Fliege verscheuchen.

In der Redaktionskonferenz um zehn Uhr wurden die Themen an die Redakteure verteilt. Martin hatte Jacques bereits einen Wink gegeben, dass Sebastian Pohl seine übliche Montagmorgendepression hatte, was bedeutete, dass er noch bissiger und mürrischer war als sonst. Er war grußlos in seinem Büro verschwunden, hatte Martin dann zu sich beordert, und als dieser wieder herauskam, hatte er Jacques nur angeschaut und mit den Augen gerollt. Das war ein Indiz dafür, dass an diesem Montagmorgen alles so war wie immer, nur dass es diesmal Martin erwischt hatte.

Jacques begrüßte seinen Freund mit einem festen Händedruck; eine Umarmung wäre ihm in diesem Umfeld zu intim erschienen. Jeder im Großraumbüro wusste zwar, dass die beiden Freunde waren, aber er wollte keine abfälligen Kommentare provozieren, wenn er hier Gefühle zeigte. Denn das Großraumbüro dieser Zeitungsredaktion war alles andere als ein Kuschelclub. Damit hatte sich Jacques schon vor Jahren abgefunden und arrangiert.

Doch war es diesmal anders als sonst, wenn er aus dem Urlaub zurückkam. Er fühlte sich wie ein Ritter, der seine Rüstung abgelegt hat und frei von dieser Last eine Weile allein durch Wald und Wiesen gestreift ist, um die Schönheit der Natur zu bewundern. Scheue Füchse waren um seine Knöchel gestrichen und hatten sich an ihnen gerieben wie verschmuste Katzen. Luchse hatten sich vor ihm gewälzt wie Hunde, die am Bauch gekrault werden wollen. Vögel hatten sich auf seinen Schultern niedergelassen, um ihm mit dem Schnabel die Haare hinter die Ohren zu schieben. Blumen hatten ihm ihre Köpfe zugeneigt, damit er ihren Duft leichter einatmen konnte. Die Grashalme hatten sich, um nicht geknickt zu werden, flach an den Boden gedrückt, bevor sein Fuß sie berührte.

Mit dieser Harmonie, die er auf Tahiti gespürt hatte, war es nun vorbei. Er straffte seinen Rücken, hob seinen Kopf, und ließ sein Gesicht wieder versteinern, bevor er die Rüstung erneut anlegte, die ihn vor den Attacken seines Chefs retten konnte, weil dessen Hiebe an ihr abprallen würden, so wie sie es schon seit Jahren taten.

Trotzdem hatte er nie daran gedacht, den Job zu wechseln. Wenn er zu Martin hinüberschaute und dessen Hände wie die eines Pianisten voller Ekstase über die Tastatur fliegen sah, als gehörten sie gar nicht mehr zu ihm, dann konnte er das Glücksgefühl seines Freundes nachempfinden und freute sich mit ihm. Diese Momente, wenn sie beide alles ringsum vergaßen und sich ganz dem Schreiben hingaben, waren eine Entschädigung für das unerfreuliche Umfeld. Dann ging es für sie nur noch darum, eine Geschichte zu erzählen und sie mit den Lesern zu teilen. Martin hatte ihrer beider Situation in der Redaktion einmal mit zwei Wanderern verglichen, die sich durch Dickicht und Gestrüpp kämpfen, über Stock und Stein steigen, sich mit Macheten den Weg freischlagen, bis sie auf eine einsame Bucht stoßen, in der das Wasser glasklar und der Strand so weich wie Puderzucker ist.

„Wir würden aus tiefstem Herzen seufzen und frohlocken, wenn wir dort angekommen sind“, hatte Martin einmal bei einem Glas Wein zu ihm gesagt, „und das tun wir auch heute jedes Mal, wenn uns eine Geschichte gelungen ist.“

Jacques erhielt häufig positive Rückmeldungen von den Lesern des „Düsseldorfer Kuriers“. Sie bedankten sich für seine Buchtipps und lobten, dass er nie, wie viele seiner Kollegen, einfach die Handlung nacherzählte, sondern lieber Interesse für das Thema des Buches, seine Erzählstruktur und die Sprache des Autors weckte. Auch für seine Theaterkritiken bekam er oft Anerkennung. Und

Frau von Harlessen, die Verlegerin, nickte ihm immer aufmunternd zu, wenn sie durch das Großraumbüro zu dem Zimmer des Chefredakteurs ging.

Im Dezember letzten Jahres war sie sogar stehen geblieben, hatte ihm die Hand geschüttelt und gesagt: „Herr Beaujean, guten Tag. Vorgestern war ich mit meiner Enkelin im Weihnachtsmärchen des Stadttheaters. Wir haben es keine Sekunde bereut. Diese Inszenierung von ‚Pippi Langstrumpf' ist wirklich so gelungen, wie sie es beschrieben haben. Machen Sie weiter so. Ich mag Ihre Texte. Einen schönen Tag wünsche ich Ihnen noch."

Alle Kollegen hatten großen Augen gemacht und waren sofort verstummt, um nur ja nichts zu verpassen. Neugier war schließlich ein natürlicher Wesenszug eines jeden Journalisten, der ihnen so zu eigen war wie das Kopfüberhängen bei schlafenden Fledermäusen. Nur das Klack-klack von Frau Harlessens Absätzen war nach ihren Worten noch zu hören gewesen, bis sie die Tür zum Büro des Chefredakteurs aufriss, ohne vorher anzuklopfen.

Nachdem sie verschwunden war, rief Franzi laut: „Da hast du ja einen ganz großen Fan, Beaujean. Ich hoffe, es ist nicht dein einziger. Na ja, ab und zu kommt ja auch mal ein netter Leserbrief für dich."

Am liebsten wäre Jacques bei diesen Worten vor Scham im Boden versunken, dann verstand er, dass Franzi ihm nur helfen wollte. Mit ihrer vorlauten Bemerkung hatte sie erreicht, dass es auch wirklich jeder mitbekommen hatte: Frau von Harlessen mochte ihn.

Amy streckte die Beine lang aus und zog das Federbett bis zum Kinn hoch. Ihr Kopf ruhte auf einem Kissen, das sich so weich und angenehm anfühlte, als läge sie zu Hause in ihrem Bett. Dabei war sie über den Wolken unterwegs, auf dem Weg von Tahiti nach Los Angeles. Auch wenn sie schon oft in der Business-Klasse geflogen war, so freute sie sich immer wieder über den Komfort, den sie hier genießen konnte.

Als Studentin war sie Economy geflogen. Der Weg durch das Flugzeug hatte sie oft an voluminösen Sitzen vorbeigeführt, die sich während des Fluges zu Betten umfunktionieren ließen. Kissen und Decken lagen dort für die Business-Passagiere bereit, deren Bereich durch einen Vorhang abgetrennt wurde. Als die Stewardess ihn einmal kurz zur Seite schob, hatte sie einen Blick auf die Reisenden dort erhaschen können, die sie an schlafende Babies unter ihren bauschigen Plumeaus im Kinderwagen erinnerten. Sie hatte sich damals vorgestellt, wie schön es sein musste, während des Fluges im Schlaf zu versinken und ausgeruht am Ziel anzukommen. Wenn sie nach einer langen Reise aus dem Flugzeug stieg, hatte sie sich immer wie ein feuchtes T-Shirt gefühlt, das völlig zerknittert aus der Waschmaschine kommt und noch einige Zeit braucht, um wieder seine ursprüngliche Form anzunehmen. Dreißig Jahre war das her und genauso alt war ihr Wunsch, auch einmal in der Luft süße Träume zu erleben. Heute war sie froh und dankbar dafür, dass ihr dies möglich war, und sie betrachtete das kostspielige Flugticket als eine gute Investition in ihr Wohlbefinden. Außerdem sparte sie damit Zeit. Sie brauchte nun nicht mehr eine ganze Woche, sondern nur noch wenige Tage, um sich von einer langen Reise zu erholen.

Vor zehn Jahren hatte sie ihre Mutter eingeladen, mit ihr nach Paris zu fliegen, um den Eiffelturm bei Nacht zu erleben. Ella Kopatzky hatte im Fernsehen gesehen, dass er zu bestimmten Uhrzeiten von Tausenden funkelnder Lichter beleuchtet wurde, und ihrer Tochter von dem wunderschönen Bild vorgeschwärmt.
„Lass uns nach Frankreich fliegen, Mama! Wann hast du Zeit?“, hatte Amy gesagt und zwanzig Minuten später zwei Erste-Klasse-Tickets gebucht.

Ella hatte Tränen in den Augen gehabt, so unfassbar war es für sie nach wie vor, was ihre Tochter alles erreicht hatte.

„Ich habe mich immer noch nicht daran gewöhnt, dass du wirklich frei bist“, sagte sie. „Du kannst alles machen, was du willst. Das ist fantastisch!“

„Du hast früher jeden Tag zu mir gesagt: Streng dich an, damit du eine unabhängige, starke Frau wirst, und gib immer dein Bestes. Das habe ich getan“, erwiderte Amy. „Und du hast mir immer versichert: Du kannst alles schaffen, was du dir vornimmst. Ich selbst war davon nicht so überzeugt, aber du hast es so oft wiederholt, dass ich es irgendwann geglaubt habe. Dafür bin ich dir unendlich dankbar. Ich liebe dich, Mama.“

Ella Kopatzky war Küchenhilfe in einem Steakhouse. Ihr Einsatzgebiet war die Salatbar: Maiskörner, Salatblätter und Tomatenviertel standen in großen, weißen Eimern im

Kühlhaus bereit, und sie füllte dort unermüdlich die leeren Schüsseln wieder auf. Es musste schnell gehen, denn wenn etwas fehlte, konnte es sein, dass sich die Gäste beim Restaurantmanager beschwerten. Oft hatte sie nicht einmal genug Zeit, um die Tür zum Kühlraum zu schließen, und so fror sie oft bei der Arbeit.

„Andere Leute schauen sich im Kino Thriller an, bei denen ihnen das Blut in den Adern gefriert. Ich brauche das nicht, ich bekomme schon auf der Arbeit eine Gänsehaut", scherzte sie, wenn jemand sie im Restaurant darauf ansprach.

Die Tage, an denen sie Küchendienst hatte, waren da schon angenehmer. Die Teller mit den Essensresten wurden von den Kellnern auf einem großen Tisch abgestellt, und Ella nahm einen nach dem anderen, kippte den Abfall in eine große Tonne und räumte dann das Geschirr in die Spülmaschine. Es schmerzte sie, wenn kaum angebissene Lammfilets, innen noch rosa, Kartoffeln in Alu-Folie und ganze Maiskolben in den Müll wanderten. Sie wusste ja, wie gut das Essen schmeckte.

Jeden Sonntagabend konnten die Mitarbeiter auf Kosten des Hauses dort essen. Um sechs Uhr kam dann auch Amy ins Steakhouse. Der Mann am Grill mochte Mutter und Tochter, er legte immer ein besonders zartes Stück Fleisch für Amy auf die Seite und zwinkerte ihr zu, wenn er sie sah. Dann deutete er auf ihr Steak und sagte: „Damit du groß und stark wirst."

Auch der Restaurantmanager drückte ein Auge zu, wenn Amy kam, denn eigentlich war es den Mitarbeitern nicht erlaubt, Familienmitglieder zum Gratis-Essen einzuladen. Doch er hatte Mitgefühl mit Ella, die Amy allein großziehen musste. „Wo ist Papa?" Diese Frage hatte sie früher immer wieder von ihrer Tochter gehört, und da sie keine Antwort wusste, hatte sie nur mit den Schultern gezuckt und gesagt: „Ich liebe dich und nur das zählt." Irgendwann hatte Amy ihre Nachforschungen nach dem großen Unbekannten aufgegeben, und zumindest in diesem Punkt hatte sie sich in ihr Schicksal gefügt. In anderen Dingen aber begehrte sie auf.

„Ich will ein besseres Leben als du", hatte sie ihrer Mutter mit dreizehn an den Kopf geschleudert. „Ich will nicht den Dreck anderer Leute von den Tellern kratzen. Warum hast du nicht mehr aus dir gemacht?"

Ella wich ihr wie ein asiatischer Kampfsportler aus, der die Energie des Angriffs an seinen Gegner zurückgibt.

„Weil ich dich wollte", sagte sie mit fester Stimme, „weil ich mich für dein Leben entschieden und deshalb die Schule abgebrochen habe, obwohl ich ganz allein dastand. Weil ich Geld für uns beide verdienen muss und das auf ehrliche Art und Weise mache, so wie du es später auch tun solltest."

An diesem Punkt des Streits, der beiden wie die wöchentliche Wiederholung eines Theaterstückes vorkam, hatten Mutter und Tochter schon Tränen in den Augen.

Kurz darauf umarmten sie sich und Ella flüsterte ihrer Tochter ins Ohr: „Dir steht die Welt offen. Du bist so hübsch und so schlau, wie ich es nie war. Mach was aus den Gaben, die der liebe Gott dir geschenkt hat."

Und das tat Amy: Sie wurde Mitglied im Debattierclub der High School, weil sie wusste, dass Worte wie ein Schuss aus einer Pistole sein können, mit dem sich der Gegner aus dem Weg räumen oder zumindest einschüchtern lässt. Gleichzeitig engagierte sie sich im Leichtathletik-Team, der einzigen Sportart, für die sie keine teure Ausrüstung brauchte. Ein Surfboard oder einen Tennisschläger hätte sich ihre Mutter nie leisten können. Ihre Laufschuhe bezahlte der Förderverein der Schule. Jeder Coach eines Sport-Teams bekam eine bestimmte Summe, mit der er sozial schwächere Schüler unauffällig unterstützen konnte.

Amys Stärke war, wie sich herausstellte, die Langstrecke. Während andere es todlangweilig fanden, stundenlang zu laufen, liebte sie die Gleichmäßigkeit der Bewegung. Sie hatte immer so viel zu überlegen und zu planen – wo bekam sie den nächsten Ferienjob her, wie konnte sie ihre Arbeit bei Burger King mit den Hausaufgaben und dem Sport-Training unter einen Hut bekommen -, dass es eine Wohltat für sie war, wenn sich nach einer halben Stunde Laufen etwas in ihrem Inneren veränderte. Ihre Gedanken waren dann zwar nicht verschwunden, doch waren sie auf einmal nicht mehr wichtig.

Wohl kaum jemand bleibt auf der Straße stehen, blickt zum Himmel auf und fragt sich: Wo kommt diese Wolke her? Sieht sie aus wie ein Drache oder eher wie ein Elefant? Wo möchte sie hin? Denn die Wolken ziehen einfach vorbei: Sie haben ein Eigenleben, das sich unabhängig vom Betrachter vollzieht. So erging es Amy mit ihren Gedanken beim Laufen. Sie war nicht mehr eins mit ihren Sorgen, vielmehr entwickelte sie eine große Distanz zu ihnen. Plötzlich hatte sie die Wahl, ob sie sich ihnen zuwenden wollte oder nicht – vergleichbar mit einem Menschen, der interessiert ein Kunstwerk betrachtet oder sich anderen Dingen zuwenden kann. Das erste Mal in ihrem Leben hatte sie das Gefühl, sich aussuchen zu können, worauf sie ihre Aufmerksamkeit richtete. Es war, als hätte ihr jemand einen Laserpointer in die Hand gedrückt, mit dem sie nach Belieben Bereiche ihres Innern ausleuchten konnte, während andere im Dunkel blieben.

„Beaujean, du gehst heute mal ins Jugend- und Freizeitzentrum. Die BILD schreibt, ein Flüchtling aus dem Sudan habe dort ein junges Mädchen vergewaltigt. Er sitzt jetzt in Untersuchungshaft. Die Eltern haben ihn angezeigt. Schau dich da mal um, du kennst ja den Leiter. Die Geschichte wäre ein schöner Aufmacher am Samstag. Ich gebe dir sogar zwei Tage dafür. Da seht ihr mal wieder: Ich bin ein großzügiger Mensch", sagte der Lokalchef am Mittwoch in der Redaktionskonferenz und schaute sich mit einem Grinsen im Gesicht in der Runde um. Martin warf seinem Freund Jacques einen mitfühlenden Blick zu, den dieser dankbar auffing.

Es war klar, warum ausgerechnet er diese Geschichte schreiben sollte. Während seines Studiums hatte Jacques einmal ein Praktikum bei einer Zeitung in Koblenz gemacht. Von einem Weinberg an der Mosel war eines Tages ein Bagger abgerutscht und in das Dach des darunter liegenden Hauses gefallen. Es sah aus, als ob ein Monster mit übergroßen Fäusten zugeschlagen und anschließend hineingespuckt hätte. Denn ein Platzregen hatte die gesamte Einrichtung durchnässt, die Farbe der Bilder an der Wand war herabgelaufen und hatte bunte Flecken auf dem aufgeweichten Parkett gebildet. Die Mieterin der Wohnung stand fassungslos auf der Straße und blickte auf das Chaos, das einmal ihr Zuhause gewesen war, während der lokale Radiosender und RTL ihr Mikrophone unter die Nase hielten. Jacques verabscheute das Verhalten der anderen, auch wenn er sich mit seinem Notizblock in der Hand dazustellte und alles mitschrieb, was die ältere Dame sagte.

Als die Kollegen sich eilig wieder auf den Weg gemacht hatten, ging er einen Schritt auf die Frau zu und fragte sie: „Was passiert ist, sehe ich. Aber ich möchte gern wissen, wie geht es Ihnen? Haben Sie Hunger?“

Der Bagger war gegen halb zwölf abgerutscht, als Erna F. dabei war, das Mittagessen zu kochen. Den Reportern hatte sie gesagt: „Ich stand am Herd und hatte gerade die Eier in die Pfanne getan, da gab es einen Riesenkrach und das Dach brach ein. Hätte ich auf dem Sofa gesessen und Fernsehen geschaut, wäre ich jetzt tot.“

Dann ging Jacques mit ihr in ein Café und sie aßen beide ein Stück Kuchen: Frankfurter Kranz für ihn, Apfelstreusel für sie. Erna F. schüttete ihm ihr Herz aus. Wie einsam sie sich als Witwe oft fühle, wie froh sie über die

Handarbeitsgruppe der Kirchengemeinde sei, die mit ihren Stricksachen auf dem Weihnachtsbasar Geld für Kinder in Bolivien sammle und wie traurig es sie mache, dass die Aquarelle, die sie und ihren Mann ihr Leben lang begleitet hatten, nun zerstört seien. Für die Geschichte über den Absturz des Baggers und seine Folgen hatte Jacques damals einen Nachwuchspreis für Journalisten gewonnen. Noch lange danach schrieb er Erna F. jedes Jahr eine Weihnachtskarte.

Jacques machte sich zuerst auf den Weg zum Jugendzentrum, in dem sich der Vorfall ereignet hatte. Achim Meister, den Leiter, kannte er seit vielen Jahren, weil er einmal einen Bericht über dessen Engagement in einem Verein geschrieben hatte, der sich um Kindersoldaten in Afrika kümmerte. Später waren sie sich mehrfach auf Veranstaltungen begegnet, und jedes weitere Gespräch hatte ihre Sympathie füreinander verstärkt. Mittlerweile waren sie sogar per Du. Das Jugendzentrum lag an einer vierspurigen Straße, die zwei Stadtteile miteinander verband, die unterschiedlicher nicht hätten sein können: Hier eine angesagte Gegend mit Naturkostläden, Cafés und veganen Restaurants, dort eine trostlose Ansammlung von Mietskasernen, deren Grau nur durch die monumentalen Graffiti-Zeichnungen an den Häuserfassaden aufgelockert wurde.

Beide Viertel waren früher soziale Brennpunkte gewesen. Im einen waren die Altbauten saniert worden und ihre Stuckdecken, Dielenböden und schmiedeeisernen

Balkongitter hatten die kreative Elite der Stadt angezogen. Künstler, Designer und Leute aus der Werbebranche tummelten sich dort. Der andere Stadtteil war im Sumpf der Armut steckengeblieben, doch die Jugendlichen, die dort wohnten, verbrachten ihre Zeit gern in dem städtischen Jugendzentrum, das sich in der schickeren Gegend befand. Achim und seine Mitarbeiter betrieben viel Aufwand, um ihnen etwas zu bieten: Es gab Hausaufgabenbetreuung, Hip-Hop-Kurse, Sportangebote, Filmabende und eine Theatergruppe. Zwei Sozialpädagogen, ein Mann und eine Frau, hatten zudem immer ein offenes Ohr für jede Art von Problemen.

Heute war das Jugendzentrum geschlossen und Achim führte Jacques durch leere Räume mit leuchtend grünen Sofas, Flipper-Automaten und Tischtennis-Platten, die ihn an seine Schulzeit erinnerten. Als sie das Büro des Leiters betraten, fiel Jacques' Blick auf einen dickbäuchigen, goldenen Buddha mit geschlossenen Augen, der ihn vom Schreibtisch her anlächelte. Bevor sie Platz nahmen, streichelte Jacques ihm den Bauch und sagte zu Achim: „Das soll ja Glück bringen. Davon kann man nie genug haben, oder?"

Was als lockerer Gesprächseinstieg gedacht war, verfehlte seine Wirkung nicht. Der hagere Mann Ende vierzig auf der anderen Seite des Schreibtischs löste seine verschränkten Arme und stützte sie locker auf.

„Ich sage dir jetzt die Wahrheit", begann er mit halblauter Stimme, „auch wenn ich mir ziemlich sicher bin, dass du sie so nicht schreiben kannst. Hast du das Foto des Mädchens in der BILD gesehen?"

Jacques erinnerte sich an eine hübsche junge Frau mit auffallend vollen Lippen, die der leuchtend rote Lippenstift noch betonte. Sie trug Jeans-Shorts und ein knappes T-Shirt, das ihren Bauchnabel frei ließ. Ein schwarzer Balken hatte ihre Augen auf dem Foto verborgen.

„Ja, das Foto kenne ich", sagte Jacques. „Sie sieht älter aus als vierzehn. Ich hätte sie mindestens auf sechzehn geschätzt. Körperlich ist sie ziemlich weit entwickelt. Das betont sie auch mit ihrer Kleidung."

Achim erzählte ihm dann, was wirklich passiert war: Er hatte die Tür zu dem Raum geöffnet, in dem die Putzsachen und der Staubsauger aufbewahrt wurden, und die beiden nackt auf dem Boden vorgefunden.

„Wie Adam und Eva im Paradies lagen sie da zwischen Schrubbern, Eimern und Sagrotan-Flaschen. Ich werde nie vergessen, wie sie mich angeschaut haben, als ich das Licht angemacht habe. Wie zwei Rehe, auf die ein Laster zufährt, dem sie starr vor Schreck nicht mehr ausweichen können. Jedenfalls habe ich ihnen gesagt, sie sollen sich anziehen, und in mein Büro kommen."

Dort habe er ihnen dann die Leviten gelesen, berichtete Achim, und ihnen verboten, noch einmal im Jugendzentrum miteinander intim zu werden.

„Wie die Geschichte dann weiterging, das hätte ich mir nie träumen lassen", fuhr er fort. „Ihre Eltern haben den Stein erst ins Rollen gebracht. Ich sage dir, der Junge hat das Mädchen nicht vergewaltigt. Die beiden lagen da Arm in Arm, völlig nackt, eng umschlungen wie ein Liebespaar. Dieses Bild passt nicht zu dem Vorwurf, der jetzt gegen den Jungen erhoben wird."

„Aber was haben die Eltern davon, wenn sie den Freund ihrer Tochter ins Gefängnis bringen?", hakte Jacques nach.

Achim hob die Brauen und schüttelte leicht den Kopf.

„Du weißt schon, lieber Jacques, dass nicht alle Menschen edel und gut sind, oder? Diese Eltern sind es auf jeden Fall nicht. Es war ihnen von Anfang an ein Dorn im Auge, dass ihre Tochter sich in einen Flüchtling aus dem Sudan verliebt hat. Sie waren sogar mal hier und haben mich aufgefordert, dafür zu sorgen, dass ihre Tochter mit ihm Schluss macht. Das ist natürlich Unsinn, das kann ich gar nicht. Und davon mal abgesehen: Ich will es auch nicht. Aber da das Mädchen minderjährig ist, musste ich die Eltern über den Vorfall informieren, und ich habe ihnen alles genauso geschildert wie dir eben. Sie sind dann zur Polizei gegangen und haben den Jungen angezeigt. Weil er sagte, er hätte seinen Pass verloren, wurden seine Knochen untersucht, um sein Alter zu ermitteln. Dabei kam dann heraus, dass er bereits volljährig ist. Den Rest kennst du ja: Wegen Verführung Minderjähriger und dem Vorwurf der Vergewaltigung sitzt er jetzt in U-Haft. Wenn er Pech hat, wird er abgeschoben. Den Eltern des Mädchens wäre das nur recht. Dass ihre Tochter nun ein gebrochenes Herz hat, interessiert sie überhaupt nicht."

Eine Wespe hatte sich ins Zimmer verirrt und krabbelte auf einer Banane herum, die in einer Schale auf der Fensterbank lag. Sie erinnerte Jacques an das Wespennest, das er einmal in der Rumpelkammer auf seinem Balkon entdeckt hatte. Schon Wochen zuvor war ihm aufgefallen, dass es in diesem Sommer besonders viele Wespen gab. Dann hatte er auf der Suche nach einem Handfeger die Tür geöffnet und zufällig das Nest entdeckt, das groß wie ein Fußball an der Decke klebte. Die Gefahr hatte die ganze Zeit im Verborgenen gelauert. Mit einem Loch in der Wand, durch das die erste Wespe hineingeschlüpft war, hatte alles begonnen. Jacques hatte den Raum schnell wieder verriegelt, den Balkon von da an gemieden und den Kammerjäger gerufen, der mit einer Giftwolke alle Tiere getötet hatte. Wie ein aus Hass gebautes Wespennest war auch die Lüge der Eltern, die zwei junge Menschen auseinanderzubringen drohte. Sie war so gefährlich wie ein Schwarm der fliegenden Insekten mit ihren giftigen Stacheln.

„Dann werde ich die Wahrheit schreiben und diesen Lügnern das Handwerk legen", sagte Jacques im Brustton der Überzeugung.

Achim lächelte.

„Deine Absicht ehrt dich, aber ich glaube nicht, dass der ‚Düsseldorfer Kurier' die Eltern als Lügner entlarven wird. Ich bitte dich auch, mich nicht zu zitieren. Denn ich hätte als städtischer Mitarbeiter gar nicht mit dir reden dürfen. Du weißt, dass für den Kontakt zur Presse unser Amt für Kommunikation zuständig ist. Nur der Polizei habe ich gesagt, was ich dir eben erzählt habe. Außerdem kommst du als Journalist gar nicht an das Mädchen ran, weil du ohne das Einverständnis der Eltern nicht mit ihr reden darfst. Das Ganze liegt jetzt in den Händen der Justiz. Du weißt ja, was man sagt: Auf hoher See und vor Gericht bist du in Gottes Hand. Wahrscheinlich ist es besser, du lässt die Sache auf sich beruhen."

Auf dem Weg in die Redaktion setzte Jacques seine Sonnenbrille auf, obwohl ihn nur ein milchig-weißer Himmel blendete und nicht etwa ein leuchtender Feuerball. Trotzdem erschien ihm das Außen grell und ungemütlich. Er fühlte sich, als hätte er ein Gelände voller tiefer Schluchten erforscht, aus denen weder Mann noch Maus lebend wieder auftauchen konnten, wenn sie einmal hineingefallen waren. Seine Aufgabe als Journalist war es doch, Wegweiser für seine Leser zu sein, sie vor solchen Gefahren zu warnen und ihnen zu berichten, wie die Welt wirklich war. Doch Achims Rat an ihn war gewesen, so zu tun, als habe es diese Expedition nie gegeben, das ganze neu entdeckte Gebiet mit Schweigen einfach zu vernebeln und es so von der Landkarte verschwinden zu lassen.

Sebastian Pohl, der Lokalchef, hörte aufmerksam zu, als Jacques ihm vom Ergebnis seiner Recherche berichtete. Die beiden saßen zusammen in seinem Büro. Erstaunlicherweise machte er heute weder einen aggressiven noch einen angeheiterten Eindruck.

Völlig nüchtern sagte er zu seinem Redakteur: „Ich weiß, du willst jetzt der Held sein und die Geschichte so erzählen, wie sie wirklich gelaufen ist. Du wirst es kaum glauben, aber das verstehe ich. Es ist schon ein bisschen länger her, da hatte sogar ich noch Ideale. Deine will ich dir auch nicht kaputt machen. Aber der ‚Düsseldorfer Kurier' ist nicht das richtige Medium, um die Wahrheit ans Licht zu bringen. Die Eltern lügen, und das ist schlimm, ohne Frage. Aber du bist hier nicht der Rächer des Mädchens mit dem gebrochenen Herzen und seines Prinzen aus Afrika. Es bringt nichts, wenn wir uns in diesen Schlamassel hineinbegeben. Weder für die Auflage noch für den Ruf unseres Blattes. Ganz im Gegenteil - das gibt nur einen Shitstorm ohne Ende, wie man heute sagt. Also, Beaujean, Finger weg von der Geschichte, vergiss sie einfach. Hier wird sie nicht gedruckt. Du schreibst nicht für ein Nachrichtenmagazin, wir sind eine Zeitung für die ganze Familie. Konzentrier dich lieber auf das nächste Weihnachtsmärchen. Damit sammelst du ganz oben mehr Pluspunkte."

Pohl kam hinter seinem Schreibtisch hervor, stellte sich hinter Jacques' Stuhl und legte ihm wie ein Vater die Hände auf die Schultern. Sie rochen nach Zigaretten und fühlten sich wie lauwarme, leicht feuchte Waschlappen an. Noch unangenehmer war jedoch, dass der Lokalchef auf ihn herabblickte wie auf ein Kind, dem er soeben die Welt erklärt hatte. Jacques stand auf und drehte sich um, schob seinen Stuhl weg und genoss es, dass er größer war als sein Gegenüber. Erstaunt wich Pohl einen Schritt zurück. Mit Widerworten hatte er nicht gerechnet, und von Beaujean war er sie gar nicht gewohnt. In der Redaktionskonferenz schaute dieser immer nur zu Boden oder aus dem Fenster, wenn seine Texte kritisiert wurden. Er erinnerte Pohl dann an ein Lamm, das zur Schlachtbank geführt wird, ohne sich auf dem Weg dorthin auch nur ein einziges Mal zu sträuben.

Jetzt aber blickte ihn ein erwachsener Mann an, dessen Augen vor Zorn funkelten. Er hatte die Arme an den Hüften aufgestützt und wirkte dadurch noch breiter. Pohl ging sofort hinter seinen Schreibtisch, um eine Barriere zwischen sich und diesem Menschen aufzubauen, der ihm fremd war. Was in Jacques vorgegangen war, während er seinen Monolog gehalten hatte, war ihm verborgen geblieben, und Pohl hätte es auch niemals erahnen können.

„Wir sind stark. Wir sind mutig. In jedem von uns steckt eine grenzenlose Kraft. Wir wurden nicht geschaffen, um uns klein zu fühlen. Wir sind größer als jede Angst. Wir sind Riesen.“ Diese Worte waren in Jacques' Bewusstsein aufgetaucht wie eine Gruppe von Demonstranten, die jeden der sechs Sätze auf große Plakate geschrieben hatten und sie unaufhörlich riefen. Die Stimmen waren immer lauter geworden, bis Jacques aufgestanden war und sich zu voller Größe aufgerichtet hatte.

„Wenn ich die Geschichte nicht so schreiben kann, wie sie der Wahrheit entspricht und wie ich es für richtig halte, dann gehe ich“, erklärte er. „Der Öffentlichkeit die Wahrheit zu verschweigen, das ist ein Verbrechen. Da mache ich nicht mit. Du hast bis morgen Mittag Zeit, mir deine Entscheidung mitzuteilen.“

Dann drehte er sich um und verließ schnurstracks Pohls Büro, ging zu seinem Tisch, packte seine Tasche, und mit wenigen Schritten war er dem "Düsseldorfer Kurier" entkommen.

Ein Gefühl des Triumphs erfüllte Jacques. Was er getan hatte, war unerhört: Ein Ultimatum hatte er noch nie gestellt! Dass er mit diesem Schritt seinen Job aufs Spiel gesetzt hatte, war ihm voll und ganz bewusst. Trotzdem fühlte es sich gut und richtig an. Sein stilles Wollen und sein tatsächliches Handeln waren keine Gegner mehr gewesen, sondern Partner mit einem gemeinsamen Ziel. Genauso war es gewesen, als er auf Tahiti den Sprung gewagt hatte. Diese Einheit im Denken, Fühlen und Handeln war ihm damals genauso berauschend wie jetzt vorgekommen.

Die Sonne hatte sich inzwischen durch die Wolken gekämpft und strahlte ihm ins Gesicht. Für einen Moment schloss er die Augen und genoss die Wärme ihrer Strahlen. Der Strom der Menschen, der sich an verschiedenen Stellen in Büros und Geschäfte verzweigte, floss um ihn herum, ohne ihn zu berühren. Es kümmerte ihn nicht, was andere darüber denken mochten, dass er um drei Uhr nachmittags reglos vor dem Verlagsgebäude stand.

Karim, der Pförtner, hatte ihn beobachtet, als er ohne Abschiedsgruß hinausgestürmt und dann stehen geblieben war, als müsste er sich erst orientieren, bevor er seinen Weg fortsetzen konnte.

Er trat aus dem Gebäude und fragte: „Ist alles in Ordnung, Herr Beaujean? Geht es Ihnen gut?"

Jacques erwachte wie aus einer Trance. Der schöne Moment, als er die Wärme der Sonne in sich aufgenommen hatte, war vorbei. Trotzdem sah er den Kollegen an, als hätte er gerade eine höchst erfreuliche Nachricht bekommen.

„Ja, alles bestens. Es ist sehr nett, dass Sie gefragt haben. Ich hoffe, Ihnen geht es auch gut. Was machen die Kinder?"

Jacques erfuhr, dass Karims Tochter Aischa einen Vorlesewettbewerb an ihrer Schule gewonnen hatte und sein Sohn seit gestern keine Zahnspange mehr tragen musste. Es berührte ihn, wie stolz und liebevoll Karim über seine Kinder sprach.

Während er ihm zuhörte, stand er mit beiden Füßen auf der Erde und doch hatte er das Gefühl, als würde er schweben. Zuerst sah er Karim und sich aus der Perspektive der grünen Halsbandsittiche, dieser exotischen Dauergäste, von denen ein Dutzend in der Krone eines Baumes in der Nähe hockte. Dann erweiterte sich sein Blick, als würde er mit einem Heißluftballon immer höher aufsteigen. Da waren der Rhein, die Uferpromenade, das Netz der Straßen, die Menschen, die aus der Luft so klein wie Ameisen wirkten und emsig hin und her eilten. Dann war es, als flöge er in einem Flugzeug über Deutschland hinweg: Er sah grüne Wiesen unter sich, gelbe Rapsfelder, blaue Inseln aus Wasser und immer wieder Häuser, die sich, klein wie Schuhkartons, in allen

Farben aneinanderreihten. Und schließlich flog er wie ein Astronaut immer noch höher, immer weiter von der Erde fort, bis er sie von allen Seiten aus dem All sah, ein runder Edelstein, in dem ein geschickter Juwelier Höhen und Tiefen, Licht und Schatten verewigt hat. All das lief vor Jacques' innerem Auge ab, während er gleichzeitig Karim ins Gesicht blickte und ihm aufmerksam zuhörte.

„Ich muss wieder rein, einen schönen Tag noch, Herr Beaujean", sagte der Pförtner und ließ ihn allein.

Jacques blieb auf dem Bürgersteig stehen und fuhr fort, die Kugel mit ihren Wassermassen, Bergen, Tälern, Städten, Dörfern, Wüsten und Wäldern zu betrachten, die nur er sehen konnte. Sie erschien ihm so kostbar und zugleich so verletzlich, so leicht zerstörbar. Am liebsten hätte er sie in Watte gepackt und wie einen Talisman in seine Hosentasche gesteckt, wo er sie ab und zu in die Hand nehmen konnte, um sich mit ihr zu verbinden. Aus dem Weltraum blickte er auf das, was er soeben getan hatte. Er hatte die Fesseln gesprengt, die die Zwerge, seine Ängste, ihm so lange angelegt hatten. Jetzt war er frei und die Welt stand ihm offen. Doch waren die Zwerge nun für immer verschwunden? Was würde er tun, wenn sie wiederkamen? Würde er sie erneut abschütteln können?

„Frohe Weihnachten und alles Gute fürs neue Jahr wünscht Eva Beaujean." Die Nachricht, die Eva gerade in ihr Handy getippt und an rund dreißig Leute verschickt hatte, war kurz und wenig persönlich. Millionen Menschen verschickten genau um diese Jahreszeit solche

Botschaften. Doch was für andere nur eine kleine Geste sein mochte, das war für sie ein großer Schritt. Sie hatte an alle ihre Freunde und Bekannten geschrieben, unabhängig davon, wie lange sie nichts mehr von ihnen gehört hatte. Manche Kontakte lagen Jahre zurück. Aber Eva hatte das Vertrauen, dass die gegenseitige Sympathie sich nicht verflüchtigt hatte, so wie der Hauch eines Parfüms, der noch im Raum verweilt und anderen als Erinnerung im Gedächtnis bleibt, selbst wenn der dazugehörige Mensch schon längst verschwunden ist. Sie stellte sich vor, dass die Zeit auf wahre Freundschaft wirkte wie ein Tiefkühlfach. Sie wurde konserviert, ohne dass die Kälte ihrer Substanz etwas anhaben konnte. Hielt die Funkstille jedoch zu lange an, konnte es passieren, dass die Freundschaft Schaden nahm.

Doch mit ihren richtig guten Freundinnen hatte Eva die Erfahrung gemacht, dass sie selbst nach Monaten den Faden wiederaufnehmen konnten, den sie zuvor gemeinsam gesponnen hatten. Von Facebook hielt sie sich fern, um nicht mit Hunderten von „Freunden" irgendjemanden beeindrucken oder sich selbst vormachen zu können, dass ihre gelegentliche Einsamkeit doch eigentlich nur eine Illusion sei, weil ja so viele darauf warteten, mit ihr zu kommunizieren. „Ich treffe Menschen lieber im richtigen Leben," so beantwortete sie die Frage, warum Sie keinen Facebook-Account habe, und erntete damit häufig erstaunte Blicke oder gar ein Kopfschütteln.

Ein Nebeneffekt der digitalen Kommunikation war, dass kaum noch jemand telefonierte. Von ihren

Freundinnen wusste Eva, dass die meisten statt dessen dauernd Fotos posteten, um allen zu zeigen, wie wunderbar ihr Leben war. Dass viele von ihnen in Wirklichkeit gar nicht so glücklich waren, wie es ihre Bilder zeigten, blieb Eva nicht verborgen.

„Christoph hat sich gerade von seiner Frau getrennt. Aber stell' dir vor, bis gestern sah man nur Fotos, auf denen beide strahlten. Und heute kam auf einmal die Mitteilung – auch per Facebook –, dass jetzt jeder eigene Wege geht, aber dass sie natürlich freundschaftlich verbunden bleiben. Als ob sie einen Pressesprecher engagiert hätten", sagte einer ihrer Freundinnen.

Eva erinnerte sich an das Paar, das sie einige Male auf Partys gesehen hatte. Nie hatten die beiden Händchen gehalten oder sich angelächelt, jeder hatte sich sofort in eine Ecke des Raums verzogen, als würde der andere nach Schweiß riechen und nur ein großer Abstand könnte für frische Luft sorgen. Es wunderte Eva nicht, dass ihre Liebe nicht für die Ewigkeit gewesen war. Aber glaubte sie selbst denn noch daran – an die ewige Liebe? Ja und nein; sie wusste es nicht.

Die Weihnachtszeit mit ihrer andauernden Beschwörung menschlicher Nähe führte ihr nur vor Augen, dass etwas in ihrem Leben fehlte. Vor all dem Sternenglanz und dem goldenen Lametta der Weihnachtsmärkte in den Straßen fühlte sie sich wie ein dunkler Fremdkörper, den das Licht nicht erhellte. Wie gern hätte sie sich von der Vorfreude auf das Fest anstecken lassen, doch während bei allen, mit denen sie sprach, schon die schönsten Gefühle wie Schneeflocken in einer Kugel umherschwirrten, um dann in der Heiligen Nacht zum Stillstand zu kommen und zu einer weichen Decke zu werden, auf der es sich wunderbar kuscheln ließ, spürte sie selbst nur eine vage Sehnsucht, nach etwas, an das sie sich nicht bewusst erinnern konnte.

Sie kannte die Fotos, auf denen ihr Bruder und sie vor dem Weihnachtsbaum standen und Gedichte aufsagten. Oder noch früher: ein kleines Mädchen in lila Latz-Cordhose und geblümter Bluse vor einem Berg von Geschenken, mit leuchtenden Augen und einem Lächeln, das wie ein Netz die ganze Schönheit ringsum einzufangen schien. Ein großer Weihnachtsbaum mit weißen Kerzen und vielen Engeln mit goldenen Flügeln, deren Wachsgesichter mit himmlischer Geduld herabblicken. Die Vergangenheit winkte Eva aus den Fotoalben zu und rief: „Es war doch alles schön. Ihr habt es wirklich gut gehabt. Ihr habt doch nichts vermisst." Nicht ganz, dachte sie, wenn sie die Bilder anschaute, und eine Träne wegwischen musste, bevor sie herabfiel und die verwischte Wimperntusche schwarze Spuren auf ihrem Pullover hinterließ. Ihre eigenen, lebendigen Erinnerungen waren andere. Und sie wusste, dass ihr Bruder auch so empfand.

Als sie sich endlich ihren Weg an drei Weihnachtsmärkten vorbei nach Hause gebahnt hatte, zog sie die vom Schneematsch verschmierten Schuhe schon vor der Wohnungstür aus und ließ sie dort stehen. Dann zog sie schnell ihre Bürokleidung aus und schlüpfte in den Schlafanzug. Es war niemand da, der sich darüber wundern konnte, dass sie schon so früh, um sieben Uhr abends, nichts mehr vorhatte.

Ihre Wohnung empfing sie wie ein alter Freund. Alles hier war ihr vertraut, es gab keine Ecken und Kanten, an denen sie sich stoßen konnte, und keine Überraschungen. Das dunkle Parkett bildete einen schönen Kontrast zu den Möbeln in Weiß und hellem Holz. Ein braunes Sofa mit Kissen in Orange und anderen in einem warmen, dunklen Rot war ihr Ruhepol, von dem aus sie ihr Lieblingsbild anschauen konnte, das gleich neben dem Fernseher hing. Edward Hopper hatte es gemalt und es zeigte eine junge Frau, die als Platzanweiserin in einem Kino arbeitete. Die Besucher saßen schon auf ihren Plätzen und schauten auf die Leinwand. Die Frau selbst, in Uniform, das goldblonde schulterlange Haar leicht gewellt, stand an der Seite und wartete darauf, dass noch letzte Besucher die Treppe herunterkamen.

Eva liebte den Ausdruck dieser Figur. Sie wirkte nicht gelangweilt oder frustriert, sie war einfach nur da, mit der Offenheit eines Schlafwandlers, der im Traum alles erleben konnte und keine Angst spürte. Die junge Frau war für Eva die Coolness in Person, unbeteiligt und doch involviert, Teil eines Ganzen und doch allein auf sich selbst vertrauend. Sie war wie eine Freundin, die jeden Abend zu Hause auf Eva wartete.

Ihr Handy meldete mit einem Brummen, dass eine Nachricht eingetroffen war.

„Liebes Schwesterherz, hast Du morgen Abend Zeit?", las sie. „Gehen wir zum Afghanen essen? Ich möchte Dir von Tahiti erzählen, vor allem von meinem Sprung. Und aus der Redaktion gibt es auch Neuigkeiten. Liebe Grüße, Jacques".

Schnell bestätigte sie die Verabredung in ihrem Lieblingsrestaurant. Morgen gab es keinen Empfang im Rathaus, den sie betreuen musste, und sie freute sich schon auf den Abend mit ihrem Bruder im Restaurant „Kabul".

Eva konnte kaum glauben, dass Jacques sich auf ein solches Wagnis eingelassen hatte: ein Sprung bei Nacht von einer Brücke in einen Meeresarm. Sie erinnerte sich, wie sie beide im Urlaub am Meer immer nur zu zweit hinausgeschwommen waren.

„Der Junge ist so ein Angsthase. Jetzt geh mal mit ihm runter zum Strand, Eva. Im Pool kann er ja schwimmen, aber im Meer soll er sich nicht so anstellen, nur weil da Fische im Wasser sind und ein paar Quallen", hatte ihr Vater zu ihr gesagt.

Als sie mit Jacques an der Hand losging und sich noch einmal umdrehte, sah sie, dass ihr Vater zu lesen aufgehört hatte und ihnen nachschaute. Sie hob die Hand, lächelte und winkte ihm zu. Doch er runzelte nur die Stirn, hob seine Zeitung und verschwand wieder hinter lauter Buchstaben. Damals hatte sie sich gefragt, ob er wegen eines akuten Anfall schlechter Laune nicht zurückgewunken hatte oder ob es an ihr lag.

Vielleicht war er ja traurig, weil sie ihm nie um den Hals fiel, so wie sie es bei ihrer Mutter jederzeit tat. Bei ihrem Vater wagte sie so viel Nähe nicht. Mit Sätzen wie „Jetzt nicht, du siehst doch, dass ich zu tun habe" oder „Von wem hast du nur diese Anhänglichkeit? Du bist doch schon groß!" hatte er schon zu oft erreicht, dass sie auf Abstand ging. Irgendwann war ihr der Wunsch, ihn zu umarmen, selbst unpassend erschienen. Sie fühlte sich dann wie ein Postbote, der ein Paket abliefern will, das niemand bestellt hat. Für ihre Zuneigung und Zärtlichkeit schien ihr Vater die falsche Adresse zu sein. Irgendetwas Weiches, Zartes in ihm war nach unbekannt verzogen. Deshalb war ihre Liebe wie ein Brief ohne Anschrift, der sein Ziel unmöglich erreichen konnte.

Viele Male hatte sie darüber nachgedacht, warum er sich so verhielt. Damals als Kind war sie zu dem Schluss gekommen, dass sie ihm nicht gut genug war. Wäre sie hübscher und besser in der Schule, so redete sie sich ein, würde ihr Vater seine Arme für sie öffnen und endlich erkennen, wie sehr er seine Tochter liebte. Das Gefühl, eine Enttäuschung für andere zu sein, lauerte noch heute in einigen Winkeln ihrer Seele. Wenn es ihr nicht gut ging, dann breitete sich dieser unerwünschte Gast in ihrem Bewusstsein aus und konnte sie genauso verunsichern wie in ihrer Kindheit.

Jacques war damals ganz erleichtert gewesen, dass er nicht allein im Meer schwimmen musste. Eva erinnerte sich auch an die Tierfilme im Fernsehen, die sie früher gemeinsam geschaut hatten. Blinde, schuppen- und farblose Wesen, die Tausende von Metern tief in ewiger Dunkelheit lebten und ihnen vorkamen wie von einem anderen Stern. Besonders beeindruckt hatten sie die Moränen, die wie Aale aussahen, aber Zähne so spitz wie Giftpfeile hatten. Als ihre Eltern einmal abends ausgegangen waren, schauten Eva und Jacques einen James Bond-Film, in dem eine Moräne aus einem Schiffswrack hervorschnellt und einen Taucher angreift. Eine rote Blutwolke lässt erahnen, wie schlimm es ihn erwischt haben muss. Seitdem war Jacques nur noch bis zu den Knien ins Wasser gegangen und Eva hatte immer ein leises Unbehagen verspürt, wenn sie im Meer schwamm. Da ihr jedoch außer dem gelegentlichen brennenden Kuss einer Qualle nie etwas passierte, hatte sie gelernt, dieses Unwohlsein zu ignorieren. Es war wie das Heulen der Feuerwehrsirenen bei einem Übungsalarm, das sie immer leicht zusammenzucken ließ, obwohl sie wusste, dass nichts dahintersteckte.

Heute hielt sie mit dem gleichen leichten Schaudern immer einen Moment inne, bevor sie sich in die Fluten stürzte, und wenn sie wieder auftauchte, freute sie sich, dass die Wassermassen sie nicht verschluckt hatten. Sie war jedes Mal erleichtert, und ein Gefühl der Lebendigkeit durchströmte sie, wie es sich einstellt, wenn eine scheinbar drohende Gefahr vorüber ist.

Ihr Bruder spazierte lieber stundenlang am Strand entlang, schwomm nur selten und genoss lieber den Blick in die Ferne. Später, als er seine erste eigene Wohnung hatte, wollte er immer ein Bild des Meeres in seiner Nähe haben, um mitten in der Stadt dessen unendliche Weite zu spüren. Er besaß ein großes Ölgemälde, das er in Raten abbezahlte. Der Maler hatte die Natur mit fotografischer Genauigkeit festgehalten: An einem Strand, dessen heller Sand ganz weich aussah, zeichnete sich der Schaum der Wellen ab, die dort in großen Bögen ausliefen. Das Wasser war so klar und durchsichtig, dass jede Muschel in Ufernähe zu sehen war. Im Gegensatz zu der unendlichen Tiefe voller unbekannter und vielleicht angriffsbereiter Tiere wirkte das Meer hier nicht bedrohlich, sondern auf eine sanfte Art kraftvoll.

„Aber keine Angst, ich bin nicht allein gesprungen. Ein Haufen verrückter Amerikaner hat mitgemacht", diese Worte ihres Bruders gingen Eva nicht aus dem Kopf. Ob das die richtige Gesellschaft für ihn gewesen war, fragte sie sich besorgt. Und sie wunderte sich: Denn all das passte so gar nicht zu ihrem Bruder. Wer waren die wildfremden Menschen, die einen so starken Einfluss auf ihn ausgeübt hatten? Oder hatte er vielleicht eine Frau kennengelernt, der er imponieren wollte?

Während sie sich diese Fragen stellte, begann sie auf einmal, ihn zu bewundern. Erst die Reise ihres Bruders ans Traumziel seiner Kindheit und dann auch noch diese Mutprobe. Er traute sich etwas, und im Vergleich dazu fühlte sie sich auf einmal wie eine Weinbergschnecke, die zwar die Fühler nach allen Seiten ausstreckt, sich aber schon bei der kleinsten Erschütterung schnell in ihr sicheres Gehäuse zurückzieht, um danach unbedingt einen weniger holprigen Weg einzuschlagen und der Gefahrenzone zu entkommen. Diese Strategie hatte sich bisher gut bewährt. Ihr heutiger Job als Mitarbeiterin im Protokoll des Oberbürgermeisters gefiel ihr, und er wurde zudem anständig bezahlt. Die Stelle im öffentlichen Dienst bot außerdem Sicherheit, und das wusste sie nach einer bewegten Vergangenheit als Lehrerin für Deutsch und Philosophie, freie Journalistin und PR-Referentin sehr zu schätzen.

Privat kam ihr dieses Bedürfnis nach Sicherheit inzwischen wie ein Gefängnis vor. Ihr letztes Online-Date war bereits ein halbes Jahr her, und seitdem hatte sich nichts mehr getan. An Silvester sah sie sich schon wieder mit den selben lieben Freunden wie im letzten Jahr beim Käsefondue sitzen. Das war schön, aber doch sehr vorhersehbar; Abenteuer sahen anders aus.

Amy warf einen Blick aus dem Fenster des Flugzeugs und schaute auf ein Lichtermeer, das sich unendlich auszudehnen schien. Aus dieser Perspektive erschien ihr Los Angeles reizvoller, als wenn sie mit dem Auto die endlosen Straßen entlangfuhr, deren Häuser alle gleich aussahen. Das war zumindest ihr Eindruck, bevor sie den Highway Richtung Palm Springs erreichte und nach einer Weile die Lichter der Stadt hinter sich ließ. Die Region Greater Palm Springs umfasste mehrere kleinere Städte, die fast nahtlos ineinander übergingen. Wagemutige Planer hatten diese Orte während des letzten Jahrhunderts mitten in der Wüste angesiedelt. Es gab jede Menge Platz dort. Deshalb gehörten zu jeder Stadt viele Golfplätze, die mit ihrem strahlend grünen Rasen, in den Wasserhindernisse und Sandgruben eingebettet waren, einen Kontrast zur trockenen, staubigen Landschaft boten.

Amys Haus stand am Rand von Palm Springs auf einer Anhöhe, sodass sie die Stadt überblicken, aber niemand ihr in die Karten schauen konnte. Die nächsten Nachbarn waren weit weg. Es war diese Abgeschiedenheit, die Amy liebte und die sie brauchte, um nach ihren Reisen wieder neue Kraft tanken zu können. Wenn sie nachts im Swimming-Pool auf dem Rücken schwamm und zu den unzähligen Sternen aufsah, die hier besonders hell leuchteten, dann hatte sie das Gefühl, als könnte sie alles abschütteln, was nicht zu ihr gehörte, damit der Wind es davontrug.

Ihre Arbeit kam ihr oft vor, als sei sie mit den Teilnehmern ihrer Seminare mitten in einen Sandsturm geraten. Ängste, Hoffnungen, Sorgen und lange verdrängte Träume der anderen wirbelten umher wie Millionen von Sandkörnern, die nicht mehr Teil gleichförmiger Dünen sein, sondern sich in ihrer eigentlichen Form manifestieren wollten, um endlich wahrgenommen zu werden. Manche fielen bei näherer Betrachtung in sich zusammen und verschwanden wieder im Nichts, und das war gut so. Es freute Amy besonders, wenn am Ende eines Seminars nur das sichtbar blieb, was ihre Teilnehmer sich wirklich wünschten und nicht das, was sie befürchteten. Sie begab sich mit ihnen mitten hinein in diesen Sturm, weil sie wusste, dass er nur ein

Übergangsstadium war, der Weg zu einer neuen Ordnung. Wenn sie nach dem Seminar wieder zu Hause war, schien es ihr, als seien ihre Taschen noch immer voller Sand, als hätten die anderen etwas von der Last ihrer Geschichten bei ihr abgeladen. In der Weite der Wüste, in der Stille konnte sie ihre Taschen leeren und sich davon befreien.

Heute war es das erste Mal nach einer langen Reise, dass sie sich anders fühlte – leicht und beschwingt. Sie machte im Haus das Licht auf der ersten Etage an. Das Erdgeschoss und den Garten ließ sie im Dunkeln, nur eine große Kerze stellte sie am Eingang zur Terrassentür auf. Dann ließ sie sich nackt ins lauwarme Wasser gleiten, tauchte unter und schwamm ein paar Züge mit geschlossenen Augen, bevor sie wieder an die Oberfläche kam. Über ihr funkelten die Sterne um die Wette, als lägen sie auf tiefblauem Samt im Schaufenster eines Juweliers. Sie stellte sich vor, wie schön es wäre, Jacques in die einsame Stille der Nacht einzuweihen, in die reinigende Wirkung der Begegnung mit dem leeren Raum. Er würde all das verstehen, davon war sie überzeugt, und sich mit ihr darüber freuen.

Das hatte sie sich immer gewünscht – einen Mann, mit dem sie ihre Freude teilen konnte. Viele hatte sie kennengelernt, die sich begeistern konnten, für die es leicht war, mit vielen Worten zu sagen, wenn ihnen etwas Schönes oder Gutes auffiel und sie diese Beobachtung teilen wollten. Das fand sie angenehm, doch es hatte sie nie wirklich erfüllt. Mit solchen Männern war das Leben wie das Anschauen schöner Fotos, die sie dann mit „Oh" oder

„Ah" kommentierte, ohne dass es ihr nahe ging. Mit Jacques war es anders. Als er sich nach dem Sprung bei ihr bedankte, hatten seine Worte sie berührt. Er war so aufrichtig, so ehrlich, wie ein Kind, das ohne Hintergedanken sagt, was in ihm vorgeht.

Warum hatte ein solcher Mann keine Frau? Und keine Kinder? Diese Fragen hatte sie ihm nicht gestellt. Nun wünschte sie sich eine Antwort, auch wenn sie wusste, dass es eigentlich nicht wichtig war. Er war frei, jetzt und heute: Das zählte.

Eine Gänsehaut überzog ihren Körper. Sie stieg aus dem Pool und ging auf die Kerze zu, die ihr den Weg zur Terrassentür wies. So ein Licht müsste es auch geben, dachte sie, das ihnen beiden den Pfad zu einem gemeinsamen Leben zeigen konnte. Bisher lag er völlig im Dunkeln. „Wer nicht will, findet Gründe. Wer will, findet Wege", das predigte sie immer ihren Seminarteilnehmern, und es erfüllte auch sie selbst mit der Zuversicht, dass alles gut werden würde.

Als sie im Bett lag, war ihre Sehnsucht nach Jacques besonders stark. Amy drehte sich auf die Seite, schlang die Arme um ein Kissen und drückte es fest an sich. Bevor sie einschlief, sah sie Jacques vor sich, wie er ihr ein Lächeln schenkte und sie dann in seine Arme schloss. Am nächsten Morgen griff sie gleich nach dem Aufwachen zu ihrem Handy, las erneut seine letzte Nachricht und schrieb: „Lieber Jacques, Du fehlst mir. Wann sehen wir uns wieder? Ich hoffe, es geht Dir gut. Liebe Grüße, Amy".

Schon wenige Sekunden später reisten die Buchstaben um die halbe Welt nach Europa.

Die Bäume in der Königsallee waren festlich geschmückt: Girlanden mit Hunderten von Lichtern hingen in ihren Kronen. Jacques blickte die Straße hinab. Ein Lichtbogen an einer der Brücken sah aus, als hätten sich überdimensionale Perlenketten in die Luft geschwungen und dort miteinander verbunden. Bei Einbruch der Dämmerung würden all diese Leuchtkugeln zu strahlen beginnen und die ganze Straße in ein sanftes Licht tauchen.

Jacques wickelte sich seinen Schal fester um den Hals und schob die Hände tief in die Taschen seiner Jacke. Es war kalt, die Sonne war längst verschwunden und gleich würde es dunkel werden. Er entschied sich, zu Fuß nach Hause zu gehen und dabei das Gefühl der Freiheit zu genießen, das ihn erfüllte. Auch wenn er dort nie etwas kaufen würde, weil er nicht viel Geld für Kleidung ausgab, so mochte er die Geschäfte auf der Königsallee. In den Schaufenstern einer exklusiven französischen Modemarke lagen immer die buntesten Tücher wie Schmetterlingsflügel ausgebreitet, und die Krawatten hingen in allen Farben des Regenbogens nebeneinander wie Raupen, die sich noch nicht in ihren Kokon eingesponnen haben.

Es war diese Lust an der Farbe, die Jacques imponierte. Sie war ihm auch im Rathaus aufgefallen, als er den neuen Pressesprecher der Stadt interviewt hatte. Der Mann hatte leuchtend grüne Socken und eine farblich abgestimmte

Krawatte getragen, und Jacques hatte ihn für seinen Mut bewundert. Denn er selbst trug immer die Farben der Wüste - beige, braun, grau, schwarz, blau –, als sei er selbst nur ein unauffälliger Rahmen für die Geschichten, die er schrieb.

Er musste an Amy denken, an ihre Vorliebe für Pink und an die Blumenmuster auf ihren T-Shirts, als wollte sie mit der Natur darum wetteifern, wer die schönsten Blüten zu bieten hatte. Amy war immer bei ihm, seit er sich von ihr verabschiedet hatte. Ein Teil von ihm, der vorher leer gewesen war, war seitdem bewohnt und voller Leben. Ihre Stimme hallte in seiner Seele wider wie Vogelgezwitscher, das unabhängig von der Jahreszeit nie verstummte. Ihr Duft war wie eine Blume, die nicht welkt; Jacques hatte ihn noch immer in der Nase, so als hätte er Amy eben im Arm gehalten. Und als er so mutig gegenüber Pohl aufgetreten war, hatte er das Gefühl gehabt, sie würde ihm aufmunternd zunicken und flüstern: „Trau dich." Danach war ihre Stimme mit all jenen verschmolzen, die den Riesen in ihm heraufbeschworen hatten. Als er mit großen Schritten die Straße hinunterging, erschien ihm die Welt wie verzaubert.

Jacques stellte sich vor, wie Amy im fernen Kalifornien allein in ihrem Bett lag. Genau in diesem Moment hörte er den Signalton seines Handys. Er hatte eine Nachricht von der Frau erhalten, die er liebte. Freude und Sehnsucht fühlte er bei jedem Wort, das er las. Er stellte sich vor, wie er sie berührte und ihre Wärme spürte. Doch er fragte sich, warum ausgerechnet er sich in eine Amerikanerin verlieben musste, die Tausende von Kilometern entfernt wohnte? Warum musste alles so kompliziert sein? Die Begegnung mit Amy war für ihn wie ein Ausflug ins Paradies gewesen. Nun kamen ihm auf einmal Zweifel, ob er den Weg dorthin wiederfinden würde. Hier gab es kein Navi wie in seinem Auto, in das er nur die Adresse einzugeben brauchte, um dann blind darauf vertrauen zu können, dass es ihn an allen Hindernissen vorbei ans Ziel lotsen würde.

Am Abend des Tages, an dem er Pohl sein Ultimatum gestellt hatte, bekam Jacques Besuch. Sein Freund Martin hatte ihn auf dem Nachhauseweg angerufen und gefragt, ob er auf ein Bier vorbeikommen könne. Er sagte Jacques, dass er in der Redaktion mit seinem Auftritt heute viel Staub aufgewirbelt habe, und er unbedingt mit ihm reden müsse. Nachdem die ersten Flaschen leer waren, sorgte Jacques rasch für Nachschub.

„Du bist so naiv. Glaubst du wirklich, du änderst irgendetwas auf dieser Welt, wenn du darauf bestehst, in unserer Zeitung die Wahrheit zu schreiben? Meinst du, irgendjemand interessiert sich dafür, was wirklich zwischen diesem Mädchen und dem Flüchtling passiert ist?“ fragte Martin.

Schließlich stand er auf, ging zum Fenster und schaute schweigend hinaus, bevor er sich wieder zu Jacques aufs Sofa setzte. Er wandte sich ihm zu, sah ihm fest in die Augen und sagte: „Du hast es wirklich schön hier. Es geht dir doch gut. Warum willst du das alles aufs Spiel setzen –

nur der Wahrheit zuliebe? Seit wann sind wir beide denn Helden?“

Jacques wich Martins Blick nicht aus und erzählte ihm von dem Sprung, den er sich erst nicht zugetraut und dann doch gewagt hatte. Von dem Riesen in seinem Inneren, den seine Ängste, die Zwerge in ihm, jahrelang klein gehalten hatten. Von Amy, die seine wahre Größe erkannt und ihm das Gefühl gegeben hatte, er könnte eine Frau wirklich glücklich machen. Nachdem er sich seinem Freund anvertraut hatte, waren beide still und betrachteten das Bild der Wellen, das gegenüber an der Wand hing.

Jacques fragte sich, ob der Maler wohl einen Pakt mit dem Meer geschlossen hatte. Vielleicht hatte er zu ihm gesagt: „Wenn du mir ein Bild von dir schenkst, nur ein kleines, so groß wie meine Leinwand, dann gebe ich dir auch etwas von mir. Dann werde ich dich mein Leben lang malen, wieder und wieder, damit die Menschen deine Schönheit nie vergessen, und alles tun, um sie zu bewahren.“

Martin unterbrach die Stille mit der Frage: „Woran denkst du?“ Und als Jacques wahrheitsgemäß antwortete, und ihm von dem geheimen Bund zwischen Maler und Meer erzählte, den er sich gerade vorgestellt hatte, sagte der andere: „Genau deshalb und auch aus vielen anderen Gründen mag ich dich, Jacques. Du hast so viel Fantasie und auch so viel Gefühl – kein Wunder, dass du so empfindsam bist. Trotzdem kann ich kein Blatt vor den Mund nehmen. Ich habe den Eindruck, du verlierst gerade völlig den Kopf. Später wird es dir leidtun, wenn du wegen dieser Geschichte alles hinschmeißt."

„Du meinst, ich bin auf dem Holzweg, das habe ich verstanden", entgegnete Jacques und schaute Martin an. „Aber ich weiß genau, was ich will und ich kann nicht nachgeben. Dann würde ich meine Selbstachtung verlieren. Warum soll ich mich jetzt wieder klein machen? Ich habe im Job schon so oft Kompromisse gemacht. Und heute habe ich das Gefühl: Das will ich nicht mehr. Und ich kann es auch nicht mehr."

Martin schüttelte den Kopf und stand auf. „Pohl wird seine Meinung nicht ändern, aber du kannst es", sagte er und fügte hinzu: „Glaub mir, dein Opfer für die Wahrheit wird dir keiner danken."

Zum Abschied umarmten sich die beiden Männer und klopften sich dabei auf den Rücken. Jacques blieb in der Wohnungstür stehen, machte Licht im Treppenhaus und fing einen letzten besorgten Blick von Martin auf, der im Hinuntergehen noch einmal kurz hochschaute.

In der Nacht kam Jacques nicht zur Ruhe. Es rumorte in ihm, und sein Inneres kam ihm vor wie eine Theaterbühne, auf der zwei Kontrahenten einen Kampf ausfochten. So oft ihm auch vor Müdigkeit die Augen zufielen – die beiden kämpften unverdrossen weiter.

Immer wieder gewann die Stimme der Vernunft die Oberhand und ihre Argumente trafen die andere Seite an einem wunden Punkt. Im Halbschlaf hörte Jacques seinen Vater sagen: „Journalismus, das ist doch eine brotlose

Kunst. Schreiberlinge gibt es wie Sand am Meer. Warum machst du nicht etwas Vernünftiges?"

Die Antwort ließ nicht lange auf sich warten, und sie kam von einem Ort, an dem Jacques' Wahrheit zu Hause war: aus seinem Herzen. „Ich liebe meinen Beruf. Es gibt nichts auf der Welt, was ich lieber tun möchte, als zu recherchieren, zu schreiben und die Welt für meine Leser in Worten einzufangen. Doch nicht um jeden Preis. Es gibt Werte, die ich habe, und die kann ich nicht verraten."

Ein höhnisches Lachen kam von der anderen Seite. Es steckte die Bitterkeit darin, die Jacques von seiner Mutter kannte. Im Anschluss sagte ihre strenge Stimme, jedoch mit einem liebevollen Unterton: „Sei doch vernünftig, Junge. Es geht schließlich um deine Existenz. Mach dir aus einer Laune heraus nicht alles kaputt, wofür du über Jahre hinweg so hart gearbeitet hast. Hör nicht auf das Gefasel dieser Frau. Sie hat gut reden, sie ist ja reich. Deine Nöte kennt sie doch gar nicht. Das Leben ist kein Wunschkonzert, vergiss das nicht."

Irgendwann in der Nacht wachte Jacques mit starkem Durst und einem unangenehmen Geschmack auf der Zunge auf. Sein Kopf fühlte sich an, als würde er einen viel zu kleinen Motorradhelm tragen, den ihm jemand heimlich übergestülpt hatte, um ihn zu quälen. Er tappte in die Küche, trank ein Glas Wasser und dann wurde ihm schlecht. Während er sich die Hand vor den Mund hielt, rannte er schnell ins Bad. Als der erste Schwall übelriechender Flüssigkeit den Weg hinaus gefunden hatte, dachte Jacques, das Schlimmste sei überstanden.

Doch alles, was er in den vergangenen Jahren in der Redaktion zum Kotzen gefunden hatte, folgte nach, als ob es sich nun endlich zeigen und verabschieden dürfte. Nach einer halben Stunde war der Spuk vorbei und Jacques wankte ins Bett zurück. Er fühlte sich schwach, aber erleichtert.

Die Klarheit, die er gespürt hatte, als er Pohl die Stirn geboten hatte, war wieder da. Seine Zweifel hatten sich in alle Himmelsrichtungen davongemacht. Als er erschöpft die Augen schloss, wurde auch der Vorhang des Theaters in seinem Inneren zugezogen. Der Zweikampf war entschieden. Ich habe gewonnen, so empfand es zumindest sein Herz. Dann schlummerte er ein.

Am Morgen meldete er sich bei Franzi in der Redaktion und erzählte ihr etwas von einer Magen-Darm-Verstimmung, die ihn an die Wohnung fessle.

„Das glaube ich dir sogar, Beaujean", sagte sie und fügte im Flüsterton hinzu: „Dein Auftritt gestern hier war ja nicht von schlechten Eltern. Pohl war außer sich vor Wut. Er ist sofort zum Chefredakteur gerannt und hat ihm alles erzählt. Vielleicht bekommst du heute einen Anruf von ihm. Gute Besserung wünsche ich dir! Mach's gut."

Um Punkt zwölf klingelte sein Telefon. Der Lokalchef war in der Leitung. Pohl klang erstaunlich höflich und beherrscht, als er sagte: „Guten Tag, Herr Beaujean. Ich habe die Sache mit dem Chefredakteur besprochen und kann Ihnen sagen, dass wir die Geschichte nicht bringen werden. Wenn Sie sie unbedingt schreiben möchten, dann auf keinen Fall beim ‚Düsseldorfer Kurier'."

Etwas forscher legte er nach: „Und Ihr Ultimatum von gestern, das vergessen wir beide mal ganz schnell. Es bringt nichts, sich mit mir anzulegen. Dabei können Sie nur den Kürzeren ziehen."

„Wollen Sie mir drohen?", fragte Jacques.

„Nein, auf keinen Fall. Das habe ich auch gar nicht nötig. Auf Wiedersehen, Herr Beaujean. Ach, und Franzi sagte mir, Sie wären krank. Gute Besserung wünsche ich Ihnen. Ich hoffe, wir können recht bald wieder auf Ihre Mitarbeit zählen."

Bevor Jacques irgendetwas entgegnen konnte, hatte sein Chef schon aufgelegt. Ein Zitat von Adorno kam ihm in den Sinn, während er noch mit dem Telefon in der Hand dastand und die Wolken am Himmel beobachtete: Es gibt kein richtiges Leben im falschen.

Er ging zu seinem Laptop, kontrollierte die Internet-Verbindung und machte sich ein genaues Bild von der Höhe seiner Ersparnisse. Sechzigtausend Euro in Aktien und Bargeld waren das Ergebnis seiner bescheidenen Lebensführung. Die Reise nach Tahiti war sein extravagantestes Abenteuer gewesen, seine Urlaube auf Rügen und in Österreich gehörten in eine andere Kategorie. Seine Zweizimmerwohnung in einem Siebzigerjahre-Zweckbau in einem früheren, mittlerweile sehr angesagten, Arbeiterviertel war immer noch günstig. In den vergangenen fünfzehn Jahren war die Miete nur geringfügig gestiegen. Jacques' Kleidung war gepflegt, aber in Design und Preis unauffälliger Durchschnitt. Als er die fünfstellige Zahl sah, freute er sich, dass ihm Statussymbole nichts bedeuteten; seine teuerste Anschaffung war das Ölgemälde gewesen, das er in Raten abbezahlte.

Diese Sechs mit vier Nullen bedeutete: Er konnte es sich leisten, zu kündigen! So verwegen ihm der Gedanke auch immer noch erschien – keine Angst konnte ihn mehr unterdrücken. Sein Lebensunterhalt war auf jeden Fall für eine Weile gesichert, und nach der dreimonatigen Sperrfrist hatte er Anspruch auf Arbeitslosengeld. Mit vor Erregung zitternden Fingern tippte er seine Kündigung zum Quartalsende. Ab dem ersten Januar würde er ein freier Mann sein, vermutlich auch schon früher, wenn ihn das Verlagshaus freistellte. Das war gängige Praxis bei Mitarbeitern, die die Redaktion verließen, egal, ob sie gekündigt wurden oder aus freien Stücken gingen.

Und noch eine verwegene Idee kam ihm in den Sinn: Er würde einfach zu seinem Hausarzt gehen, ihm erzählen, er sei chronisch erschöpft, und ihn bitten, ihn für den Rest des Quartals krankzuschreiben. So würde er nie mehr einen Fuß in die Redaktion setzen, Martin würde ihm seine Sachen von dort mitbringen. Jacques druckte die Kündigung zwei Mal aus und unterschrieb sie. Als er keine Briefmarke fand, beschloss er, sie als Einschreiben mit Rückschein so schnell wie möglich abzuschicken.

Während er unter der Dusche stand und das warme Wasser auf sich herabprasseln ließ, spürte er eine innere Klarheit und Entschiedenheit, die ungewohnt für ihn war, aber nicht völlig neu. Er hatte sie schon einmal gespürt, als er sich trotz Stanleys Warnung entschieden hatte, um Amy zu kämpfen. Auch hier war er erfolgreich gewesen, und dies verstärkte seinen Mut. Bevor er die Wohnung verließ, schrieb er ihr eine Nachricht: „Liebe Amy, wir sehen uns in Kürze. Ich schüttle gerade die Fesseln ab, die mich von Dir fernhalten. Ich liebe Dich. Dein Jacques".

Im fernen Palm Springs war es mitten in der Nacht, als seine Worte dort eintrafen. Amy war inzwischen in einen süßen Schlummer gesunken und träumte, sie würde schwerelos über der Wüste schweben, in der Hand hielt sie einen durchsichtigen Ballon, der voller Sterne war. Je weiter sie flog, desto größer und strahlender wurde er, bis er sie wie ein Heißluftballon immer höher und höher zog. Sie sah die Welt von oben und überquerte eine riesige Landkarte, auf der ein braunes Relief aus Gebirgen mit verschneiten Gipfeln und blauen Flüssen zu sehen war. Rote und schwarze Punkte markierten die Städte, und neben einem davon war der Name „Düsseldorf" zu lesen. Die einzelnen Buchstaben leuchteten in roter Farbe auf und blinkten, wie auf einem Schild mit der Botschaft „Open" im Fenster eines Restaurants. Als sie dort hinab sinken wollte, platzte der Ballon und die Sterne schwebten davon. Wie ein Blatt im Wind segelte sie sanft auf die Erde, ohne sich zu verletzen.

Das afghanische Restaurant war wie ein Wohnzimmer für Eva und Jacques, ein Ort, an dem sie sich so wohl fühlten wie zu Hause. Seit sie beide in Düsseldorf lebten, gingen sie mindestens einmal im Monat im „Kabul" essen. Die Wände des Lokals waren in einem warmen Rot gestrichen, wie man es sonst nur bei einem Kaminfeuer sieht, wenn die Funken in alle Richtungen fliegen und die Flammen um jedes Holzscheit lodern. Die Decke hingegen war in einem Braun gehalten, dessen Farbe an Mousse au Chocolat erinnerte. Der Maler hatte die Farbe in schwungvollen Halbkreisen aufgetragen, durch die ein heller Elfenbeinton hindurchschimmerte.

Auf dem Holzboden lagen handgeknüpfte Teppiche, die alle Farben der Umgebung widerspiegelten und mit den dunklen Holzmöbeln harmonierten. An der Wand hing das Bild eines afghanischen Kindes mit nackten Füßen, das versonnen in die Ferne schaute, und dessen lockiges Haar sich um den gesamten Kopf ringelte. Auf einer weiteren Aufnahme galoppierten Reiter dicht an dicht dahin. Wie dies möglich war, ohne dass sie sich in die Quere kamen, war Jacques ein Rätsel. Aber sie schienen alle hinter etwas her zu sein, ihre Blicke richteten sich auf den Boden, und er hatte sich schon immer vorgenommen, das Geheimnis ihres Jagdfiebers zu lüften. Doch dann war es ihm wieder entfallen. An der gegenüberliegenden Wand hing eine Uhr in Form der Umrisse Afghanistans und den Farben der Landesflagge. Die Zahlen fehlten, doch das Gehirn ergänzte sie ganz von selbst, so dass sie gar nicht notwendig waren. Latif, der Wirt, hielt sich meist hinter der Bar auf, die wie das gesamte Restaurant in sanftes Licht eingehüllt war. Über der Tür hatte er das

Nazar-Amulett aufgehängt, jenen blau-weißen gläsernen Talisman, der auch oft den Rückspiegel orientalischer Taxifahrer schmückt. Es sollte vor dem bösen Blick schützen und Unheil abwenden, und das gelang ihm offenbar auch, zumindest im "Kabul". Hier fühlte Jacques sich so geborgen wie ein Steinzeitmensch in seiner Höhle.

Er war vor seiner Schwester eingetroffen und setzte sich an einen Tisch in der Ecke, mit dem Rücken zur Wand. Aus dieser Position konnte er gleichzeitig den Raum überblicken und aus dem Fenster schauen. So sah er, wie Eva mit schnellen Schritten die Straße herunterging. Bevor sie das Lokal betrat, klappte sie ihren Regenschirm zu und schüttelte ihn aus, um nur ja keine Nässe hineinzutragen. Obwohl es einen Schirmständer gab, wollte sie jede Möglichkeit ausschließen, den Boden nass zu machen, wenn sie eintrat. Jacques kannte sie so gut, dass er wusste: Es wäre das Schlimmste für sie, wenn jemand auf dem feuchten Boden ausrutschen würde, nur weil sie nicht aufgepasst hatte. Sie dachte immer schon zwei Schritte weiter, was an Schlimmem passieren konnte, und nichts bereitete ihr mehr Freude, als wenn bei den Veranstaltungen im Rathaus dank ihrer Planung alles wie am Schnürchen lief.

Jacques kannte ihre langen Check-Listen, die sie erstellte, auf der jeder erdenkliche Punkt auftauchte, den es bei einem Empfang des Oberbürgermeisters zu bedenken gab: den Blumenschmuck, das Mikrofon, die Reihenfolge der Redner, die Getränke, das Essen, und nicht zuletzt den Rathaus-Chef selbst, der immer erst in letzter Minute zu seinen Terminen erschien. Im Vorzimmer seines prächtigen Saales, verborgen vor den Augen der Gäste, legte sie dem Oberbürgermeister die goldene Amtskette um. Sie war das unübersehbare Zeichen seiner Macht, das Eva nach der Veranstaltung wieder auf rotem Samt bettete und im Tresor einschloss.

Als Jacques aufstand, um Eva zu umarmen, fiel ihm auf, wie korrekt seine Schwester auch heute wieder gekleidet war. Ihre blütenweiße Bluse ohne Kragen, deren züchtiger Ausschnitt keinen Blick auf ihren Busen zuließ, passte ausgezeichnet zu ihrem dunkelblauen Hosenanzug und den glänzenden Lackschuhen in der selben Farbe. Doch eine Extravaganz hatte sie sich erlaubt: Jede der rosa Naturperlen ihrer langen Kette und der Ohrringe war anders geformt, und der Rosenquarz-Anhänger genau auf Höhe ihres Herzens fiel sofort ins Auge.

„Gut siehst du aus, Schwesterherz. Schön, dich zu sehen“, begrüßte Jacques sie. Was wie eine leere Floskel klang, war nichts als die reine Wahrheit. Wenn er seine Schwester traf, hatte er immer das Gefühl, einen Raum zu betreten, in dem er über alles sprechen und alles von sich zeigen konnte, ohne jemals fürchten zu müssen, etwas davon könnte nach außen dringen. Die beiden hatten sich ein eigenes Haus gebaut, dessen Mauern aus Vertrauen und dessen Dach aus Liebe bestand. Bei jedem Treffen gingen sie hinein und dekorierten es neu mit ihren Erlebnissen. Doch es war schon viel darin: Erfahrungen aus der Kindheit und Jugend, die sie miteinander geteilt und nie vergessen hatten.

„Ich freue mich auch sehr, dass du da bist. Aber als ich dich eben gesehen habe, bin ich richtig erschrocken. Einen braun gebrannten, gut erholten Bruder habe ich erwartet, und was sehe ich? Blass bist du, mit dunklen Ringen unter den Augen. Was ist los mit dir?“ Sie legte die Hand an seine Wange, als könnte sie auf diese Weise erfühlen, wie es ihm ging.

Jacques legte seine Hand auf ihre und ließ dann beide auf den Tisch gleiten. Ein unwissender Beobachter hätte leicht den Eindruck gewinnen können, sie seien ein Liebespaar. Als er ihr von Amy erzählte, von dem Sprung, vom Streit mit Pohl und der Kündigung, die er heute abgeschickt hatte, ließ ihn Eva keinen Moment aus den Augen. Die afghanische Gemüsesuppe wurde kalt, doch das kümmerte sie nicht. Als Jacques zu Ende erzählt hatte,– und das konnte er, weil seine Schwester die seltene Gabe des Zuhörens besaß –, erwachten beide wie aus einer Trance und wandten sich ihrem Essen zu. Der Wirt kam an ihren Tisch und schenkte ihnen nach. Eva schwieg und drehte ihr Glas hin und her, als wollte sie das Aroma des Weins noch besser zur Entfaltung bringen.

„Jetzt sag doch mal was. Ich weiß, dass du eine Meinung dazu hast. Halt bitte nicht hinterm Berg damit. Du musst keine Angst haben, mich zu verletzen. Das ist dir noch nie gelungen. Außer damals, als du meinen großen Schoko-Osterhasen ganz allein aufgegessen hast – das letzte Überbleibsel meiner ersten großen Liebe“, neckte ihr Bruder sie.

„Da wollte ich wie immer nur dein Bestes. Du solltest sie so schnell wie möglich vergessen und deshalb habe ich alle Spuren von ihr vernichtet." Eva lachte. „Jetzt aber Spaß beiseite und Ernst in die Mitte. Erstmal muss ich sagen: Ich freue mich, dass es dir gut geht. Du siehst zwar aus, als ob du die ganze Nacht gefeiert hättest, aber jetzt weiß ich wenigstens, warum. Außerdem freue ich mich, dass du eine Frau kennengelernt hast, die dich glücklich macht. Wenn du von ihr sprichst, dann leuchtest du so von innen heraus. Das muss wohl die Flamme der Liebe sein. Und trotzdem habe ich meine Bedenken, ob du das Richtige tust."

„Ich wusste, dass dieser Satz kommt", sagte Jacques mit einem genervten Unterton, dann fragte er: „Wer spricht denn da gerade? Bist du es oder ist es nur der Angsthase in dir?"

Sofort, nachdem er diese Worte ausgesprochen hatte, bereute er sie auch schon wieder, weil er sah, was er angerichtet hatte. Evas Augen wurden feucht, sie blickte unruhig im Raum umher, dann an die Decke, seufzte leise und suchte in ihrer Handtasche nach einem Taschentuch. Wenn sie beide zusammen waren, war sie immer besonders empfindlich, weil sie ihren Bruder so sehr liebte. Ihr Inneres war dann wie weiche Knete, die normalerweise in einer sicheren Verpackung verborgen, in Jacques Gegenwart aber völlig ungeschützt war, so dass ein hartes Wort von ihm wie ein Messer wirken konnte, das eine Kerbe darin hinterließ. Er hoffte nur, sie würde nicht anfangen zu weinen. Doch Eva fasste sich wieder, und als sie ihn anschaute, sah er zwar noch Tränen in ihren Augen, war sich aber sicher, dass sie schnell verschwinden würden. Sie waren wie eine Welle, die in Richtung Ufer gerollt war, und sich jetzt zurückzog.

„Verzeih mir, du weißt, ich will nicht so eine Drama-Königin sein, bei der man jedes Wort auf die Goldwaage legen muss, damit sie nicht in Tränen ausbricht", erklärte sie und lächelte ihren Bruder dabei an.

Dann führte sie ihn durch ein Dickicht von Fragen: Wo möchtest du mit Amy leben? Wenn du mit ihr in den USA lebst, wie wirst du dich dort über Wasser halten? Was werden Mama und Papa dazu sagen? Warum bist du dir so sicher, dass du keinen Fehler machst? Jacques ging mit ihr, folgte ihr Hand in Hand, weil er wusste, dass sie es nur gut mit ihm meinte. Sie war nun mal die große Schwester, die sich um ihn sorgte, und diese Rolle würde sie nie ablegen. Dennoch erschienen ihm ihre Bedenken wie ein Lasso, das ihn davon abhalten sollte, sich zu weit von der heimischen Erde zu entfernen und zu verschwinden - als wäre sie ein Cowboy und er ein Pferd, das aus der Koppel ausgebrochen und bereits auf dem Weg in die Prärie ist, nun aber wieder eingefangen werden soll.

„Ich habe keine Antwort auf die meisten deiner Fragen, das muss ich zugeben", sagte Jacques. „Aber das erste Mal in meinem Leben finde ich das nicht schlimm. Weißt du, als ich auf dieser Brücke stand, als ich Amys Hand in meiner gespürt und auf den reißenden, dunklen Strom unter mir geschaut habe, da hatte ich so viel Angst wie noch nie zuvor. Und dann habe ich ausnahmsweise mal nicht auf sie gehört, sondern bin einfach gesprungen. Es war so wunderbar, dieses Gefühl danach. Ich wünsche dir, dass du so etwas auch einmal erleben kannst. Es ist, als ob jemand einen Vorhang wegreißt und du auf einmal siehst, dass der Schatten, der dir immer Angst eingejagt hat, zu einem Mäuschen gehört und nicht zu einer Raubkatze. Das kleine Tier war einfach nur geschickt ausgeleuchtet. Und du musst zugeben, bei so etwas sind unsere Eltern echte Beleuchtungsspezialisten."

Eva nickte und widmete sich dann schweigend ihrem Ferni, einem Pudding mit Kardamom, dessen Oberfläche mit grünen Pistazien und Mandelstiften bestreut war. Latif brachte seinen Stammgästen zwei Mango-Schnäpse und lächelte sie an. „Ich glaube, ihr beide braucht das heute Abend", erklärte er, bevor er sich wieder hinter die Bar zurückzog.

Die Geschwister hoben ihre Gläser, prosteten ihm zu und erlebten dann, wie der Alkohol ein kleines Feuer in ihrem Innern entfachte, dass schnell wieder erlosch. Nur die leicht geröteten Wangen seiner Schwester verrieten Jacques, dass seine Wirkung noch anhielt.

„Ich bewundere deinen Mut, alles auf eine Karte zu setzen und ein neues Leben anzufangen. Und ich bin der letzte Mensch, der dir dabei Steine in den Weg legen möchte", sagte sie. „Vielleicht habe ich einfach große Angst, dich zu verlieren, und rede deshalb nur über die Schwierigkeiten, die auf dich zukommen werden. Damit du nicht weggehst. Es ehrt mich jetzt nicht gerade, dass ich das so sage, aber ich glaube, es ist die Wahrheit."

„Schwesterherz, alles ist gut. Wo auch immer ich hingehe, ich bleibe bei dir. Das weißt du doch, oder?“

Eva schaute ihren Bruder an und schluckte mehrmals. Wieder schimmerten ihre Augen feucht, diesmal jedoch – das wusste Jacques – vor Freude, weil sie seinen Worten uneingeschränkt glaubte.

„Ich wäre so gern wie du“, sagte sie. „Aber ich bin es nun mal nicht. Wenn ich mich verliebe, bin ich wie ein Pilot, der in ein Flugzeug steigt und vor dem Start alles kontrolliert. Erst wenn alles stimmt und auch die Wetterbedingungen günstig sind, traue ich mich abzuheben. Sonst bleibe ich lieber am Boden und steige wieder aus.“

„Deshalb bist du auch seit vielen Jahren allein“, meinte Jacques.

„Stimmt. Aber ich bin nun mal von der Umgebung geprägt, in der ich aufgewachsen bin. Manchmal kommt es mir vor, als wäre jede Familie ein Gewächshaus, in dem ganz bestimmte Bedingungen herrschen. Die Pflanzen darin kennen nur das Klima und die Lichtverhältnisse an diesem einen Ort. Eines Tages bilden sie Samen aus, die nur das Wissen der Ursprungspflanze in sich gespeichert haben und damit müssen sie dann woanders Wurzeln schlagen und gedeihen.“

„Das könnte schwierig sein, wenn Pflanzen nicht so anpassungsfähig wären“, meinte Jacques und ergänzte: „Von dir habe ich den Begriff 'Spontanvegetation' gelernt. So nennt ihr doch im Verwaltungsdeutsch das Unkraut, zum Beispiel den Löwenzahn. Er zwängt sich durch jede

Ritze im Asphalt und bringt an den ungewöhnlichsten Stellen seine gelben Blüten hervor. Das wirkt auf mich nicht so, als ob er eine Vorstellung davon hätte, wo er Wurzeln schlagen kann und wo nicht. Alles scheint für ihn möglich zu sein. In der Eifel habe ich Obstbäume gesehen, die an Hauswänden hochgezogen werden. Hätte der Apfelkern gespeichert: 'Ich kann nur auf einer Wiese mit viel Platz um mich herum wachsen', dann wäre das unmöglich."

„Das stimmt", erwiderte seine Schwester. „Mein Beispiel mit dem Gewächshaus trifft es vielleicht nicht so. Und doch steckt viel Wahres darin. Unsere Eltern haben uns geprägt, wie es alle Mütter und Väter tun. Nur bin ich mir nicht sicher, ob ich mir frei aussuchen kann, ob ich diesen Einfluss beibehalten möchte oder nicht."

„Wenn du keine Wahl hast, dann bist du ein Opfer. Diese Vorstellung gefällt mir gar nicht. Dann wärst du eine Marionette, deren Glieder nicht von deinem Willen bewegt werden, sondern von Mama und Papa. Eva, du bist jetzt sechsundvierzig, du hast diese Verbindung doch längst durchtrennt." Jacques sah seine Schwester liebevoll an.

„Ja und Nein", entgegnete sie. „Wenn ich an schlechten Tagen Papas Worte im Ohr habe, wie er mich einmal beschimpft hat: 'Du bist doch nur ein Dreikäsehoch, kannst kaum über den Tisch gucken und denkst, du bist wer weiß was', dann habe ich den Eindruck, ich bilde mir nur ein, ich sei ein liebenswerter Mensch. Es kommt mir vor wie eine Lüge. Aber tief drinnen weiß ich, dass es keine ist."

Jacques lehnte sich auf seinem Stuhl zurück und ließ seinen Blick durch das Lokal schweifen. Nur noch ein weiterer Tisch war besetzt. Ein grauhaariges älteres Paar löffelte dort gerade seine Puddingschalen aus. Die Frau leckte sich die Lippen, nachdem sie aufgegessen hatte, und lächelte ihr Gegenüber an. Einen Moment lang überlegte Jacques, wann er seine Eltern das letzte Mal so satt und zufrieden erlebt hatte, doch es fiel ihm keine Gelegenheit ein. Atmosphärische Störungen und Genörgel waren bei den beiden an der Tagesordnung. Aber musste nicht irgendwann auch Liebe im Spiel gewesen sein und war sie es vielleicht sogar jetzt noch?, fragte er sich im Stillen.

Er nahm die Hände seiner Schwester in seine und sagte: „Du bist eine wunderbare Frau, daran darfst du niemals zweifeln. Ich weiß, das ist leichter gesagt als getan, ich kenne diese Unsicherheit ja selbst. Aber wir dürfen nie vergessen, dass unsere Eltern ihr Bestes gegeben haben. Sie lieben uns, das weiß ich genau. Nur sind sie eben auch ein Produkt des Gewächshauses, in dem sie selbst aufgewachsen sind."

Eva sah ihn skeptisch an und sagte: „Ist das jetzt eine Entschuldigung dafür, dass Papa so ein schwieriger Mensch war und ist?"

Jacques schüttelte den Kopf und ließ ihre Hände los.

„Nein, ich will nichts entschuldigen. Ich will mit deinem Bild nur etwas erklären. Ich glaube nicht, dass unsere Eltern jemals gelernt haben, so über sich selbst nachzudenken, wie wir es können. Sie gehören zu einer anderen Generation, die einfach gemacht hat, statt viel über sich selbst zu reflektieren, so wie wir es tun."

„Und genau das nehme ich ihnen übel", entgegnete seine Schwester, deren Wangen von dem Mango-Schnaps leicht gerötet waren. Sie hatte inzwischen ihren Blazer ausgezogen und die Ärmel ihrer Bluse hochgekrempelt, als wollte sie gleich in der Küche mit anpacken. Jetzt verschränkte sie die Arme vor der Brust, wie um Jacques Sicht der Dinge weit von sich zu weisen.

„Ja, genau das nehme ich ihnen übel", wiederholte sie.

Er schaute seine Schwester an und sagte: „Willst du jetzt dein Leben lang unseren Eltern Vorwürfe machen? Dann bleibst du in den Kinderschuhen stecken. Zwerge passen für immer in solche Schuhe, Riesen nicht."

„Und du bist also jetzt einer dieser Giganten? Herzlichen Glückwunsch zu dieser wundersamen Verwandlung", kam es ironisch zurück.

Jacques schwieg einen Moment, dann sagte er: „Ich will dir einfach nur deutlich machen, dass du nicht die bleiben musst, die du immer warst. Ich habe mich auch für einen Angsthasen gehalten und mich davor gefürchtet, unangenehm aufzufallen und zu versagen. Das hieß für mich, immer auf Nummer Sicher zu gehen, bloß keinen Ärger zu provozieren, mich anzupassen und lieb zu sein, wie als Kind eben, und mein Bestes zu geben, damit ich in der Welt zurechtkomme. Jetzt weiß ich, es geht auch anders. Und das fühlt sich richtig gut an."

„Wo ist diese Brücke auf Tahiti? Kann ich da auch mal runterspringen?" fragte Eva mit einem Lachen.

„Das ist ein bisschen weit weg. Für heute wäre es schon genug, wenn du über deinen Schatten springst und dich einfach mit mir über mein neues Leben freust, ohne diese ganzen Bedenken."

„Ich versuch's einfach", antwortete Eva und fügte dann hinzu: „Gehen wir am Sonntag zum Essen zu Mama und Papa?"

„Klar, es wäre mal wieder an der Zeit, dass wir uns dort blicken lassen", sagte ihr Bruder. Neugierig fragte Eva: „Lässt du dann die Bombe platzen?"

Jacques winkte ab. „Für mich ist das keine Nachricht mit zerstörerischer Kraft, dass ich mich verliebt und meinen Job gekündigt habe. Wenn Papa daraus ein Drama machen möchte, bitte schön. Ich – und du auch –, wir beide werden es überleben, so wie früher auch. Jetzt haben wir uns aber genug die Köpfe heiß geredet. Komm, wir gehen noch ein bisschen spazieren. Heute war ein sonniger Tag. Wenn wir Glück haben, ist der Nachthimmel klar und wir können gemeinsam die Sterne bewundern. Das habe ich auf Tahiti ganz oft gemacht. Es gibt dort so viele Sterne wie Sandkörner am Strand", sagte er und bestellte die Rechnung.

Eva staunte über den fröhlichen Ton, den ihr Bruder auf einmal anschlug, nachdem sie über so ein ernstes Thema gesprochen hatten. Doch sie ließ sich nur zu gern von ihm mitreißen und kurz darauf gingen sie Arm in Arm durch ein ruhiges Wohnviertel. In den meisten Fenstern brannte jetzt um zehn Uhr noch Licht, oft war drinnen das Flimmern eines Fernsehers zu sehen und manchmal auch das Glühen einer Zigarette auf einem Balkon. An der U-Bahn-Station umarmte Eva ihren Bruder und er spürte die Zärtlichkeit darin, die er noch aus Kindertagen kannte. Eva überragte ihn um fünf Zentimeter, und auch an der Art, wie sie ihm zum Abschied über den Kopf strich, hatte sich nie etwas geändert. Sie fuhr mit den Händen dessen Rundung nach, als sei er noch immer das Baby, das ihr die Eltern mit den Worten: „Pass gut auf ihn auf!" zum ersten Mal vorsichtig in den Schoß gelegt hatten.

Jacques sah seine Schwester an und drückte sie noch einmal, dann trennten sich ihre Wege. Am liebsten hätte er ihr noch etwas von dem Mut eingeflößt, den er auf Tahiti gespürt hatte und der ihn seitdem begleitete. Es kam ihm vor, als hätte er damals Anlauf genommen und wäre über eine tiefe Kluft gesprungen, während seine Schwester auf der anderen Seite zurückgeblieben war und noch zögerte, ob sie den Absprung wagen sollte oder nicht.

Die Teppichfransen fielen Jacques immer als erstes ins Auge, wenn er das Haus seiner Eltern betrat. Sie lagen akkurat in Reih und Glied, wie in einem Möbelhaus, in dem sie vermutlich ebenfalls jeden Abend von Neuem in Form gebracht wurden, nachdem der eine oder andere Kunde darüber gestolpert war. Er erinnerte sich, wie er als Junge seiner Mutter beim Putzen geholfen hatte. Die Fransen hatte er mit einer speziellen Bürste gekämmt und sich dabei vorgestellt, er würde die Mähne eines Pony mit großen dunklen Augen und langen Wimpern entwirren. Sein Vater liebte Ordnung und Sauberkeit, während seine

Mutter in manchen Bereichen durchaus ein wenig Chaos zuließ. Ihr Kosmetikschrank quoll über von Tuben in allen Größen, Flakons in allen Formen und Tiegeln mit unterschiedlich farbigen Deckeln. Jacques vermutete darin ihre Form des Aufbegehrens, ähnlich seiner eigenen früher, als er seinen Schreibtisch in eine Papierhalde verwandelt hatte, bis sein Vater ihm gedroht hatte, er müsse ausziehen, sollte sich dieser Zustand nicht ändern.

Sein Vater schien zu Hause einen Plan zu verfolgen, in dem genau festgelegt war, wo und wie die Dinge zu sein hatten. Teil dieses Plans war ein Netz, das er nach seinen Vorstellungen gespannt hatte, um die anderen vor Gefahren zu schützen. Dessen Maschen aber waren wie Lücken in einer Mauer, durch die Jacques und Eva nur beobachten konnten, welche Möglichkeiten sich dahinter boten, ohne sie selbst ergreifen zu können. Als ihre Freundinnen zur Feier ihres Abiturs übers Wochenende nach Ibiza geflogen waren und nach ihrer Rückkehr begeistert von ihren Abenteuern berichteten, war Eva traurig gewesen, weil sie nicht hatte dabei sein können. Ihr Vater hatte kurz zuvor auf RTL eine Dokumentation über eine junge Engländerin gesehen, die auf der Mittelmeerinsel mit KO-Tropfen betäubt und anschließend vergewaltigt worden war.

Sein Nein ließ keinerlei Verhandlungsspielraum: „Du bleibst hier. Ich will nur dein Bestes, glaub mir, liebe Eva. Irgendwann wirst du mich verstehen."

Auch als Jacques Teil der Fußballmannschaft seiner Schule werden wollte, hatte der Vater abgewunken – die

Verletzungsgefahr sei zu groß. „Du brauchst deine Knochen noch dein ganzes Leben. Willst du sie dir jetzt schon kaputt machen?"

Jacques schloss sich dann der Volleyball-Mannschaft an, bei der es nicht so rau zuging wie auf dem Fußballfeld, und seine Leidenschaft für das runde Leder konnte er nur vor dem Fernseher pflegen. So war es auch ein Befreiungsschlag für beide Kinder gewesen, als sie das elterliche Haus verlassen konnten. Unter dem Vorwand, Lehrer werden zu wollen – in den Augen des Vaters ein sicherer Beruf –, hatten sie Literaturwissenschaften und Philosophie studiert, ohne auf die finanzielle Unterstützung von zu Hause verzichten zu müssen.

„In Paris hat jemand einen Polizisten und eine Frau erstochen. Das kam gerade in den Nachrichten", berichtete Ferdinand Beaujean, bevor er sich an den Tisch im Wohnzimmer setzte, an dem seine Frau und seine Kinder schon Platz genommen hatten. Er ging auf Eva zu, umarmte sie und begrüßte dann Jacques ebenso herzlich.

„Schön, dass ihr da seid. Aber was da in Paris passiert ist, das ist wirklich furchtbar", sagte er und ein Schatten huschte über sein Gesicht, als er sich setzte.

Die Gegenwart seiner Familie schien ihn genauso wenig zu trösten wie der Anblick des reich gedeckten Tisches.

„Papa, ja, das ist schlimm. Aber schau mal, wir sind heute hier, und da müssen wir uns doch nicht mit irgendwelchen Verbrechen auseinandersetzen, oder?", sagte Eva und sah ihren Vater erwartungsvoll an.

Doch er reagierte nicht, und Jacques fing einen verzweifelten Blick seiner Mutter auf, die den Kopf schüttelte und die Lippen zusammenpresste. Er kam sich vor wie in einer Dauerschleife gefangen, in der sich Ereignisse unaufhörlich wiederholten. Die heutige Situation war fast identisch mit einer anderen an Weihnachten Ende der siebziger Jahre. Seine Mutter hatte auch damals den Tisch mit Köstlichkeiten bestückt, der Duft von Kartoffelgratin wehte aus der Küche ins Wohnzimmer herüber und sein Vater hatte mit versteinerter Miene gesagt: „Die Russen sind in Afghanistan einmarschiert. Es gibt Krieg". Jacques wusste noch genau, wie sehr er sich damals als kleiner Junge gefürchtet hatte, weil er gar nicht einordnen konnte, was das für ihn und seine Familie bedeutete. Anschließend hatten sich seine Eltern gestritten, so wie jetzt auch.

„Mein Gott, Ferdinand, jetzt nimm dich doch mal zusammen", sagte Anna Beaujean zu ihrem Mann. „Die Kinder sind da und du machst ein Gesicht, als ob gerade jemand gestorben wäre. Mach uns heute bitte nicht wieder alles kaputt."

Er reagierte prompt: „Also bin ich mal wieder der Buhmann. Nichts an mir ist dir gut genug. Was mich bewegt, das interessiert dich überhaupt nicht."

Zwei Sekunden später war Anna Beaujean in der Küche verschwunden, wo sie laut mit dem Geschirr klapperte. Eva folgte ihr, um sie an den Tisch zurückzuholen, und Jacques hörte die aufgewühlte Stimme seiner Mutter, während Eva vergeblich versuchte, sie zu besänftigen.

„So habe ich mir unseren Lebensabend nicht vorgestellt. Nichts als Ärger und Streit gibt es hier", sagte sein Vater und warf Jacques einen flehenden Blick zu, als müsste sein Sohn eine Lösung haben.

Jacques überlegte einen Moment, ob er sagen sollte, er kenne es nicht anders, als Kind habe er immer das Gefühl gehabt, auf einem Schlachtfeld zu leben, wo ihm die Kugeln um die Ohren flogen. Statt dessen schwieg er. Er saß am selben Platz wie immer, aber er fühlte sich anders als sonst. Das Drama seiner Eltern schaute er sich wie ein Zuschauer im Theater an, der sich von dem Geschehen auf der Bühne, das ihn früher durchaus berührt hat, nicht mehr mitreißen lässt. Es lässt ihn kalt, er kann nichts mehr damit anfangen. In Gedanken ist er weit weg, an Orten, die ihm besser gefallen und ihm mehr Freude versprechen als diese Inszenierung. Doch er ist zu höflich, um den Saal zu verlassen, das könnte die Schauspieler kränken, und so bleibt er sitzen, bis der Vorhang fällt und er zurückhaltend Applaus spenden kann.

So verhielt sich Jacques bei diesem sonntäglichen Mittagessen und niemand kam ihm auf die Schliche. Freundlich stellte er Fragen, hörte sich aufmerksam die Antwort an und dachte dabei an Amy und sein neues Leben mit ihr.

Die Unterhaltung plätscherte dahin wie ein Gebirgsbach, der sich an vielen Hindernissen vorbei ins Tal schlängelt, bis Jacques' Mutter, die wieder an den Tisch zurückgekehrt war, ihn fragte: „Und wie geht es dir in der Redaktion? Du hast heute noch gar nichts davon erzählt."

Er sah sie an und wusste, dass er sie nicht anlügen konnte. Das hatte Anna nicht verdient. Er verspürte das Bedürfnis, sie zu beschützen, denn sie wirkte mit zunehmenden Alter längst nicht mehr so stark und positiv gestimmt wie früher, als sie ihre Kinder stets gegen die Angriffe ihres Mannes verteidigt hatte. In über fünfzig Ehejahren schien es seinem Vater doch noch gelungen zu sein, ihr etwas von ihrer Kraft und Lebensfreude zu nehmen, so wie Wind und Wasser über Jahre hinweg selbst einen Felsen abtragen können. Ein ähnlicher Prozess war offenbar bei seinen Eltern im Gange.

Jacques atmete tief ein. Dann sagte er mit fester Stimme: „Ich habe gekündigt und werde mir etwas Neues suchen. Auf Tahiti habe ich eine Frau aus Kalifornien kennengelernt. Wir möchten uns eine gemeinsame Zukunft aufbauen, vermutlich in den USA."

Die Augen seiner Mutter weiteten sich, als hätte sie ein Gespenst gesehen.

Dann fasste sie sich wieder und sagte: „Das sind ja Neuigkeiten! Wie schön, dass du eine Frau kennengelernt hast, mit der du glücklich bist. Das freut mich sehr. Schade, dass sie so weit weg lebt. Und dass du gekündigt hast, wundert mich nicht. Beim ‚Düsseldorfer Kurier' hat es dir ja schon lange nicht mehr gefallen. Ich habe nur keine Ahnung, wie ein deutscher Journalist im Ausland Geld verdienen kann. Aber du schaffst das schon, du hast ja eine gute Ausbildung. Ich glaube an dich."

Anna Beaujean umarmte ihren Sohn, und er spürte, wie bewegt sie war, als sie ihn an sich drückte und kaum hörbar seufzte. Nachdem sie ihn wieder losgelassen hatte, blinzelte sie die Tränen weg, rieb sich schnell die Augen und zwang sich dann zu einem aufgeräumten Lächeln.

„Das ist ja klar, dass du wieder alles in Rosarot siehst, Anna“, meldete sich ihr Mann zu Wort. „Du bist und bleibst eine Träumerin, die am liebsten alle Gefahren ausblendet. Die USA, lieber Jacques – du musst ja von allen guten Geistern verlassen sein, wenn du dort hingehst. Schaust du keine Nachrichten? Sagt dir der Name Donald Trump etwas?“ Ferdinand sprach so laut, als sei nicht er, sondern sein Sohn schwerhörig.

Doch er konnte ihn nicht mehr verletzen, das spürte Jacques in diesem Moment deutlicher denn je. Er kam ihm vor wie ein Tiger, der ganze Dörfer in Angst und Schrecken versetzt hat, bis er gefangen und an einen Zoo verkauft wurde. Dort wirkte sein Fauchen nur noch überraschend, aber nicht mehr bedrohlich. Mit seinen Pranken kam er auch nicht durch die Gitterstäbe seines Käfigs, sodass er niemanden mehr verletzen kann. Jacques fühlte sich wie ein Zoobesucher, der die Raubkatze zwar sieht und hört, und sich dabei jedoch in Sicherheit befindet. Sein neuer Mut hatte die Gitterstäbe geformt, die die Gefahr von ihm fernhielten. Denn für einen Riesen war es ein Leichtes, Eisen nach seinen Wünschen zu formen.

Aus diesem Grund verpufften Ferdinands Worte wirkungslos. Die drei anderen Familienmitglieder am Tisch schwiegen und blickten ins Leere.

Der alte Mann sah sich um, schüttelte den Kopf und sagte: „Hier versteht mich mal wieder keiner. Jacques, ich hoffe, du weißt, was du tust. Ich werde mich jetzt etwas hinlegen, ich fühle mich nicht wohl."

Ein kollektives Aufatmen war von Mutter, Tochter und Sohn zu hören, als er im Schlafzimmer verschwunden war, vergleichbar mit der Erleichterung von Fußgängern, die bei einem Unwetter in Hauseingängen Schutz gesucht haben und ihren Weg fortsetzen können, als sich endlich die Sonne wieder zeigt. Gemeinsam genossen die drei die Bratäpfel mit Vanillesauce, die Anna im Backofen zubereitet hatte und ihre Kinder jedes Mal in Begeisterung versetzten.

„Köstlich, einfach wunderbar! Danke, Mama", sagte Eva und drückte ihre Mutter kurz.

„Ich bin dir auch dankbar, nicht nur für das leckere Dessert", erklärte Jacques und lächelte seine Mutter an.

Seit ihr Mann sich zurückgezogen hatte, war eine Veränderung mit ihr geschehen. Zuvor hatte sie an eine Blume erinnert, die den Kopf hängen lässt, weil es ihr an Wasser fehlt, doch jetzt war sie dank der liebevollen Energie ihrer Kinder, die sich nun ungehemmt entfalten konnte, voll neuer Lebenskraft. Ihre Augen leuchteten vor Freude.

„Du hast so gelassen reagiert, als ich dir von meinen Plänen erzählt habe", sagte Jacques. „Und du hast gesagt, dass du an mich glaubst. Dafür danke ich dir. Du reagierst da ganz anders als Papa, aber das war ja zu erwarten. Es kümmert mich auch nicht mehr, was er sagt." Er strich ihr über den Arm.

Sie nahm seine Hände und hielt sie fest. „Ihr habt mich schon oft gefragt, warum ich euren Vater nicht verlasse“, sagte sie. "Aber mit zweiundsiebzig ein neues Leben anfangen, das kann ich nicht mehr. Ich bin nicht frei, aus vielen Gründen.“

„Das stimmt nicht“, warf Eva ein, doch ihre Mutter hob abwehrend die Hand.

„Aber ihr beide, ihr könnt euch frei entscheiden, was ihr machen möchtet“, sagte sie. „Das habe ich mir immer gewünscht: Kinder, die selbst über ihr Leben bestimmen können, die unabhängig sind. Ich bin stolz auf euch.“

Tränen liefen ihr über die Wangen, und Eva legte sofort den Arm um ihre Mutter und reichte ihr ein Taschentuch. Jacques stand auf und ging zu ihr hin.

„Komm mal her, Mama“, sagte er und zog sie von ihrem Stuhl hoch, um sie in seine Arme zu schließen.

Anna schaute zu ihm auf. „Geh ruhig, mein Junge, du machst das Richtige, folge der Stimme deines Herzens. Ich habe nicht auf sie gehört, dazu hat mir der Mut gefehlt. Und jetzt ist es zu spät.“

Jacques spürte, wie sein Pullover dort, wo ihr Gesicht an seiner Brust lag, feucht wurde. Er fühlte all die Sehnsucht, die sie in sich trug und die seit vielen Jahren unerfüllt blieb, weil sein Vater die Welt um sich herum schon lange nicht mehr in Farbe, sondern nur noch in Grau und Schwarz-Weiß wahrnahm. Es kam ihm in den Sinn, in welch starkem Kontrast der Regenbogen dazu stand, der Amy und ihm so viel bedeutete, und diese Vorstellung bestärkte ihn in der Gewissheit, auf dem richtigen Weg zu sein. Er nahm sich vor, noch heute den Flug zu buchen, der ihn ins Land der unbegrenzten Möglichkeiten bringen würde.

Jacques schaute aus dem Flugzeugfenster auf eine Wolkendecke hinab, die ihm vorkam, als hätte der Wind lauter Wattebäusche auseinandergezogen, bis sie eine zusammenhängende Fläche bildeten, über die Engel wandern konnten. Dass es hier oben solche Wesen gab, erschien ihm gar nicht unwahrscheinlich. Er stellte sich vor, wie sie sich mit raschen Flügelschlägen in Sekundenschnelle unsichtbar machen konnten, sobald sich ein Flugzeug näherte, und wie sie dennoch die Menschen beobachteten, die ihre Gesichter zu den Fenstern neigten und hinausschauten. Der Himmel war in Gelb- und Rosatöne getaucht und am Horizont verschwand die Sonne als orange leuchtender Ball aus Jacques' Blickfeld. „Vanilla Sky" - diese Bezeichnung hatte er einmal für einen solchen Himmel gehört, und er ließ sich die beiden Wörter auf der Zunge zergehen, als wären sie ein köstliches Dessert. Dann dachte er über das Ziel seiner Reise und die Menschen dort nach.

Die Amerikaner waren ihm stets mutiger, begeisterungsfähiger und optimistischer erschienen als die Deutschen. „Home of the Brave, Land of the Free", diese Worte kamen ihm in den Sinn, und er stellte sich vor, dass die Menschen, die ihre Heimat verlassen hatten, um in diesem großen Land Fuß zu fassen, überzeugt gewesen sein mussten, dass dort eine bessere Zukunft auf sie wartete. Denn wer glaubt, dass es anderswo genauso schlimm ist wie zu Hause, der bleibt, wo er ist. Wer aber Träume hat und sich vorstellen kann, wie sie sich an einem anderen Ort erfüllen werden, der macht sich auf den Weg – so wie ich, dachte Jacques. Freude erfüllte ihn bei dem Gedanken an Amy und an die unendlichen Weiten dieses fernen Landes. Er sah die Planwagenfahrer vor sich, die mit Kind und Kegel von Osten nach Westen gezogen waren, hin zum Pazifik, auf der Suche nach Gold und Glück. Und er stellte sich vor, wie im neunzehnten Jahrhundert Hunderttausende von Iren auf großen Schiffen den Atlantik überquert hatten, um dem Hunger nach einer Missernte zu entfliehen. Auch an die vielen Südamerikaner musste er denken, die Tag für Tag ihr Leben riskierten, die durch die Wüste wanderten und reißende Flüsse durchschwammen, immer in der Hoffnung, über Mexico unbemerkt in die USA zu gelangen.

Als Jacques an all diese Menschen dachte, wurde ihm bewusst: Es gab einen entscheidenden Unterschied zwischen ihm und diesen vielen anderen, für die Amerika das gelobte Land war. Sie flohen vor Hunger und Chancenlosigkeit, vor Unterdrückung und Armut, er aber verließ Deutschland aus freien Stücken, weil in der Ferne ein Stern leuchtete, der ihn magisch anzog. Sein Name war Amy und je näher Jacques ihm kam, desto heller funkelte er für ihn.

Seine Schwester hatte sich unter Tränen von ihm verabschiedet, als würde er in ein anderes Universum aufbrechen, das ihn für immer vereinnahmen und von ihr trennen würde. Auch seine Mutter war tief bewegt gewesen, als er ihr auf Wiedersehen sagte. Sein Vater dagegen hatte ihm nur kühl die Hand gegeben und war seinem Blick ausgewichen. Doch es war Jacques nicht entgangen, dass auch er feuchte Augen bekommen hatte. Er hatte heftig geblinzelt, um seine Rührung zu verbergen, hatte gemurmelt, er habe etwas im Auge und müsse sich das mal ansehen, und war im Badezimmer verschwunden. Später hatte er mit ernster Miene zu Jacques gesagt: „Ich hoffe, du weißt, worauf du dich da einlässt" und ihm auf die Schulter geklopft. Dem langen, durchdringenden Blick, mit dem er ihn bedachte, hatte Jacques unbeeindruckt standgehalten. All diese von Liebe und Angst geprägten Gesten waren in immer weitere Ferne gerückt, als hätten sie schon nichts mehr mit ihm zu tun. Es war, als sähe er sich einen Film an, in dem ein Double seine Rolle spielte, während er selbst längst unterwegs war.

In wenigen Minuten würde das Flugzeug in Los Angeles landen. Wenn er jetzt aus dem Fenster blickte, sah er ein Lichtermeer unter sich, das sich unendlich weit ausdehnte. Noch nie hatte er eine so riesige Stadt bei Nacht aus der Luft gesehen. Genauso musste es sein, dachte er, wenn man bei Nacht aus einem Flugzeug auf das Ruhrgebiet hinabschaute, dessen Städte fast fließend ineinander übergingen und ebenfalls ein riesiges bewohntes Gebiet bildeten. Sein Herz schlug ihm bis zum Hals, weil er gleich Amy wieder in die Arme schließen würde. Gleichzeitig begann er, sich unwohl zu fühlen, als er sich die Menschen in seiner Umgebung anschaute. Verschlafene Gesichter, vor Müdigkeit ganz kleine Augen, in alle Richtungen abstehende oder platt am Kopf liegende Haare, Bartstoppeln, zerknitterte Kleidung sowie ein leichter Fettglanz auf vielen Nasen waren die Spuren, die der lange Flug bei den Passagieren hinterlassen hatte. Bestimmt wirkte er selbst genauso zerknautscht, und als er sich mit seiner pelzigen Zunge über die Zähne fuhr, bereute er, dass er sie nicht gleich nach dem Aufwachen geputzt hatte. Jetzt war es zu spät, denn das Flugzeug setzte bereits auf der Landebahn auf.

„Hör nicht auf den Zwerg in dir, sondern immer nur auf die Stimme des Riesen in dir."

Amys Worte kamen ihm zu Hilfe und bauten ihn auf, als er sich vorstellte, wie ungepflegt er auf sie wirken musste. Der Riese in ihm schritt denn auch gleich zur Tat, sobald er amerikanischen Boden unter den Füßen hatte. Auf dem Weg zum Gepäckband suchte er eine Toilette auf, putzte sich dort die Zähne, wusch sich das Gesicht und erneuerte sein Deo. Als er sich im Spiegel anschaute, fürchtete er plötzlich, die Mitarbeiter der Immigration Control könnten ihn für einen Außerirdischen halten, so intensiv strahlten seine Augen vor Freude. Seine Miene war ein einziges gigantisches Ausrufezeichen. Der freundliche Mann, der seine Einreisepapiere und seinen Pass prüfte, fragte ihn, warum er in die USA gekommen sei.

„Um die Frau meiner Träume wiederzusehen", sagte Jacques beschwingt.

„Das habe ich mir gedacht" antwortete der Beamte. „Sie strahlen so. Genießen Sie das Feuer der Liebe, solange es brennt. Viel Glück!"

Jedes Kind, das Jacques' Weg im Flughafen kreuzte, winkte ihm lächelnd zu, woraufhin auch die Eltern ihn freundlich anschauten und sich freuten, dass ihre Kleinen so gut aufgelegt waren. Es war, als wäre er von einem anderen Planeten gekommen und würde in jedem Menschen, dem er begegnete, das Feuer der Freude entzünden, das so lichterloh in ihm brannte.

Nachdem er seinen Koffer vom Gepäckband gewuchtet hatte, machte er sich zum Ausgang auf. Verschwunden und vergessen war das unangenehme Gefühl, das er im Flugzeug gespürt hatte. Zuversicht erfüllte ihn und eine tiefe Dankbarkeit dafür, dass sein Weg ihn hierher geführt hatte. Nie hätte er früher auch nur davon zu träumen gewagt, dass er jemals so glücklich sein würde wie in diesem Augenblick. Schon die bloße Vorstellung wäre ihm vermessen erschienen. Inmitten all der Menschen, die am Ausgang warteten, entdeckte er Amy nicht sofort. Für den Bruchteil einer Sekunde war der Zweifel wieder da, wie das Klirren der Gläser im Schrank, wenn ein Erdbeben beginnt, aber noch unklar ist, ob es bei dieser geringen Erschütterung bleibt oder ob sich gleich die Erde auftun und alles verschlingen wird.

Dann sah er sie, wie sie ihm winkte und auf ihn zukam. Sie ging schnell, aber sie rannte nicht, einer Königin gleich, die bei jedem Schritt ihre Würde bewahrt und niemals außer Atem gerät. Jacques ging ihr entgegen, und ihm war, als bliebe die Zeit stehen. Alle Bewegungen schienen in Zeitlupe abzulaufen, als hätte jemand einen Knopf gedrückt und damit jede einzelne Sekunde fast unendlich ausgedehnt. Ihre Blicke bildeten eine Spur des Lichts, ihre Liebe war wie ein Scheinwerfer, der jeden ihrer Schritte ausleuchtete. Und dann standen sie einander gegenüber. Jacques nahm Amy in die Arme, er drückte sie an sich, und alles war gut. Endlich war er angekommen.

Seit ihrem Abschied auf Tahiti hatte er sie unaufhörlich vermisst, doch erst jetzt spürte er, wie stark seine Sehnsucht gewesen war. Eine Anspannung fiel von ihm ab, die ihn die ganze Zeit wie ein Schatten begleitet hatte und ihm erst jetzt bewusst wurde. In Amys Armen fühlte er sich so frei, so leicht und glücklich wie damals auf Tahiti. Er spürte ihre Wärme und stellte sich vor, wie es sein würde, wenn er später allein mit ihr war und keine Rücksicht mehr auf die Menschen nehmen musste, die sie jetzt noch umgaben. Jacques hielt die Augen geschlossen und nahm die Geräusche in der Flughafenhalle wahr: Kinderlachen oder -weinen, spanische und englische Satzfetzen, Kofferrollen und immer wieder die Durchsagen einer strengen, professionell klingenden Stimme, die jemanden aufforderte, zu Gate so und so zu kommen. Doch alle diese Laute verschwanden immer mehr im Hintergrund, je länger er Amy in den Armen hielt. Bald nahm er nur noch sie wahr: Er spürte den Puls an ihrem Hals an der Stelle, an der er sein Gesicht an sie geschmiegt hatte, die Berührung ihrer Hände auf seinem

Rücken und ihren gesamten Körper. Für einen Moment stellte er sich all die Blutbahnen vor, ihre und seine, die einander nun so nahe waren und zart gegeneinander klopften, wenn ihre Herzen schlugen. Nie hatte er sich lebendiger gefühlt als in diesem Augenblick, und als sie sich aus seiner Umarmung löste, war er fast ein wenig traurig, dass dieser besondere Moment nun vorbei war. Er würde ihr später davon erzählen, und sicher würde sie ihn verstehen.

„Lass uns nach Hause fahren. Du bist schon so lange unterwegs. Es ist Zeit anzukommen, meinst du nicht?" Sie lächelte ihn an.

„Nichts lieber als das!" entgegnete er, und schon kurze Zeit darauf fuhren sie auf dem Highway Richtung Palm Springs.

Während der gesamten Fahrt konnte er kaum glauben, dass er jetzt wirklich in den USA und bei Amy war. So mussten sich Menschen fühlen, wenn sie Besuch von einem Vertreter der Glücksspirale bekamen, der ihnen bei einer Tasse Kaffee eröffnete, dass ihr Leben nie mehr so sein würde wie vorher, weil ein Lotto-Gewinn sie zu Millionären gemacht hatte und sich ungeahnte Möglichkeiten vor ihnen auftaten.

„Kennst du den Song „Satisfy my Soul" von Bob Marley? Da singt er an einer Stelle ‚You make me feel like a sweepstake winner'. So fühle ich mich jetzt, weil du gekommen bist und ich mit dir nach Hause fahren kann", sagte Amy und schenkte Jacques einen liebevollen Blick, bevor sie ihre Aufmerksamkeit wieder der Straße zuwandte.

Seine Hand ruhte in ihrem Nacken, und wie ein Fächer aus Federn streichelte ihr weiches Haar seine Haut.

„Genauso fühle ich mich auch, wie ein Gewinner, der unheimlich viel Glück gehabt hat." Er sah sie von der Seite an.

Amys Auto war für europäische Verhältnisse ungewöhnlich groß, und er musste sich weit zu ihr hinüberbeugen, um ihr so nahe wie möglich zu sein. Auch die meisten anderen Wagen auf dem Highway hatten riesige Ausmaße, und er nahm sich vor, Amy bei Gelegenheit zu fragen, wie sie sich diese Vorliebe erklärte. Doch in der weiten Landschaft wirkten die großen Fahrzeuge nicht so massiv, wie sie auf engen Gassen mit Kopfsteinpflaster in Deutschland gewirkt hätten. Los Angeles lag inzwischen weit hinter ihnen, und es gab nur noch unendlich viel Platz zu beiden Seiten der Straße, die in regelmäßigen Abständen von Straßenlaternen gesäumt war. In der Ferne zeichneten sich hier und da dunkle Hügelketten vor dem Nachthimmel ab, die wie auf der Seite liegende schlafende Riesen wirkten. Von Zeit zu Zeit tauchten große Reklametafeln neben der Straße auf. Auf einer bot ein Mann im weißen Kittel und mit einem Lächeln wie aus der Zahnpasta-Werbung seine Dienste als Zahnarzt an, auf einer anderen warben Steaks auf einem Grill für das Barbecue eines Restaurants. Die Sterne schauten auf sie herab wie Wesen aus einer anderen

Galaxie, die sich nur bei Dunkelheit gefahrlos der Erde nähern können.

Jacques und Amy schwiegen während der Fahrt, doch war es kein verlegenes Schweigen, wie Jacques es mit anderen Frauen oft erlebt hatte. Diese Beziehungen waren ihm immer vorgekommen wie die „Titanic", die in der Stille der Nacht geradewegs auf einen Eisberg zusteuert, der das Schiff zum Kentern bringen wird, während die meisten der Passagiere schlafen und nur einige wenige im Ballsaal zu den Klängen einer Charleston-Kapelle die Nacht zum Tag machen. Immer hatte er den Untergang gewittert, wenn er sich eine Auszeit vom Reden gönnte und nicht wie sonst versuchte, die Distanz mit Worten zu überbrücken. Selbst nach dem Liebesakt hatte er jedes Mal gedacht, es wäre gut, etwas zu sagen. Als müsste er ein Feuer wieder schüren, um zu verhindern, dass es erlischt und Kälte sich ausbreitet.

Mit Amy war es anders: In ihrer Gegenwart, die ihn so wohltuend und selbstverständlich umgab, fühlte er sich auch ohne Worte wohl. Es war, als ließe er sich die Sonne auf den Bauch scheinen, während er mit geschlossenen Augen und alle viere von sich gestreckt in einem Swimming-Pool auf dem Rücken trieb und einfach nur darauf vertraute, dass ihn das nasse Element trug. Jede Anstrengung war unnötig, sie würde die Harmonie des sich Treibenlassens nur stören, und genauso war ihm zumute, wenn er mit Amy schwieg.

„Gleich sind wir da. Ich hoffe, mein Haus gefällt dir", unterbrach sie die Stille, als sie an einem blauen Schild mit dem weißen Schriftzug „Palm Springs" nach links abbog.

Sie folgten einer schnurgeraden Straße, an deren Seiten Palmen in den Himmel wuchsen. Links und rechts lagen Geschäfte, deren Auslagen nicht erleuchtet waren, nur der Neon-Schriftzug eines 24-Stunden-Supermarktes blinkte im Dunkeln. Auf einer Bank davor saß ein Mann mit einem langem weißen Bart unter einer Laterne, neben sich einen hoch mit Plastiktüten beladenen Einkaufswagen, an dem sein Kopf lehnte, als liege dort ein weiches Kissen. Er war barfuß und seine Kleidung sah schmutzig aus.

Jacques blickte zu Amy und fragte: „Ist es nicht viel zu kalt in der Wüste, um draußen zu schlafen?"

„Ja, das stimmt. Aber er muss nicht im Freien übernachten. Es gibt Übernachtungsheime für Obdachlose, nur fühlen sich viele dort nicht wohl und bleiben lieber draußen", antwortete sie und zuckte mit den Schultern.

„Das gibt es in Düsseldorf auch", sagte Jacques, und doch wunderte er sich, als er die nächste zerlumpte Gestalt sah, zusammengekauert in einem Pappkarton neben einer Palme auf einer Grünfläche.

Amy bemerkte sein Unbehagen und sagte: „Überrascht dich das? Hast du gedacht, Amerika ist das Land, in dem Milch und Honig für alle fließen? Leider ist es nicht so. Das wäre ja das Paradies, und das sind die USA nicht. Aber ich finde, mein Land kommt dem Garten Eden schon sehr nahe."

„So naiv bin ich nicht und das weißt du auch", erwiderte Jacques. Er begann, ihren Nacken zu kraulen. „Mich hat nur dieser harte Kontrast berührt. Auf der einen Seite die Palmen in all ihrer Schönheit, diese großzügigen Straßen, die Villen in den Hügeln weiter oben, und mittendrin die beiden Obdachlosen. Das habe ich so noch nie erlebt. In der Altstadt und am Hauptbahnhof von Düsseldorf wundert mich das Elend nicht."

„Und ist es dann leichter zu ertragen? Wenn man es erwartet und nicht davon überrascht wird?" fragte Amy.

„Das ist eine gute Frage", sagte Jacques.

Doch Amy ließ nicht locker: „Und was tust du in Düsseldorf, um diesen Menschen zu helfen? Dein Betroffensein allein bringt ihnen gar nichts."

„Ich spende für den Gute-Nacht-Bus. Das ist eine mobile Einrichtung, die sie mit Essen, Decken und medizinischer Hilfe versorgt", erwiderte Jacques.

Amy sah ihn an und lächelte.

„Sehr gut", sagte sie. „Für mich zählen Taten, nicht Worte oder reines Mitgefühl. Von Gefühlsduselei wird keiner satt, der nichts zu beißen hat."

Jacques nickte. Hoffentlich merkte sie ihm nicht an, wie sehr ihn ihre harten Worte erstaunten. Sie hatte ja recht, aber sie gab sich so kämpferisch, als könnte sie selbst nicht sicher sein, was ihr der morgige Tag bringen würde. Dabei wusste er, dass sie eine reiche Frau war. Die Jahre an der Wall Street hatten ihr so viel eingebracht, dass sie mühelos ein neues Leben beginnen und ihr eigenes Unternehmen „Team Dream" hatte gründen können.

Am Ende einer breiten, leicht ansteigenden Auffahrt öffnete sich langsam ein großes weißes Garagentor. Jacques warf einen Blick auf Amys Zuhause. Er hatte solche Häuser bisher nur in der ‚VOGUE' gesehen, die er beim Friseur durchblätterte. Nie hatte er sich nach einem so luxuriösen Leben gesehnt, es war ihm nur um den ästhetischen Genuss gegangen. Als das Tor sich leise wieder schloss, war er endlich mit Amy allein. Fast gleichzeitig öffneten sie beide die Autotüren, Amy lief um den Wagen herum und im nächsten Moment schloss sie Jacques in die Arme. Sie küssten sich, und er hatte das Gefühl, sich in der Berührung zu verlieren und gleichzeitig neu zu finden, so als würde er mit jedem Kleidungsstück, das er nun hastig abstreifte, auch alles von sich werfen, was ihn vom Schweben abhielt. Sie ließ ihr Kleid zu Boden gleiten. Dann stand sie nackt vor ihm, lachte ihn an und sagte: „Fang mich doch!" Amy lief ins Haus, und er hörte nur noch das Tappen ihrer Füße auf den Treppenstufen.

Er folgte ihr, doch das Haus erschien ihm wie ein Labyrinth. Es hatte zwei Stockwerke. Da sie sich hier auskannte und deshalb schneller war als er, brannte nach kurzer Zeit an vielen Stellen im Haus Licht. Zur Straße hin gab es einige schmale Fenster auf Kopfhöhe, die nur wenig Einblick zuließen. Das Haus hatte die Form eines Halbkreises, der sich mit den Balkonen zum Garten hin öffnete. Jacques rannte die Flure entlang, stieß auf jeder Etage Türen auf und blickte in dunkle, in sanft oder auch hell erleuchtete Räume, aber Amy war nirgends zu sehen.

Erst als er von einem der langen Balkone auf den Pool hinabschaute, entdeckte er sie. Ihre Beine öffneten und schlossen sich, während ihr Kopf sich in regelmäßigen Abständen aus dem Wasser hob, bevor ihre Arme zu einem neuen Schwimmzug ansetzten. Am Ende des Pools angekommen, drehte sie sich um und winkte ihm zu, die Brüste noch halb im Wasser. Danach ließ sie sich auf den Rücken gleiten und er konnte sie ganz sehen, während sie zu den Sternen aufblickte.

Plötzlich bemerkte er, dass von jedem der beiden Balkone eine Rutsche in den Pool hinabführte. Voller Übermut zog er sich aus und setzte sich: Im selben Moment sprangen Dutzende kleiner Fontänen an und setzten die Bahn unter Wasser. Jacques presste die Arme an den Körper, und schon glitt er in atemberaubendem Tempo in den Pool hinab. Eine so verrückte Konstruktion hatte er noch nie gesehen, doch er befand sich ja im Land der unbegrenzten Möglichkeiten, und auch ihm selbst schien plötzlich nichts mehr unmöglich. Amy löschte die Poolbeleuchtung, und nur die großen LED-Kerzen, die sie nahe am Haus aufgestellt hatte, schenkten ein wenig Licht.

„Ich dachte schon, du findest mich nie", sagte sie mit einem Lachen und schlang im Wasser ihre Beine um ihn.

Und als sie einander so nahe waren, wie nur Liebende es sein können, spürte er ihre weiche Wärme, die ihn ganz umhüllte. Es war, als würde er wieder in jenes fremde, exotische Element eintauchen, mit dem er bisher nur einmal in Berührung gekommen war, auf Tahiti, in ihrer ersten gemeinsamen Nacht. Jetzt fühlte es sich so vertraut an, als hätte es schon immer zu ihm gehört, als sei es ein fehlender Teil seines Wesens gewesen, ein Puzzlestück, das er verloren und an dessen Stelle für lange Zeit ein Vakuum zurückgeblieben war, das sich mit Angst, Selbstzweifeln und Traurigkeit gefüllt hatte. Jacques kamen die Tränen, nachdem Amy ihm so viel geschenkt hatte, und er tauchte schnell unter, um sie zu verbergen.

Dann sagte er zu ihr: „Ich liebe dich, Amy. Es ist wunderschön hier. Aber wenn ich nicht bald aus dem Wasser komme, wachsen mir Schwimmhäute und ich werde bald aussehen wie ein Frosch."

Amy lachte und sagte: „Ich dachte, du bist ein Frosch, den mein Kuss in den Prinzen zurückverwandelt hat, der er eigentlich ist."

„An Selbstbewusstsein mangelt es dir wirklich nicht, meine schöne Prinzessin", erwiderte Jacques und begann, sie zu kitzeln, bis sie Reißaus nahm, aus dem Pool stieg und im Haus verschwand.

Kurz darauf kam sie im Bademantel mit großen, flauschigen Handtüchern für Jacques zurück. Später lagen sie im Bett, die Körper ineinander verschlungen, den Kopf auf der Schulter des anderen, die Seelen vereint wie zwei Ringe, die sich umeinander winden und so untrennbar miteinander verbunden sind.

Als Jacques am nächsten Tag die Augen aufschlug, wusste er zuerst nicht, wo er war. Er lag allein in einem riesigen Bett, und sein Blick fiel auf eine monumentale Glasscheibe, die ihn an die Becken des Aquazoos in Düsseldorf erinnerte. Haie schwammen dort hinter solchen Scheiben, und er hatte vor einiger Zeit einen Artikel über die umfangreichen Sanierungsmaßnahmen in dem Haus geschrieben. Er konnte daher erahnen, wie teuer es gewesen sein musste, eine solche Glasfront hier zu installieren. Der Gedanke daran schüchterte ihn ein wenig ein. In der Nacht hatte er auch gesehen, dass alle Räume, die zum Garten hinaus gingen, Glaswände von der Decke bis zum Boden hatten. Geld schien für Amy tatsächlich keine Rolle zu spielen, das wurde ihm nun mehr denn je bewusst. Die sechzigtausend Euro kamen ihm in den Sinn, die es ihm ermöglicht hatten, seinen Job zu kündigen. Würde Amy eine solche Summe lächerlich finden, wenn er ihr davon erzählte? Würde er für sie an Anziehungskraft verlieren, wenn sie ihn mit einem Betrag in Verbindung brachte, der aus ihrer Sicht kaum der Rede wert war?

Diese Gedanken gingen ihm durch den Kopf, und er schämte sich für sie. Kleinkariert kamen ihm seine Überlegungen vor. Denn hatte sie nicht zu ihm gesagt, er habe ein Herz aus Gold? Und konnte es einen schöneren Liebesbeweis geben als die letzte Nacht, in der nicht nur ihre Körper, sondern auch ihre Seelen miteinander verschmolzen waren? Jacques ließ seinen Blick aus dem Fenster schweifen und vertiefte sich in die Betrachtung der Landschaft, während irgendwo im Haus Töpfe zu klappern begannen.

Anfangs fiel es ihm schwer, Unterschiede zwischen den Farbtönen der Wüste auszumachen. Er musste an Martin denken: Sein Freund nahm Rot und Grün anders wahr.

Jacques wusste, dass auch allzu ähnliche Farben für ihn zu einer einzigen verschwammen, und zum ersten Mal hatte er den Eindruck, diese Erfahrung verstehen zu können.

Je länger sein Blick jedoch auf der Landschaft verweilte, desto deutlicher nahm er ihre Farbnuancen wahr. Hier warf ein Busch einen Schatten, dort zeichnete sich ein dunklerer Kreis ab, der nur von einem Tier stammen konnte. Struppiges Gras, das sich im Wind hin und her bewegte, bildete mit seinem verwaschenen Grün einen Kontrast zum sandfarbenen Boden. Ein großer Strauch wirkte wie das Überbleibsel einer Hecke, und vom Stamm eines bizarr geformten Baums reckten sich mehrere Äste in den Himmel, an denen große runde Blätter mit Stacheln wuchsen. Alle Schattierungen von Grün, Grau, Beige und Braun fanden sich in dem Ausschnitt, den Jacques vom Bett aus sehen konnte, und am Horizont zeichneten sich große Felsen ab, die aussahen wie Butterberge, die sich in der Hitze des Tages verformt hatten und über Nacht gefroren waren.

Amy kam mit einem großen Tablett herein, auf dem zwei Tassen Kaffee, zwei Teller mit Obst und zwei weitere mit Pfannkuchen und Ahornsirup standen. Ihre zerzausten Haare hatte sie hinter die Ohren gestrichen, damit sie ihr nicht ins Gesicht fielen, ihr Blick war frisch und klar, voller Freude über ihren Gast, der gekommen war, um zu bleiben. Als sie das Tablett auf dem Bett abstellte, glitt ihr ein Träger ihres Nachthemds von der Schulter und Jacques sah ihre vollen Brüste. Sie erinnerten ihn an reife Äpfel, die direkt vom Baum in seinen Händen landeten. So fühlte er sich in ihrer Nähe: Wie ein Glückspilz, der nur die Arme öffnen musste, um all die Gaben zu empfangen. Sie kuschelte sich an ihn und reichte ihm eine Tasse. Gemeinsam blickten sie auf die Landschaft hinaus wie auf eine große Kinoleinwand. Die Sonne war längst aufgegangen, und es würde ein angenehmer Tag mit mindestens zwanzig Grad werden.

„Warum wohnst du hier in der Wüste? Du könntest doch überall leben", fragte Jacques und trank einen Schluck Kaffee.

Amy antwortete mit einer Gegenfrage: „Was hast du eben erlebt, als ich in der Küche war? Hast du die Landschaft studiert? Und was ist dir dabei aufgefallen? Ich möchte sie gern mit deinen Augen sehen. Bitte erzähl es mir."

Jacques gab sich große Mühe, ihr zu erklären, wie sich seine Wahrnehmung verändert hatte, je länger er die Wüste betrachtete. Wie er anfangs kaum Farbnuancen unterscheiden, allmählich aber doch vielerlei Formen und Farben hatte sehen können. Amy hörte aufmerksam zu, ohne ihn auch nur ein einziges Mal zu unterbrechen.

„Du hast es erlebt! Wunderbar, großartig ist das! Ich hatte gehofft, dass es passieren würde, und ich habe mich nicht in dir getäuscht. Du bist genauso sensibel, wie ich dich eingeschätzt habe", sagte sie und schaute Jacques an, der ihren Blick etwas erstaunt erwiderte. „Lass mich dir erklären, was ich meine: In der kurzen Zeit, die du hier allein warst, hat die Wüste etwas mit dir gemacht. Sie hat dein Sehen geschult. Zuerst hast du gedacht, alles sieht gleich aus. Dann hast du erlebt, wie sich Formen und Farben herauskristallisieren, die vorher unsichtbar waren. Genau das Gleiche kannst du hier auch mit dem Hören erleben. Die Wüste ist völlig still. Aber wenn du genau hinhörst, merkst du, wie sie zu dir spricht. Sie hat ihre eigene leise, sanfte Stimme, ihre eigenen Geräusche. Du kannst sie aber nur hören, wenn du selbst ruhig wirst, genauso wie du sie nur gut sehen kannst, wenn du dich ganz dem Schauen hingibst. Die Wüste macht keine Kompromisse. Sie fordert deine Hingabe, sonst öffnet sie sich dir nicht. Wenn du dich auf sie einlässt, erlebst du, dass sie dich ruhiger und empfindsamer macht. Deshalb lebe ich hier – weil ich davon nie genug bekommen kann. Ich liebe die Wüste."

Jacques streifte ihr das Nachthemd von den Schultern und bedeckte sie mit Küssen.

„Und ich liebe dich und kann von dir auch nie genug bekommen."

Wie die Regentropfen, die die Wüste in ein Blütenmeer verwandeln, so brachte Amy alles zum Vorschein, was so lange in ihm geschlummert und nur darauf gewartet hatte, an die Oberfläche zu gelangen. In ihrer Gegenwart blühte er auf. Und doch wagte er nicht, wirklich an sein Glück zu glauben, so als wäre ihre Liebe auch nur eine gewöhnliche Blüte, die irgendwann welken, ihre Blätter verlieren und vergehen würde. Tief ihn ihm steckte die Angst vor dem Moment, wenn sie erkennen würde, dass er keinesfalls die Lichtgestalt war, die ihr Verliebtsein geschaffen hatte.

Manchmal sah Amy diese Unsicherheit in seinen Augen, dieses unruhige Flackern einer sonst beständig leuchtenden Flamme. Es trat nur selten auf, so wie ein Windhauch eine Kerze streift und sie für wenige Momente flackern lässt. Doch Amy spürte, was in ihm vorging, und am liebsten hätte sie ein Zauberwort gesprochen, um ihn davon zu erlösen. Ein „Ich liebe Dich" reichte offenbar nicht aus, um ihm die Sicherheit zu vermitteln, dass sie bei ihm bleiben würde.

Amy hatte darauf verzichtet, ihn nach seinen früheren Beziehungen zu fragen. Er selbst hatte nur einmal angedeutet, dass eine Frau ihn verlassen hatte, weil er ihr zu lieb gewesen war. „Mit dir kann ich mich nicht weiterentwickeln", habe sie zu ihm gesagt und sich beschwert, dass er sie zu sehr vergöttern würde. Was für ein Unsinn, dachte Amy. Die Verantwortung für die eigene Weiterentwicklung kann ich schließlich nicht dem anderen in die Schuhe schieben, und was sollte bitteschön falsch daran sein, bewundert zu werden?

Sie genoss jeden verliebten Blick von Jacques wie einen Sonnenstrahl, der nicht nur ihre Haut berührte, sondern tief in sie eindrang und ihr Herz erwärmte. Wenn er sie ansah, spürte sie, wie er den Augenblick feierte, wie sehr er sich freute, mit ihr zusammen zu sein. Doch sie sah auch die Selbstzweifel in seinen Augen, ob es sein könnte, dass dieses Glück wirklich für ihn bestimmt war.

„Ich bin doch nur ein deutscher Angsthase, der gut schreiben kann", hatte er einmal zu ihr gesagt, und sie hatte mit dem Bild gespielt: „Für mich bist du eher ein strahlend weißes, flauschiges Kaninchen, das Gott, dieser brillante Zauberer, für mich aus dem Hut gezogen hat. Dann hat er noch einmal 'Abrakadabra' gesagt und ein wunderbarer Mann ist erschienen, der Jacques heißt und mit dem ich nun mein Leben teilen darf."

Er hatte sich auf das Spiel eingelassen und sie gefragt, was denn diesen Jacques auszeichne, er kenne ihn ja gar nicht.

„Oh, er ist begeisterungsfähig, zärtlich, liebevoll, sensibel, leidenschaftlich, voller Lebensfreude, fürsorglich, mutig, abenteuerlustig, warmherzig, kreativ, fantasievoll und noch so viel mehr, dass ich kein Ende finden würde, wenn ich alles aufzählen wollte", hatte sie geantwortet und ihn umarmt.

„Aha, abenteuerlustig ist dieser Kerl, jetzt weiß ich auch, warum du so vernarrt in ihn bist. Da habe ich ja keine Chance im Vergleich", hatte Jacques gesagt und gelacht.

Doch auch in diesem Scherz spürte Amy seine Befürchtung, ihr nicht genügen zu können. Dabei war genau das Gegenteil der Fall. Es war so schön, mit ihm die eigene Heimat neu zu entdecken, wenn sie durch die Wüste fuhren und er nicht aufhören konnte, über die unendliche Weite zu staunen.

Wie er sich freute, als sie ihm den ersten Dattel-Shake seines Lebens mixte, wie er sich den Geschmack auf der Zunge zergehen ließ und dann sagte: „Ich weiß, diese Datteln sind hier gewachsen und die Sonne Kaliforniens steckt darin. Bestimmt sind sie deshalb auch so unwiderstehlich süß. Aber sie sind gar nichts im Vergleich zu deinen Küssen."

Immer wieder suchte er ihre Nähe, nahm ihre Hand, streifte ganz zart ihren Rücken oder strich ihr über die Wange. Es war, als müsste er sie immer irgendwo berühren, um die Verbindung zu ihr aufrecht zu erhalten. Sie kannte diese Form der Anhänglichkeit auch von anderen Männern, aber das Besondere an Jacques war, dass ihr seine Nähe nie zu viel wurde.

Selbst als sie mit der Seilbahn auf den Berg fuhren und die Stadt unter ihnen zurückblieb, rückte er näher an sie heran, obwohl sie nur ganz kurz unterwegs waren. Oben angekommen, spazierten sie ein wenig umher und ließen sich dann auf einer Bank nieder. Palm Springs dehnte sich unter ihnen aus wie ein langer Teppich, auf dem Palmen, grüne Golfplätze, Swimmingpools und schnurgerade Straßen mit lauter Quadraten an ihren Rändern zu sehen waren.

„Gefällt dir, was du siehst?" fragte Amy. Jacques hatte den Arm um sie gelegt, und dort, wo er ruhte, war es wärmer als an den Stellen ihres Körpers, die dem kühlen Wind hier oben ausgesetzt waren.

„Ja, es ist sehr schön. Gleichzeitig ist es so anders als Düsseldorf", sagte er und verstummte. „Fehlt dir etwas?" fragte sie.

Zuerst zögerte er. Doch dann erzählte er ihr, wie sehr er es geliebt hatte, am Rhein entlang spazieren zu gehen, und zu beobachten, wie sich die Sonnenstrahlen im Fluss spiegeln können.

„Es sieht aus, als ob jemand ein Netz ausgeworfen hätte, und an jedem Knoten leuchtet ein Stern", sagte Jacques.

Er beschrieb Amy, wie schön es war, wenn ein Schiff vorbeifuhr und sich der Schwung der Wellen veränderte. Es dauerte dann eine ganze Weile, bis sie zu ihrem Gleichklang zurückfanden, der kurz darauf von einem anderen Boot wieder aus dem Rhythmus gebracht wurde. Amy hörte ihm voller Interesse zu und bedauerte, dass es in der Wüste keinen Fluss gab.

Dann fragte sie ihn ganz offen: „Hast du Heimweh?"

Jacques wich ihr aus. „Du bist mein neues Zuhause. Ich bin so froh, dass ich dich gefunden habe, und ich möchte da sein, wo du bist. Und dein Leben ist nun mal hier."

Amy rückte ein wenig von ihm ab und sagte: „Ich freue mich auch sehr, dass du hier bist. Aber ich frage dich noch einmal: Hast du Heimweh? Das möchte ich schon wissen."

Jacques hatte diese Hartnäckigkeit schon öfter an ihr bemerkt. Er fühlte sich dann wie eine Muschel, die mit einer Zange geöffnet wird, ohne die sie verschlossen bliebe. Amys Nachhaken war ihm unangenehm. Warum gab sie sich nicht mit seiner Antwort zufrieden? Aber er stellte ihr die Frage nicht und meinte nur, der Wind habe zugenommen, es sei jetzt ein wenig ungemütlich geworden und er würde gern gehen. Sie war einverstanden, und auf der Fahrt zurück in die Stadt schwiegen beide. Zum ersten Mal schwang in dieser Stille eine Unruhe mit, die sie bisher nicht gekannt hatten. Wie das mehrfache, leicht schrille Klingeln in der Oper, das die Zuschauer am Ende der Pause an ihre Plätze zurückruft.

Es lag eine Dringlichkeit darin, der er sich nicht entziehen konnte und die ihm bewusst machte, dass es nicht richtig war, sie außen vor zu lassen, und Amy nichts von seinem Gefühl des Fremdseins zu sagen. Er hatte es immer wieder beiseitegeschoben und gehofft, es würde sich mit der Zeit einfach verflüchtigen.

Als er am Abend mit Amy darüber sprach, sah er ein, dass dies der bessere Weg war, damit umzugehen. Und er erzählte ihr, dass er es am Anfang nett fand, wenn er im Supermarkt und anderen Geschäften gefragt wurde, wo er herkomme. Mit der Zeit habe ihm das jedoch immer deutlicher vor Augen geführt, dass er hier ein Fremder war. Am schlimmsten sei es für ihn, wenn jemand plötzlich anfange, langsamer und besonders deutlich mit ihm zu sprechen, als sei er schwer von Begriff, nur weil sein Englisch nicht perfekt war.

„Derjenige möchte nur sicherstellen, dass du ihn verstehst. Das ist lieb gemeint. Manche Amerikaner wissen gar nicht, was es bedeutet, eine fremde Sprache zu beherrschen, weil sie nur ihre eigene kennen", erklärte sie ihm.

„Ja, das habe ich mir auch gedacht", erwiderte er. „Es ändert aber nichts daran, dass ich mich wie ein Volltrottel fühle, wenn jemand mit mir redet, als ob ich nicht richtig im Kopf wäre."

„Es liegt an dir, das zu ändern. Sag einfach: 'Ich verstehe Sie sehr gut, Sie können ganz normal mit mir sprechen.' Darauf wird jeder sofort eingehen, da bin ich mir sicher.

Außerdem kann ich mir gar nicht vorstellen, dass es hier viele Leute gibt, die sich dir gegenüber so ungeschickt verhalten. In Palm Springs leben eine Menge Einwanderer, die genau wissen, wie es ist, kein Muttersprachler zu sein, und vollstes Verständnis dafür haben, dass du dich auch nicht wie einer anhörst."

Jacques musste ihr recht geben. Die meisten Einheimischen, ob Immigranten oder nicht, begegneten ihm offen, freundlich und hilfsbereit. Er dachte an Frau Ngyen, die ihre Kasse abgeschlossen hatte und mit ihm quer durch den gesamten Supermarkt gegangen war, um die richtigen Abfalltüten für ihn zu finden. Auf einem Schild an ihrer Bluse stand 'English' und 'Vietnamese' unter ihrem Namen, und ihr starker Akzent verriet, dass sie noch nicht lange in den USA sein konnte. Trotzdem hatte die Kommunikation mit ihr funktioniert.

Nachdem er Amy von dieser schönen Begegnung erzählt hatte, sagte sie: „Und warum konzentrierst du dich dann auf die paar Erlebnisse, die nicht so angenehm waren, statt auf die, die dir Freude bereitet haben? Was hast du davon, wenn du so denkst? Das passt doch gar nicht zu dir." Sie fing an zu singen: „Always look on the bright side of life . . ."

Jacques stimmte mit ein und gemeinsam pfiffen sie den Refrain aus „Das Leben des Brian". Als er ihr erzählte, dass er diese Komödie mit seiner Schwester schon gefühlte tausendmal gesehen hatte, schlug sie zu seiner Freude vor, den Film am Abend gemeinsam anzuschauen. Jacques hoffte, die Frau an seiner Seite würde an denselben Stellen lachen wie er und nicht den Kopf schütteln über den schwarzen britischen Humor. Seine Erwartung wurde nicht enttäuscht. Sie amüsierten sich köstlich, aber zwischendurch musste er immer wieder an Eva denken. Seit Wochen hatte er sich nicht bei ihr gemeldet, abgesehen von einigen Fotos, die er ihr mit lieben Grüßen geschickt hatte. Jacques beschloss, ihr in den kommenden Tagen zu schreiben.

Seit drei Wochen war Jacques nun in Palm Springs und noch immer fühlte er sich wie in einem endlosen Urlaub. Amy war jeden Tag zwischen zehn und vierzehn Uhr in ihrem Büro, um mit ihrer Mitarbeiterin neue Mutproben vorzubereiten – ein Lauf über glühende Kohlen, ein Tandem-Fallschirmsprung, eine Reise ins Innere mit Hilfe von Zauberpilzen in Mexiko. An Nachfrage mangelte es nicht, und sie war in der glücklichen Lage, sich ihre Kunden aussuchen zu können. Dabei ging sie sorgfältig vor.

„Ich möchte den Teilnehmern helfen, ihre Ängste zu besiegen, und ihnen keine neuen Probleme bescheren. Deshalb prüfe ich immer genau, ob jemand für ein solches Abenteuer wirklich geeignet ist“, erklärte sie Jacques.
Umso mehr erstaunte es Jacques, dass sie auf Tahiti so großes Vertrauen in ihn gesetzt hatte, und er den Sprung einfach hatte mitmachen dürfen. Bei ihm habe sie gleich erkannt, was in ihm stecke, erklärte sie ihm. Sich nur anhand einer E-Mail ein Urteil zu bilden sei dagegen fast unmöglich. Deshalb traf sie sich mit den Interessenten zu

einem Videochat oder lud sie zu einem Vorbereitungstreffen nach Palm Springs ein, um sich ein Bild von den Menschen zu machen, die mit ihr zusammen ihre Grenzen überschreiten wollten.

Während seine Liebste beschäftigt war, zog Jacques oft im Pool seine Bahnen und machte es sich anschließend im Bademantel in Amys Bibliothek gemütlich. Diese Abfolge der Aktivitäten hatte sich schon fast zu einem Ritual entwickelt, von dem er nur selten abwich. Zuerst ließ er in dem Raum des Hauses, der ihn – abgesehen vom Schlafzimmer - am meisten anzog, die Jalousien herunter, so dass die Sonne helle Streifen auf den Boden warf und er immer noch genug Licht zum Lesen hatte. Dann setzte er sich in einen großen Ohrensessel mit einer Ablage für die Füße, ein Möbelstück, das eher in ein zugiges Schloss im regnerischen Schottland gepasst hätte. Es war mit braunem Leder bezogen, was Jacques immer wieder erstaunte, denn Amy war Vegetarierin und verzichtete auch sonst weitgehend auf tierische Produkte. Doch hier hatte sie eine Ausnahme gemacht. Der Sessel war die Verkörperung eines Kindheitstraums. Sie hatte Jacques erzählt, dass ihre Mutter gern Serien geschaut hatte, die sich um das bewegte Leben texanischer Ölbarone drehten. Als Kind hatte sie geglaubt, reiche Leute lebten genau so, und sie hatte sich geschworen, irgendwann selbst einen solchen Sessel zu besitzen, in dem sich die Herrscher über die Ölfelder abends ihre Zigarren anzündeten, während die Eiswürfel in ihren Whiskygläsern langsam schmolzen.

Dabei hätte die Auswahl der Bücher in ihrer Bibliothek eher zu einem Hippie als zu einer Unternehmerin gepasst. Werke über Meditation, die Suche nach dem Glück und dem Sinn des Lebens fanden sich dort ebenso wie Romane aller Kontinente in englischer Übersetzung. Es war, als hätte ein Mensch von seinen Reisen zu den Stränden dieser Welt keine Muscheln mitgebracht, sondern Bücher. Die Regale links und rechts reichten bis an die Decke, und an jedem gab es eine Leiter, die sich hin und her schieben ließ, sodass man an jedes Buch herankam, egal wie weit oben es stand. Sonst gab es in dem Raum nur noch einen kleinen Glastisch neben dem Sessel. Der Boden war mit weichem Teppich ausgelegt, der die Farbe des Wüstensandes aufgriff.

Jacques liebte es, sich in den Sessel fallen zu lassen und die Stille zu genießen. Es war, als hätte er eine Sehnsucht danach in sich getragen, die nie gestillt worden war und erst jetzt allmählich zu schwinden schien, weil er ihr hier täglich folgen konnte. Er stand auf, und trat an eines der Regale, tippte mit geschlossenen Augen auf irgendeinen Buchrücken und ließ so den Zufall entscheiden, welches Buch er als nächstes lesen würde. Es war herrlich, so viel Zeit zum Lesen zu haben, auch wenn er sich bewusst war, dass ein solches Leben nicht ewig weitergehen konnte. Mit jedem Werk, das er ausgelesen ins Regal zurückstellte, kam die Frage auf ihn zu, was er auf Dauer mit seinem Leben anfangen wollte. In dem Augenblick, in dem er den Buchdeckel zuklappte und in die Wirklichkeit zurückkehrte, tauchte sie wie ein Flaschengeist auf, den er versehentlich freigesetzt hatte und der nun herumschwirren konnte.

„Willst du dein Leben mit Schwimmen, Lesen, Liebe machen, Einkaufen und Kochen verbringen? Ist das schon alles? Wo sind deine Visionen, deine Ambitionen geblieben? Hast du nicht ein Talent, das du ausleben solltest? Was ist mit deinem Talent zu schreiben?", so die Worte des Quälgeistes, die Jacques lieber überhört hätte.

Zu schön war es, wenn Amy am frühen Nachmittag nach Hause kam und er mit ihr über das reden konnte, was er gelesen hatte.

Einmal rief er ihr beim Kochen eine Passage aus Stefan Zweigs Erzählung „Phantastische Nacht" in Erinnerung: „Wer einmal sich selbst gefunden hat, kann nichts auf dieser Welt mehr verlieren. Und wer einmal den Menschen in sich begriffen, der begreift alle Menschen."

„Wahre Worte eines weisen Mannes, die auch mich sehr beeindruckt haben, als ich sie das erste Mal gelesen habe", sagte Amy dazu, bevor sie Jacques mit einer Ankündigung überraschte: „Übermorgen fliege ich nach Tahiti. Ich habe eine Anfrage von einer Werbeagentur bekommen, mit der ich vor ein paar Jahren schon einmal zusammengearbeitet habe. Sie ist sehr erfolgreich und jetzt steht der nächste große Schritt an, eine Expansion. Vorher möchte das Führungsteam – es sind nur vier Leute, die ich alle kenne – unbedingt den Sprung erleben, um mutig und innerlich gestärkt an die neue Aufgabe herangehen zu können."

Jacques sah sein Ferienhaus in der Vanilla Lodge vor sich, den Nachthimmel voller Sterne, die wie Diamanten auf dunklem Samt funkelten, und ein Liebespaar unter einem Moskitozelt, das eng aneinander geschmiegt lag, wie zwei Löffel, die sich perfekt ineinanderfügen. Sofort war er war er von großer Freude erfüllt.

Doch Amy tippte ihm auf die Brust, lachte ihn an und sagte: „Zu früh gefreut – ich fahre allein! Das ist eine Geschäftsreise, kein Urlaub. Außerdem möchte ich mein Unternehmen und unser Leben nicht vermischen. Glaub mir, das wäre nur eine neue Folge von ‚Mission: Impossible', und die willst du lieber nicht sehen. Ich habe damit nur schlechte Erfahrungen gemacht, und die muss ich nicht wiederholen."

Jacques schaute sie an und wich einen Schritt zurück, so wie er es auch in einem früheren Leben gemacht hatte, wenn ihm eine Tür vor der Nase zugeschlagen wurde. Die Zurückweisung war ihm nur allzu vertraut, als hätte er sie durch die Stimme in seinem Kopf hervorgerufen, die ihm versicherte: „Du bist nicht gut genug für sie."

Amy sah Jacques an, der bei ihren Worten zurückgeschreckt war, als wäre ihm ein Motorrad über die Füße gefahren, während er an der Haltestelle auf den Bus wartete. Zum ersten Mal, seit sie ihn in ihr Herz geschlossen hatte, fehlte ihr die Bereitschaft, ihm zu helfen, seine Geister zu verscheuchen. Mehr waren sie ja nicht, nur alberne Gespenster aus der Vergangenheit, denen es immer wieder gelang, ihn zu verunsichern, wenn sie sich aufblähten, als seien sie unüberwindbare Mauern aus Stein statt nur Wände aus Pappe, die er zu Fall bringen konnte, wenn er die Backen aufblies und einfach kräftig pustete.

Sie konzentrierte sich darauf, die Möhren klein zu schneiden, dann drückte sie ihm die Süßkartoffeln in die Hand und bat ihn, sie zu schälen und zu würfeln. Als Nächstes hielt sie nach dem Currypulver Ausschau und setzte den Reis auf. Anschließend ging sie in den Keller hinunter, um eine Flasche Riesling von der Mosel zu holen; vielleicht würde der deutsche Wein ihn ja ein wenig aufmuntern.

Als sie die Tür zum Kühlraum öffnete, entschlüpfte ihr ein Seufzer und sie hoffte, Jacques hatte ihn nicht gehört. Sie tauchte in die Kälte des Raumes ein und genoss es, mit nackten Füßen auf den kühlen Fliesen zu stehen. Hellwach fühlte sie sich plötzlich nach der Wärme draußen. Als sie wieder nach oben ging, wurde ihr klar, dass sie nicht mit einem so liebevollen, empfindsamen Mann zusammen sein konnte, ohne auch seine Schattenseiten zu akzeptieren. Und es waren ja wirklich nur Schatten und keine finsteren Abgründe, diese Selbstzweifel und Ängste, die immer wieder in ihm hochkamen. Wie ein Ausschlag erschienen sie ihr, der sich manchmal noch auf seiner Seele zeigte und nur unter bestimmten Bedingungen zum Ausbruch kam.

Als sie wieder in die Küche kam, lächelte er sie an. Sie stellte den Wein ab, und er nahm sie in den Arm und küsste sie. Das Wissen, dass sie ihn – wenn auch nur räumlich und vorübergehend – in wenigen Tagen verlassen würde, hatte sein Verlangen nach ihr noch gesteigert. Amy stellte die Herdplatten ab und löschte das Licht, nahm seine Hand und führte ihn ins Schlafzimmer. Wie ein Feld, das der Bauer umgepflügt hat, damit die Saat in der aufgelockerten Erde aufgehen kann, so fühlte sie sich - offen, weit, empfänglich für seine Liebe und bereit, ihm zu geben, wonach er sich sehnte: Ein Licht, das die Schatten ein für alle Mal vertreiben konnte, in deren Dunkel er immer wieder ins Stolpern geriet und sich an Ecken und Kanten stieß, mit denen er nicht mehr gerechnet hatte, weil sie der Vergangenheit angehörten.

In der Nacht wachte Jacques auf. In der Ferne heulte ein Kojote und er stellte sich vor, wie die Schlangen in der kühlen Nacht auf dem Wüstenboden nach Beute jagten. Tagsüber versteckten sie sich vor der Hitze, erst in der Finsternis konnten sie Angst und Schrecken verbreiten. Doch hier war er sicher. Amy atmete ruhig und gleichmäßig neben ihm. Ihre Augäpfel bewegten sich unter den Lidern; sie schien zu träumen. Er schmiegte sich an sie, schlang seinen Arm um ihren Bauch und vergrub seine Nase in ihrem Nacken. Selbst wenn sie jetzt aufwachen sollte, würde sie nicht sehen, dass er Tränen in den Augen hatte, weil er so glücklich war, bei ihr zu sein. Nie hatte er auch nur geahnt, dass das Leben so schön sein konnte. Und doch graute ihm schon davor, sich den Fragen stellen zu müssen, denen er in den vergangenen Wochen ausgewichen war, obwohl sie ihn in der Bibliothek wie aufdringliche Stubenfliegen umschwirrt hatten. „Ewig kann ich nicht so weiterleben", dachte er. „Das kann nicht gut gehen. Vielleicht weiß Eva ja Rat.“ Er sog tief Amys Duft ein, als wären ihre Haare Blüten, die sich nur nachts öffneten, um ihm diesen intimen Genuss zu schenken.

Eva Beaujean wartete auf den Oberbürgermeister, auf den im Empfangssaal des Rathauses wiederum zwei Schulklassen aus der polnischen Partnerstadt Warschau mit ihren Lehrerinnen und Lehrern warteten. Normalerweise gab er solche Termine an einen seiner Stellvertreter, also an einen der drei Bürgermeister weiter. Da er aber im vergangenen Jahr selbst in Warschau gewesen war, wollte er die Gäste unbedingt persönlich begrüßen und ihnen von seinen Eindrücken berichten. „Nichts ist unmöglich“, so lautete sein Credo, und entsprechend gestaltete er auch seinen Terminkalender, der ihm kaum eine Minute Zeit und Raum zum Luftholen ließ.

Die Alte Kanzlei, in der Eva sich aufhielt, war eine Ausnahme. Das große Zimmer mit den hohen Decken grenzte unmittelbar an den Empfangssaal. Eine dick gepolsterte Tür trennte die beiden Räume, so dass kein vertrauliches Wort nach außen drang, wenn sich der OB vor oder nach den Empfängen mit einem kleinen Kreis ausgewählter Gäste dorthin zurückzog. Ein Karree aus schwarzen Ledersofas mit chromblitzendem Gestell beherrschte die eine Seite des Raumes, ein großer runder Tisch aus dunklem Holz die andere. Wie oft hatte sich Eva schon den Kopf darüber zerbrochen, wen sie hier neben wem platzieren sollte. Es gab Regeln dafür – der hochrangigste Gast saß immer rechts neben dem OB – und dennoch war Fingerspitzengefühl gefragt, damit jeder Mann, jede Frau sich hinreichend gewürdigt fühlte. Darum ging es im Protokoll: einen würdevollen Rahmen zu schaffen, damit Begegnungen geschmeidig und elegant ablaufen konnten, ohne dass jemand sein Gesicht verlor oder sich unwohl fühlte. Die Werkzeuge dafür waren vielfältig. Unter anderem gab es da einen Ablaufplan, den alle Teilnehmer eines Empfangs vorab erhielten und in den auch die vorangegangenen Absprachen einflossen. Bei den Abendessen im Ratskeller wurden die Gäste ebenfalls nach ihrem Rang platziert. Alles hatte seine Ordnung und Eva liebte sie.

Es war so wohltuend, zumindest im Rathaus Einfluss darauf nehmen zu können, wie Begegnungen abliefen – was ihr während ihrer Jugend oft verwehrt geblieben war. Damals hatte sie die Geschenke für ihre Mutter besorgt, die sie dann ihrem Vater unauffällig in die Hand gedrückt hatte, damit er ihre geliebte Mama nicht wieder enttäuschen würde. Doch als er ihr den aufwendig verpackten Parfumflakon gegeben hatte, freute sie sich nicht, weil sie genau wusste, dass er selbst nicht auf diese Idee gekommen war. Evas Bemühungen, das Leben zu Hause in harmonische Bahnen zu lenken, waren so oft in früheren Jahren misslungen, dass es heute ihre größte Freude war, wenn ihre Planung im Beruf funktionierte.

Sie warf einen Blick aus den hohen, von schweren, matt schimmernden Schals in edlem Grau flankierten Fenstern. Das Kopfsteinpflaster auf dem Rathausvorplatz glänzte feucht und auf dem Reiterdenkmal liefen die Regentropfen am Schweif des Pferdes hinab. Die Zeit blieb für einen Moment stehen, und auch diese stillen Augenblicke, bevor der Trubel im Empfangssaal losging, erfüllten Eva mit Freude. Plötzlich wurde die Tür aufgerissen und der Oberbürgermeister kam herein. Allein mit seiner Mitarbeiterin, ließ er Schultern und Kopf für einen Moment sinken, und so verlor er kurz ein wenig von seiner Größe. Er schnaufte kurz, und wenn es kalt im Raum gewesen wäre, hätte man eine kleine Atemwolke gesehen.

„Guten Tag, Herr Oberbürgermeister", sagte Eva, während er mit ausgestreckter Hand auf sie zukam.

Sein fester Händedruck tat ihr manchmal sogar weh, so viel Energie konnte bei ihm selbst in dieser einfachen Bewegung stecken. Er war vor Eva stehen geblieben, und sie griff nach der goldenen Amtskette, legte sie ihm um und richtete sie auf seinem Jackett so aus, dass die einzelnen Glieder gut zu sehen waren.

„Wen treffe ich jetzt?" fragte er und straffte sich wieder, wie eine Marionette, die von unsichtbarer Hand aufgerichtet wird.

Während Eva ihm erzählte, woher die Schülergruppe kam und was sie bisher mit ihren deutschen Freunden erlebt hatte, war der OB schon unterwegs zum Empfangssaal. Bevor er sie öffnete, reichte Eva ihm noch die Mappe mit seinem Redetext. Sein Gesicht war von Linien durchzogen, die von vielen Stunden der Anstrengung und Sorge erzählten, nur sein Mund wirkte unbeschwert, als er sie lächelnd ansah und leise „Danke" sagte. Und wieder einmal bewunderte sie ihn für seine Fähigkeit, sich innerhalb kürzester Zeit in diesem geschützten Raum zu regenerieren. Wie ein Kamel, dass nur kurz in der Oase verweilt, um seine Wasserspeicher aufzufüllen, bevor es unermüdlich weiter durch die Wüste schreitet, um ferne Ziele zu erreichen. Eva folgte ihm, schloss die Tür und blieb daneben stehen. Nachdem ihr Chef ans Rednerpult getreten war, ging sie ein paar Schritte in den Saal hinein, hob die Hände und klatschte zwei Mal laut. Sofort verstummte die Menge und alle Augen richteten sich auf den Redner mit der goldenen Kette.

Einige Stunden später machte sie sich zufrieden auf den Heimweg. Der Empfang war gut gelaufen, die Jugendlichen hatten sich sehr über die Anstecknadeln mit dem Düsseldorfer Wappen gefreut, die sie am Ende unter den Gästen aus Polen verteilt hatte, und alle waren froh über die schöne Zeit im Rathaus gewesen. Eine Führung durch das historische Gebäude hatte das Besuchsprogram abgerundet.

„Das ist gelebte Völkerverständigung, und ich bin ein Teil davon. Das ist schön und sinnvoll, weil ich damit eine positive Entwicklung unterstützen kann", dachte Eva, während die Straßenbahn mit einem lauten Quietschen um eine Kurve fuhr. Sie stellte sich vor, wie die Jugendlichen aus Polen mit ihren deutschen Freunden in Kontakt bleiben würden – vielleicht waren auch schon heimliche Küsse ausgetauscht worden, hinter einer Hecke auf dem Schulhof, im Dunkel eines Clubs, mit verschwitzten Händen und einem Herzschlag, der so schnell war wie der Flügelschlag eines Kolibris. Vielleicht würde aus der einen oder anderen dieser Schwärmereien Liebe werden, die in einen gemeinsamen Lebensweg mündete.

Gleichzeitig wusste Eva, dass gerade ihre romantische Fantasie mit ihr durchging. Denn ihr war klar, dass besonders in jungen Jahren Gefühle so leicht wie ein Hauch Parfum verfliegen konnten, der eben noch intensiv zu spüren war und sich wenig später schon verflüchtigt hat. Und auch in reiferem Alter schien die Liebe keine sichere Sache zu sein, sondern glich eher einer Wackelpartie, die einen leicht das Gleichgewicht kosten und mit einem schmerzhaften Fall enden konnte. Umso mehr bewunderte sie ihren Bruder, der sich mutig darauf eingelassen hatte, und das auch noch in einem fremden Land, mit einer Frau, die er nicht jahrelang auf Herz und Nieren geprüft hatte, bevor er zu ihr gezogen war.

Als sie zu Hause angekommen war, erhielt sie eine E-Mail von ihm, bei deren Lektüre ihr Zweifel kamen, ob er wirklich das Richtige getan hatte:

Liebe Eva,

wie geht es Dir? Ich vermisse Dich. Auch wenn ich Dich über Skype schon längst hätte anrufen können, um mit Dir reden und Dich dabei anschauen zu können, so habe ich dies nicht getan, weil ich weiß, dass es ganz anders gewesen wäre, als wenn Du mir in Fleisch und Blut gegenübersitzen würdest. Es hätte mich nur traurig gemacht und meine Sehnsucht nach Dir noch verstärkt. So habe ich Dir seit meiner Ankunft Bilder von meinem Zuhause hier geschickt und mich über jeden Kommentar von Dir dazu gefreut.

Ja, es ist wunderschön hier: Du hast dies auch gleich erkannt und die Freude mit mir darüber geteilt. Ich liebe die Palmen, die Sonne, die grün leuchtenden Golfplätze, die sehr viel Raum einnehmen und sich oft bis zu den Bergen erstrecken, die Stille und endlose Weite der Wüste, die Oldtimer in Pink, Blau, Orange, Grün, Gelb und vielen anderen Farben. Sie erinnern mich immer an die Süßigkeiten, die wir uns als Kinder am Kiosk gekauft haben, bevor wir zusammen auf den Spielplatz gingen. Kannst Du Dich noch an die vielen runden, durchsichtigen Haribo-Behälter voller Leckereien erinnern und daran, wie Herr Wagner mit seiner Zange Lakritzschnecken, Esspapier, saure Zungen oder Gummibärchen für uns in zwei Papiertüten gefüllt hat?

Solche Orte gibt es hier nicht. Dafür aber schnurgerade Straßen, die sich endlos bis zum Horizont ausbreiten, und Häuser, oft nur mit einem Stockwerk, mit großen Parkplätzen davor und Swimmingpools dahinter, in denen die Sonne durch das Wasser bis auf den blauen Grund scheint. Viele Gebäude stammen aus den Fünfzigerjahren und erinnern mich an die Filmgrößen von damals. Ihre Architektur weist Kanten auf wie John Waynes Kinn, Kurven wie Marylin Monroes Sanduhrfigur und von außen geben sie so wenig preis wie Sean Connery als James Bond in geheimer Mission. Amys Haus, von dem ich Dir auch ein Foto geschickt habe, ist anders. Es ist wie ein Hufeisen geformt und von Anfang an habe ich es als positives Zeichen gedeutet, dass ich jetzt in einem Glückssymbol lebe.

Doch seit zwei Tagen fühle ich mich in diesen Wänden ganz anders. Amy ist für eine Woche nach Tahiti geflogen und seit sie weg ist, fühle ich mich hier nicht mehr zu Hause, sondern eher wie ein Einbrecher, der sich im Haus eingenistet hat und bemüht ist, nichts kaputt zu machen, um keine Spuren zu hinterlassen, wenn er wieder verschwindet. Keine Angst, ich habe nicht vor, wegzugehen, dafür liebe ich Amy viel zu sehr.

Doch seit ich in Palm Springs allein bin, ist es, als ob jemand das Licht in einem Haus eingeschaltet hätte, und ich sehe auf einmal auch den Staub überall und die verschmutzten Fenster, die ich vorher übersehen habe. Nichts hier gehört mir, alle meine Sachen sind weit weg und ich selbst weiß gar nicht genau, wie es weitergehen soll. Es kommt mir vor, als wäre ich seit meiner Ankunft als Taucher unterwegs gewesen, als hätte ich die schönsten Fische, die bizarrsten Korallen in allen Farben des Regenbogens gesehen und nie daran gedacht, dass ich ja irgendwann wieder an Land muss, weil meine Sauerstoffvorräte zu Ende gehen.

Nun bin ich wieder aufgetaucht und muss mir etwas einfallen lassen. Denn ich bin ja kein Fisch, der unter Wasser leben kann, und tauchen kann ich ebenfalls nicht auf Dauer. Die Frage, die ich mir jetzt stelle, lautet: Bin ich hier überhaupt im richtigen Element? Kann ich hier – von Amy losgelöst – überhaupt existieren? Wer bin ich, wenn ich nicht Jacques bin, der Redakteur bei einer Düsseldorfer Tageszeitung?

Liebes Schwesterherz, ich weiß, das hört sich nach Luxussorgen an. Viele Menschen träumen davon, einen Partner zu finden, der ihnen außer Liebe auch ein Maximum an Entfaltungsmöglichkeiten bieten kann, weil sie sich um Geld keine Sorgen machen müssen. Und so ist es mit Amy. Sie versucht nie, mich zu beeinflussen und vertraut fest darauf, dass ich meinen Weg hier schon finden werde. Allein mir fehlt der Glaube, wie schon so oft in meinem Leben. Und ich schäme mich dafür, dass ich es sogar schaffe, mir selbst das Paradies zu vermasseln. Weißt Du noch, was Mama immer gesagt hat? Nach jedem Hoch kommt ein Tief, nach jedem Tief ein Hoch. Dann ist meine aktuelle Situation wohl eine normale Entwicklung und es geht bald wieder aufwärts. Das hoffe ich zumindest. Was meinst Du dazu?

Ich freue mich darauf, von Dir zu hören und drücke Dich ganz fest.

Alles Liebe und Gute wünscht Dir
mit herzlichen Grüßen

Dein Jacques

„Was meinst Du dazu?“ Diese Frage Ihres Bruders klang in Eva nach, als säße er ihr mit erwartungsvollem Blick gegenüber. Sie stand auf und trat ans Fenster. Es war Freitagnachmittag und sie freute sich darauf, den Rest des Tages auf dem Sofa zu lümmeln. Ihr Blick suchte die Umgebung ab, als könnte dort draußen ein Schild mit der Aufschrift „Lösung für Jacques“ auftauchen, verbunden mit der Adresse einer Homepage, die ihr weiterhelfen konnte. Auf das Flachdach des Parkhauses nebenan prasselte unaufhörlich der Regen herab und platschte in eine Pfütze, die sich am Rand gebildet hatte. Ein Windrad drehte sich im Blumenkasten auf einem Balkon schräg gegenüber, ein rot-gelb-blauer Farbwirbel vor dem grauen Himmel. Im Hotel nebenan schüttelte ein Zimmermädchen die Kopfkissen auf, ein Gast in einem anderen Stockwerk zog die Gardinen zu und machte dann das Licht an.

Die ältere Dame von gegenüber war verschwunden und der Bauschutt vor ihrer Terrassentür verriet, dass sie auch nicht wiederkommen würde. Eva hatte ihr immer gern zugeschaut, wenn sie am Wochenende ihre altmodische weiße Wäsche zum Trocknen aufgehängt und ihre Rosen gehegt und gepflegt hatte, die inzwischen ebenfalls verschwunden waren. Wenn Eva ihr auf der Straße begegnete, hatte sie immer das Gefühl gehabt, sie zu kennen, obwohl ihr nur das selbst aus der Ferne erkennbare zufriedene Lächeln und der gebeugte Gang der Rentnerin vertraut waren. Hoffentlich geht es ihr gut dort, wo sie jetzt ist, dachte Eva. Selbst bei Fremden konnte sie eine solche Anhänglichkeit entwickeln. Und was für Menschen galt, das traf erst recht auf ihre Umgebung zu.

Ist es hier schön? fragte sie sich und betrachtete die Häuser ringsum. Es waren schmucklose Backsteingebäude ohne Aufzug, Balkone und Zentralheizungen waren erst in den Fünfzigerjahren hinzugekommen; bis dahin hatte man mit Kohle geheizt. Gründerzeithäuser mit hohen Stuckdecken sind zweifellos schöner, dachte Eva, aber das hier ist mein Viertel, mein Zuhause, und das macht es für mich einzigartig. Sie wusste, dass dieses Gefühl wenig mit dem Erscheinungsbild der Häuser und viel mehr mit den Menschen zu tun hatte, bei denen sie sich so geben konnte, wie sie war, und keine Rollen spielen musste. Es fiel ihr ein, dass in der Bibel immer von „erkennen" die Rede war, wenn zwei sich verliebten und einander näherkamen. Und sie dachte: Vielleicht ist es das größte Glück überhaupt, einfach so sein zu dürfen, wie man ist, ohne dass dabei die Gefahr droht, negativ beurteilt zu werden. Zu wissen, ich gebe mich zu erkennen, und es ist gut so. Einige Menschen kamen ihr in den Sinn, die ihr genau dies widerspiegelten.

Da war die Änderungsschneiderin, die ihre Kuscheltiere aus Kindertagen reparierte und Verständnis dafür hatte, dass ihr so viel an dem Affenpärchen lag, das sich innig umarmte und nur voneinander löste, wenn sie die Klettverschlüsse öffnete. Eines der Tiere trug ein rosa Schleifchen und hatte hellbraunes, das andere wesentlich dunkleres Fell. Niemand anderem als dieser Frau hätte sie die beiden anvertraut. Da war der Kioskbesitzer, der eigens für sie stets die donnerstags erscheinende Klatschzeitschrift vorrätig hatte, damit sie am Freitagnachmittag mit einem Ausflug in die Welt der Reichen und Schönen ins Wochenende starten konnte. In der einen Hand hielt sie dann eine Tüte Chips und in der anderen die Illustrierte – das war die perfekte Entspannung für sie. Oder ihr Hausarzt, der immer ein offenes Ohr für sie hatte, der Bäcker um die Ecke, bei dem es den köstlichsten Apfelkuchen der Welt gab, und das

Café mit den Tulpen auf der Fensterbank, die zugleich als Tisch diente. Hier saß sie gern, ließ sich Schokoladenkekse auf der Zunge zergehen und beobachtete dabei die Menschen, die draußen vorbeigingen. Seit zehn Jahren wohnte sie hier und diese Vertrautheit war nicht über Nacht entstanden: Sie hatte Zeit gebraucht, um zu wachsen. Jacques war erst seit einigen Wochen in Palm Springs – kein Wunder, dass er sich dort noch nicht eingelebt hatte.

Er kam ihr vor wie eine Seerose auf einem Teich, die vollauf damit zufrieden gewesen war, die Sonnenstrahlen zu genießen, ihre Blüte morgens zu öffnen und abends wieder zu schließen und sich vom Wind ein wenig auf der Wasserfläche schaukeln zu lassen. Jetzt war die Sonne hinter einer Wolke verschwunden und die Wassertemperatur war leicht gesunken. Jacques hatte in der Kürze der Zeit noch keine tiefen Wurzeln ausgebildet und schon eine kleine Böe stellte eine Zerreißprobe für ihn dar.

Eva dachte an die vielen Seerosen, die sie am Rand eines Maars in der Eifel gesehen hatte. Ihre großen runden Blätter hatten in der Nähe des Ufers einen grünen Teppich gebildet, auf dem immer neue rosa Blüten erschienen. Hier konnte der Wind nicht viel ausrichten, er konnte nichts zerzausen und sein Rauschen war bedeutungslos angesichts der Kraft, die die Pflanzen ihm entgegensetzten, weil sie über ihre tiefen Wurzeln miteinander verbunden waren. Wie eine Menschenkette, die niemals in Wanken gerät, weil der Einzelne weiß, dass sie mehr als die Summe ihrer Teile und deshalb unwiderstehlich stark ist. Jacques muss sich mit etwas in Palm Springs verbinden, seine eigenen Wurzeln ausbilden, dachte Eva. Sie hatte zwar keine Idee, wie ihm dies gelingen könnte, doch es schien ihr die einzige Lösung zu sein.

Nachdem sie sich noch einmal die Finger abgeleckt hatte – in ihren eigenen vier Wänden war jeder Verstoß gegen die im Rathaus so wichtige Etikette für sie ein Hochgenuss, als sei sie ein ungezogenes Kind, das keinen Tadel zu erwarten hat, weil die Eltern ausgegangen sind –, ließ sie ihre Zeitschrift sinken, nahm noch einen Schluck Altbier und seufzte. Warum war das Glücklichsein für ihren Bruder so schwer?

Jacques wachte auf. Sein Arm glitt dorthin, wo sonst Amy lag, und er spürte die Leere, die sie hinterlassen hatte, nicht nur körperlich, sondern auch in seinem Herzen. Doch im nächsten Moment rief er sich zur Ordnung und hielt sich vor Augen, dass sie ja wiederkommen würde. Wie mochte es wohl anderen ergehen, denen dieser Trost versagt blieb, weil ihre Liebste, ihr Liebster für immer gegangen war. Der Tod konnte Paare grausam auseinanderreißen, und auch die Liebe selbst konnte sterben. Nicht immer waren die Bedingungen günstig für ihr Überleben. Bevor er in einer Grübelei über die tausend Gefahren versank, die seiner Beziehung den Garaus machen konnten, raffte er sich auf und sprang unter die Dusche.

„Today is a good day to have a good day“, stand in Amys Schlafzimmer in großen Lettern an der Wand. Dieses Motto würde er sich heute zu eigen machen – und am besten jeden Tag, beschloss er. Vorbei ist die Zeit des deutschen Bücherwurms, der sich wochenlang durch Amys Bibliothek gefressen hat, vorbei die Zeit des Trauerkloßes, der Trübsal bläst, nur weil seine Frau für eine Woche von der Bildfläche verschwunden ist. So sprach er mit sich selbst, und mit den Wassertropfen regneten auch zwei Sprüche seiner Mutter auf ihn herab: „Es gibt nichts Gutes, außer man tut es“ und „Wer nicht wagt, der nicht gewinnt“. Die Sonne durchflutete das Haus, als er beim Frühstück saß, und er ließ die Jalousien herunter, sodass ein Streifenmuster aus Licht und Schatten entstand. Es war, als hätte das Haus eine Sonnenbrille aufgesetzt, die manche Stellen schützte und andere unbedeckt ließ.

Heute würde er sich einfach treiben lassen, in dem Vertrauen, schon am richtigen Ufer anzukommen. Jacques stellte sich vor, eine Flaschenpost mit einer Botschaft, die nur er entschlüsseln konnte, würde dort auf ihn warten und ihm seine Bestimmung hier in Kalifornien offenbaren. Seine Schwäche für Dattel-Shakes hatte sich ihm schon gezeigt, und so fuhr er schnurstracks zu dem Terrassencafé an der Hauptstraße.

„Bitte ohne Eis“, sagte er zu dem jungen Mann hinter dem Tresen, der mit seiner dunkelbraunen Haut, dem schwarzen Haar und den langen, dunklen Wimpern vermuten ließ, dass er aus Südamerika stammte.

Jacques hätte ihn gern darauf angesprochen, wollte aber nicht aufdringlich sein und hielt sich zurück. Vielleicht wäre es dem anderen unangenehm gewesen, über seine Vergangenheit zu sprechen, weil er bei Nacht und Nebel über die mexikanische Grenze geflohen war und die Erinnerung daran ihn schmerzte. Das Risiko wollte Jacques nicht eingehen, auch wenn der Journalist in ihm kein Verständnis für so viel Zurückhaltung aufbrachte.

„Come on, his story is history! Don't you wanna know it? Please do not waste this opportunity", tönte es da in seinem Inneren. Schon mehrmals war ihm aufgefallen, dass er gelegentlich auf Englisch dachte und sogar träumte. Das war nicht weiter erstaunlich, weil er jetzt ja ständig von der Sprache umgeben war. Viel mehr verwunderte ihn der Wagemut, zu dem dieser amerikanische Jacques in seinem Kopf ihn immer ermunterte, so wie auch in diesem Moment. Er lächelte den jungen Mann an, als er seinen Shake entgegennahm, und die freundliche Geste rief prompt ein Echo hervor.

„Have a nice day", sagte der andere und die Worte hallten in Jacques nach wie eine Verheißung, die wahr werden konnte.

Noch war auf der Hauptstraße nicht viel Betrieb. Es war Samstagmorgen, viele Geschäfte machten erst um zehn Uhr auf, und dann würden auch die ersten Kunden kommen. Bisher waren nur vereinzelte Hundeliebhaber unterwegs, aber die Ladenbesitzer hatten ihre Autos bereits an der Straße geparkt, so dass sie nicht verlassen wirkte. Eine ältere Dame betrat mit ihrem Hund, einem wuscheligen braunen Chihuahua mit übergroßen Augen das Café und ließ sich ein paar Meter weiter unter einem riesigen Sonnenschirm nieder. Jacques hatte sie von Anfang an, als sie sein Blickfeld kreuzte, beobachtet und auch jetzt konnte er nicht damit aufhören. Ihr fliederfarbenes Kostüm aus einem festem Stoff mit Struktur erinnerte ihn an die Garderobe der Queen. Auch ihr kleiner Hut und ihre flachen, hellen Pumps mit den breiten Absätzen hätten aus dem Kleiderschrank der britischen Königin stammen können. Sie passte nicht hierher, etwas sehr Fremdes war an ihr, und doch hatte Jacques das Gefühl, dass sie genau am richtigen Ort und zur richtigen Zeit mit ihm zusammengetroffen war.

Wie eine Marionette ohne eigenen Willen erhob er sich, deutete eine Verbeugung an und fragte: „Do you mind if I join you?"

Die ältere Dame nahm ihre riesige Sonnenbrille ab – es musste das Modell sein, das Jackie Kennedy einst getragen hatte -, sah ihm ihn die Augen und sagte auf Deutsch: „Mit Vergnügen! Es kommt nicht oft vor, dass ein junger Mann mir seine Gesellschaft anbietet. Ich freue mich."

Sie streifte ihre Spitzenhandschuhe ab und wies auf einen Stuhl links von sich. Jacques bedankte sich, und als er Platz nahm, musste er wieder an das Bild von der Flaschenpost denken. Er stellte sich vor, er hielte sie schon unsichtbar in seinen Händen und die Dame müsste nur den Korken herausziehen, um ihm die geheime Botschaft zu übergeben, die für ihn bestimmt war.

„Ist das nicht ein herrlicher Tag heute?", sagte sie und stellte sich dann vor: „Eva-Maria Jones, sehr erfreut. Aber Sie können ruhig Mary zu mir sagen, so nennen mich auch hier alle."

„Das ist sehr freundlich, danke", erwiderte Jacques, und nachdem er seinen vollen Namen genannt hatte, sprudelten die Fragen nur so aus ihr hervor, angefangen von der Herkunft seines Nachnamens – seine Vorfahren waren französische Hugenotten, die im 17. Jahrhundert nach Deutschland geflohen waren – bis hin zum Grund seines Aufenthalts in Kalifornien. Frau Jones sah ihn aus ihren großen dunklen Augen unverwandt an. Sie schloss sie ab und zu kurz, wie eine Eule, die reglos auf ihrem Ast sitzt, nur gelegentlich ihre Lider bewegt und damit anzeigt, dass sie noch lebt. Dabei kraulte sie den Hund auf ihrem Schoß, und auch er blickte sein Gegenüber unentwegt an. Selten war Jacques einem Menschen begegnet, der so konzentriert zuhören konnte.

„Jetzt wissen sie fast alles über mich", sagte er und verstummte zum ersten Mal seit zehn Minuten. Er hatte es genossen, mit einem Menschen aus Fleisch und Blut zu sprechen, der nicht Amy war. Manchmal hatte er das Gefühl, als könnte er in ihrer Gegenwart nur auf einer bestimmten Frequenz funken, als sei sie nur für bestimmte Schwingungen empfänglich und hätte für andere keine Antennen. Glaub immer an den Riesen in dir, so lautete ihr Credo. Doch manchmal fühlte er sich eben wie ein Zwerg, und den versuchte er vor ihr zu verbergen.

Aber war das nicht bei allen Menschen so, dass sie nicht für alles offen waren? Konnte er Amy daraus einen Vorwurf machen? Frau Jones kraulte weiter den Chihuahua, dessen Kopf jetzt auf ihrem Knie ruhte. Sie blickte auf die Straße und gab Jacques damit Gelegenheit, sie eingehend zu mustern. Ihr Gesicht war merkwürdig alterslos. Er sah ihre Pigmentflecken und Sommersprossen, aber ihre Haut wirkte wie nur leicht zerknittertes Seidenpapier, mit dem jemand etwas Kostbares als Geschenk verpackt hat, um es danach wieder glattzuziehen, so gut es eben ging. Sie hatte auch keine Tränensäcke, und trotzdem wirkte nichts in ihrem Gesicht festgezurrt wie bei manchen Frauen in Düsseldorf, die sich einem Schönheitschirurgen anvertraut und dabei die falsche Wahl getroffen hatten.

„Ich finde Sie wunderschön", brach es aus Jacques hervor, als würde er in ein Zimmer stolpern, dessen Tür nicht abgeschlossen, sondern nur angelehnt war.

„Das ist sehr nett, dass Sie das sagen, junger Mann. Aber dann müssen Sie mir auch erklären warum. Ich bin ja eine alte Frau, oder nicht?"

Mary lächelte ihn an.

Es erschien Jacques banal, von ihrer Haut zu sprechen, und er sagte ihr statt dessen, was er schon die ganze Zeit spürte: „Sie leuchten von innen heraus. Das habe ich sofort gemerkt, als ich Sie gesehen habe. Und ich hatte gar keine Wahl, ich musste mich einfach neben Sie setzen, so wie eine Motte das Licht umkreisen muss, weil es sie magisch anzieht."

„Jacques, mich mit einer Lichtquelle zu vergleichen, das gefällt mir. Aber Sie sind kein graues Insekt, dessen Bestimmung es ist, der Schrecken jedes Kleiderschrankes zu sein und überall Löcher zu hinterlassen. Für mich sind Sie ein Schmetterling, der hier in Kalifornien neue Futterquellen finden muss, damit er wieder tüchtig flattern kann. Im Moment wissen Sie nur nicht genau, wo Sie suchen sollen, stimmt's?"

Jacques nickte, und er fragte sich, wohin er mit all seiner Neugierde sollte, die wie ein ungestümes Pferd am liebsten losgaloppiert wäre und Mary viele Fragen gestellt hätte.

„Sie haben mich durchschaut", sagte er. „Besser hätte ich es auch nicht auf den Punkt bringen können, liebe Mary. Aber wer sind Sie? Und woher haben Sie diese Fähigkeit, anderen in die Seele zu schauen? Ich wüsste so gern, mit wem ich gerade so eine schöne Zeit verbringe."

Die Antwort ließ nicht lange auf sich warten. Doch als Mary ihm die Eckdaten ihres Lebens präsentierte – 1947 in Köln geboren, Studium der Psychologie in Mainz und Stanford, Ausbildung zur Psychologischen Psychotherapeutin, eigene Praxis in Köln, dann der Liebe wegen Umzug in die USA, Ausbildung zur Immobilienmaklerin, Aufbau eines eigenen Unternehmens mit ihrem inzwischen verstorbenem Mann in Palm Springs, Verkaufstrainerin für Immobilienmakler, 2012 Verkauf des Unternehmens –, ging eine Traurigkeit von ihr aus, die ihn überraschte.

„Sie erzählen das alles, als ob Sie einen Wikipedia-Artikel über eine fremde Person vorlesen würden. Das erstaunt mich sehr. Ihr Licht fängt an zu flackern, wenn Sie so sprechen. Dabei haben Sie doch etwas zu erzählen. Es gibt bestimmt viel mehr als dieses dürre Gerüst aus Fakten und Lebensabschnitten, das sie gerade schnell errichtet haben."

Mary setzte ihre Sonnenbrille auf und ließ den Hund von ihrem Schoß auf den Boden hüpfen. Sie lächelte, doch ihre Lippen waren fest aufeinandergepresst. Kurz darauf kramte sie in ihrer Handtasche nach einem Taschentuch und wischte eine Träne fort, die über ihre Wange lief. Das Fellbündel auf dem Boden schaute Jacques traurig an und legte den Kopf auf Marys Schuh.

„Bitte schenken Sie mir einen Blick aus ihren wunderschönen Augen", sagte Jacques und fügte hinzu: „Das soll jetzt keine Schmeichelei sein, ich beschreibe nur, was ich sehe."

Mary nahm die Sonnenbrille ab und sah ihn an.

„Sie haben da eben einen wunden Punkt bei mir berührt, deshalb habe ich kurz die Fassung verloren."

Dann erzählte sie ihm von ihren vier Kindern, zwei stammen aus ihrer ersten Ehe in Deutschland und zwei kamen in den USA zur Welt. Zu allen habe sie ein gutes Verhältnis, für die Älteren sei es allerdings schwierig gewesen, in Amerika Fuß zu fassen. Alle vier hätten ihren Weg im Leben gemacht, beruflich und privat, nur eines hätten sie nicht – Zeit, um ihrer Mutter zuzuhören.

„Ich bin alt und eines Tages werde ich nicht mehr da sein. Sie werden an meinem Grab stehen, und es wird so vieles geben, was ich ihnen noch gern aus meinem Leben erzählt hätte, aber es ist nie dazu gekommen. Weil sie einfach keine Zeit haben. Sie sind mitten in der Rush Hour des Lebens, arbeiten fast rund um die Uhr, haben selbst Kinder, und wenn wir telefonieren, reden wir immer über das, was gerade bei ihnen passiert. Aber ich möchte ihnen so gern auch meine Geschichte mit auf den Weg geben, damit sie wissen, wer ihre Mutter wirklich war und warum sie ihre Kinder nur in einer bestimmten Art und Weise prägen konnte. Ich wünsche mir so sehr, dass sie mich verstehen."

Jacques hörte aufmerksam zu. Er beobachtete eine Gruppe von Kindern, die mit herzförmigen roten Helium-Ballons in der Hand die Straße hinuntergingen. Auf allen Ballons stand in goldener Schrift das heutige Datum und „Happy Birthday, Jane!". Ein kleines Mädchen trug eine durchsichtige Plastiktüte, in der einige aufwendig verpackte Geschenke zu sehen waren. Zwei Erwachsene lenkten die kleine Gruppe in Richtung einer Pizzeria. Jacques musste sofort an die Geschenke denken, die er oft bekommen hatte, wenn er besondere Erlebnisse mit anderen geteilt hatte. Früher war es der Kindergeburtstag gewesen, bei dem jedes Kind eine Tüte mit Süßigkeiten mit nach Hause nehmen durfte, und auch bei Hochzeiten gab es oft ein Geschenk für die Gäste als Andenken an den schönen Tag.

Doch was gab es bei Beerdigungen? Manche Hinterbliebenen ließen kleine Zettel mit den Lebensdaten des Verstorbenen und einigen poetischen Zeilen drucken, die ihm wichtig gewesen waren. Er hatte sich immer gefragt, was er damit anfangen sollte, und meist waren sie dann in irgendeiner Schublade verschwunden, auch wenn er die Person sehr gemocht hatte. Ihm kam eine Idee: Wie wäre es, wenn jeder statt dessen die Memoiren lesen könnte, die der geliebte Mensch zu Lebzeiten verfasst hatte?

„Liebe Mary, warum schreiben Sie Ihr Leben nicht einfach auf und schenken es ihren Kindern?", fragte er. Bestimmt griffen auch sie gern zu einem Buch, um sich zu entspannen, ihren Horizont zu erweitern oder etwas Neues zu lernen. Und was konnte spannender sein als die eigene Familiengeschichte in Romanform?

Mary atmete tief durch und seufzte: „Das kann ich nicht. Ich habe weiß Gott viele Fähigkeiten, aber so zu schreiben, dass es andere fesselt, das traue ich mir nicht zu."

„Dann sind wir ein Dream-Team", erwiderte Jacques. „Sie liefern mir den Stoff und ich webe daraus eine Geschichte mit einer ordentlichen Struktur, einem schönen Muster und leuchtenden Farben. Sie werden sehen, das wird keine löchrige Fußmatte, sondern ein prächtiger Teppich, wie er im Oval Office des Präsidenten liegt."

Zu seiner eigenen Überraschung fügte er noch hinzu: „Ich bin Journalist, ich kann das!"

Mary richtete sich in ihrem Stuhl auf und sah ihn an.

Dann fasste sie ihn an den Schultern und sagte: „Sie schickt der Himmel! Genau das habe ich mir gewünscht: einen Menschen aus Deutschland, der mich und meine Heimat dort und hier versteht, der in beiden Welten zu Hause ist und dem ich mein Herz öffne, damit er alles aufschreiben kann, was ich im Lauf der Jahre erlebt und gelernt habe."

Bei diesen Worten ließ Jacques alle Zurückhaltung fallen und umarmte sie kurz, aber heftig. Mary roch nach Maiglöckchen und er sog diesen Duft ein, der ihn an den Frühling in Koblenz erinnerte. Etwas Neues hatte soeben begonnen, das spürte er, und er war bereit, sich darauf einzulassen. Die Lücke, die er angstvoll als Leerstelle in seinem Leben hier empfunden hatte, war nur ein Platzhalter für diese Idee gewesen. Ein Geschichtenerzähler würde er sein, der Menschen glücklich machte, indem er ihr Leben aufschrieb und es so für die Nachwelt bewahrte. „Yeah, his story or her story, however you call it, it will always be history and you will save it from being forgotten, from getting lost. What a great job!" meldete sich sein amerikanisches Ich zu Wort.

Jacques' Umarmung wirkte auf Mary, als sei sie einer stürmischen Windböe begegnet. Erst als sie ihre Kostümjacke wieder glattgezogen und den Sitz ihres Hutes in einem Taschenspiegel überprüft hatte, sagte sie zu ihm: „Hier ist meine Visitenkarte. Kommen Sie bitte morgen um elf vorbei. Ich freue mich auf die Zusammenarbeit mit Ihnen. Und für gute Arbeit gibt es bei mir auch gutes Geld. Jetzt muss ich aber dringend weiter.

Der Hund wird ja schon ganz unruhig. Auf Wiedersehen Jacques, bis morgen."

Sie winkte den Kellner heran und bezahlte, obwohl Jacques damit nicht einverstanden war.

„Sie können ja das Trinkgeld aufstocken", sagte sie, gab ihm die Hand und streifte ihre weißen Spitzenhandschuhe über.

Auf ihrem Gesicht lag ein ganz und gar gelöstes, freies Lächeln. Jacques war aufgestanden und sah ihr nach. In ihrem fliederfarbenen Kostüm wirkte sie inmitten all der Flip-Flops, Shorts und T-Shirts tragenden Kalifornier wie von einem anderen Stern. Doch als sie sich noch einmal umdrehte, die Sonnenbrille hochschob und ihm einen letzten Blick schenkte, war er überzeugt davon, dass er diese Begegnung nicht geträumt hatte.

Am Samstagnachmittag war es so weit: Eva war bereit, ihrem Bruder zu schreiben. „Was meinst Du dazu?" – diese Frage hatte sie seit Freitagabend begleitet, aber sie hatte sich nicht dem Druck ausgesetzt, sofort antworten zu müssen. Schnellschüsse waren ihr zuwider. Es reichte ihr völlig, dass sie im Rathaus innerhalb weniger Sekunden reagieren musste, wenn etwas aus dem Ruder lief: Wenn ein Gast in letzter Minute nicht zu einem Festessen erschien und die ganze Tischordnung neu konzipiert werden musste, wenn der Catering-Service zu spät eintraf, weil er im Stau gesteckt hatte, oder wenn der Oberbürgermeister der Protokoll-Abteilung zwei Stunden vor einem offiziellen Termin mitteilte, dass ihn jemand aus dringendem Anlass vertreten müsse, und ein Wettlauf gegen die Uhr begann. Dann bemühte sie sich mit ihren Kolleginnen nach besten Kräften, die Situation zu regeln – Schnelligkeit war hier der entscheidende Faktor –, damit niemandem auffiel, dass eigentlich nicht alles nach Plan lief.

Umso mehr genoss sie es, dass sie sich privat das Privileg gönnen konnte, Dinge in Ruhe zu durchdenken und vor allem zu erfühlen, was die richtige Lösung sein konnte. In der Grundschule hatte eine Französischlehrerin ihr ins Poesie-Album geschrieben: „Man sieht nur mit dem Herzen gut. Das Wesentliche ist für die Augen unsichtbar." Als Elfjährige hatte sie diesen Satz aus Antoines de Saint-Exupérys „Der kleine Prinz" noch nicht verstanden. Inzwischen aber, viele Jahre später, wusste sie, dass er eine Wahrheit enthielt, die sie nur unter einer bestimmten Voraussetzung entdecken konnte: Sie brauchte Ruhe, um auch mit dem Herzen sehen zu können.

Nachdem sie alle Einkäufe erledigt hatte, setzte sie sich im Wohnzimmer aufs Sofa und schaute einfach nur den Wolken zu. Die Schalen auf dem Küchentisch waren mit Orangen, Äpfeln und Bananen gefüllt, Gurken, Feldsalat und Pfefferminze sorgten im Kühlschrank für grüne Farbtupfer. Das war der schönste Moment am Wochenende – die Trägheit des Samstagnachmittages, wenn alle Pflichten hinter ihr und mehr als zweitausend Minuten vor ihr lagen, die nur ihr gehörten, bis am Montag um halb sieben wieder der Wecker klingelte. Sie öffnete ihren Laptop und begann zu tippen:

Lieber Jacques,

über Deinen Brief habe ich mich sehr gefreut, ebenso wie über jede einzelne Nachricht und jedes Bild, das Du mir geschickt hast. Schön sieht es in Palm Springs aus, und besonders die Palmen haben es mir angetan. In einem Deko-Laden in der Düsseldorfer Altstadt fand ich zwei von ihnen: Die zarten Palmwedel sind aus grünem Plastik, mit einem ganz schmalen, braunen Stamm. Die beiden Bäumchen sind nicht höher als mein Zeigefinger. Aber sie haben mich an Dich erinnert, und deshalb musste ich sie unbedingt mit nach Hause nehmen, wo ich sie auf die Fensterbank in meinem Wohnzimmer gestellt habe.

Nicht nur, wenn ich die beiden ansehe, muss ich an Dich denken, sondern auch sonst auf Schritt und Tritt. Wenn ich die Königsallee hinuntergehe und an Deiner früheren Redaktion vorbeikomme, wenn ich mir bei Latif etwas zu essen hole und mit nach Hause nehme, weil ich dort nicht ohne Dich sein mag, wenn ich bei Mama zu Besuch bin und sie mich fragt, ob es etwas Neues von Dir gibt. Ich vermisse Dich, und jetzt frage ich mich, ob es verantwortungslos von mir ist, Dich damit zu belasten, wo Du doch gerade selbst in einer schwierigen Situation steckst. Doch sieh meine Sehnsucht nach Dir einfach als Ausdruck meiner Liebe; nur deshalb vermisse ich Dich so sehr.

„Was meinst Du dazu?" Das hast Du mich am Ende Deines Briefes gefragt. Es gibt Menschen, die sagen, Ratschläge seien auch eine Form von Schlägen. Doch meine nachfolgenden

Ratschläge für Dich sind keine Hiebe, mit denen ich Dich in eine bestimmte Richtung drängen möchte. Sondern stell' Dir einfach vor, ich würde ein paar Schilder aufstellen, auf denen Ziele stehen, die Dir jetzt vielleicht noch unbekannt sind und für Dich zurzeit in weiter Ferne zu liegen scheinen. Zunächst glaube ich, dass Du ein wenig mehr Geduld mit Dir selbst haben solltest. Seit acht Wochen lebst Du in Palm Springs: Dieser Zeitraum ist zu kurz, um sich dort heimisch fühlen zu können. Während Amy bei Dir war, hast Du dies nicht gespürt, weil sie für Dich wie ein Anker in diesem fremden Meer war und auch wieder sein wird. Jetzt ist sie für kurze Zeit verschwunden und Du fühlst Dich verloren und orientierungslos. Ich frage Dich: Ist das nicht vorhersehbar und normal?

Gleichzeitig sehe ich in dieser Krise auch eine Chance. Fragen werden nun aufgeworfen, denen Du Dich ohnehin früher oder später hättest stellen müssen. Stell Dir vor, Du wärst ein Segler auf dem offenen Meer und hättest eine Seekarte vor Dir, auf der Tausende von ganz unterschiedlichen Inseln eingezeichnet sind. Wie würdest Du entscheiden, welche das beste Ziel für Dich ist? Sicher würdest Du Dich erst einmal fragen, wer Du bist und wie Deine Bedürfnisse aussehen. Bist Du ein Hallodri, der in zwielichtigen Kneipen das Bier in Strömen fließen lassen will? Möchtest Du auf eine Insel, auf der Du ein Hotel eröffnen könntest? Träumst Du davon, in einem großen Hafen Handel zu treiben und ein reicher Kaufmann zu werden? Auf welcher Basis könntest Du solche Fragen beantworten? Deine Vergangenheit wäre dabei sicher ein ausschlaggebender Faktor, aber auch Deine Wünsche für die Zukunft. Was hat Dir Freude gemacht? Was willst Du auf keinen Fall mehr?

Als Du nach Palm Springs aufgebrochen bist, habe ich mich gefragt, was jetzt wohl aus Deiner Leidenschaft für das Schreiben wird. Es hat Dir immer Freude bereitet, und aus meiner Sicht ist es ein Teil von Dir. Deine Neugier auf das Leben, Dein Interesse an anderen Menschen, Dein Mitgefühl für sie, Dein Staunen über die verschlungenen Wege, die das Glück sich bahnt, um am Ort seiner Bestimmung anzukommen – all das ist für mich immer zusammengeflossen, wenn Du geschrieben hast. Als würden viele Bäche in einen großen Strom münden, der ins Meer fließt und sich wieder mit allem vereint. Jetzt fühlst Du Dich wie ein Fisch auf dem Trockenen, weil all' das verschwunden ist.

Doch es liegt an Dir, wieder in das Element einzutauchen, in dem Du Dich jahrelang so wohl gefühlt hast. Ich weiß, dass der Alltag in der Redaktion, abgesehen von der Zusammenarbeit mit Martin, keine Freude mehr für Dich war. Das ist nun vorbei und diesen Befreiungsschlag hast Du mutig aus eigener Kraft herbeigeführt. Wie wäre es, wenn Du ein Buch schreiben würdest?

Mein lieber Bruder, in Dir steckt alles, was Du brauchst, um neue Ufer anzusteuern, an denen Du Dein Glück finden kannst. Nimm Deine Begabung als Kompass. Ich bin mir sicher, dass Du dann das richtige Ziel ansteuern wirst. Wie das in einem fremden Land funktionieren könnte, da bin ich mir selbst unsicher. Gibt es nicht auch Schriftsteller, die nicht in ihrer Muttersprache schreiben und damit erfolgreich sind? Oder Du lässt Dein Buch einfach ins Englische übersetzen. Oder Du schreibst in den USA und veröffentlichst in Deutschland. Oder, oder, oder – es gibt so viele Möglichkeiten. Gestern habe ich etwas Schönes gelesen: Wer nicht will, findet Gründe. Wer will, findet

Wege. Und ich bin mir sicher, dass Du einen Weg finden wirst, auch in Palm Springs wieder an das Schreiben anzuknüpfen. Außerdem bist Du in einer privilegierten Position, weil Du bei Amy nicht den Ernährer spielen musst und sie Dir ein freies, finanziell sorgloses Leben ermöglichen kann. Was willst Du mehr? Leg endlich los! Ich kann es kaum erwarten, Deinen ersten Roman in meinen Händen zu halten.

Fest steht für mich grundsätzlich: Du brauchst etwas Eigenes, losgelöst von Amy, etwas, das wachsen und gedeihen kann. Unser Leben erscheint mir immer dann sinnvoll, wenn wir eine positive Entwicklung vorantreiben können. Das mache ich im Rathaus, indem ich Menschen zusammenbringe und einen würdevollen Rahmen für Begegnungen schaffe. Diese Aufgabe erfüllt mich, wie Du weißt. Welche positive Entwicklung könntest Du fördern? Stell Dir vor, Millionen von Menschen würden Deinen Roman lesen und gestärkt daraus hervorgehen, sich mit mehr Mut und Zuversicht jeden Tag aufs Neue dem Leben stellen. Ich weiß, dass Dich das glücklich machen würde, nur hast Du Dich nie getraut, ein solches Projekt in Angriff zu nehmen. Vielleicht ist jetzt der richtige Zeitpunkt dafür gekommen. Mein Eindruck ist: Nie standen die Sterne dafür so günstig.

Was auch immer Du tust und selbst wenn Du gar nichts machst, sei immer gewiss: Deine große Schwester glaubt an den Riesen in Dir. Sie liebt Dich, so wie damals, als sie Dich als kleines Bündel zum ersten Mal im Arm halten durfte und Du sofort nach ihrem Finger gegriffen hast.

Fühl Dich ganz fest gedrückt,

herzliche Grüße aus Düsseldorf

Deine Eva

Nachdem Mary das Kaffee verlassen hatte, schaute Jacques ihr noch eine Weile nach, bis sie in der Menge verschwunden war. Inzwischen gingen viel mehr Leute den Bürgersteig entlang, auf der Suche nach einem schönen Ort zum Mittagessen, einer neuen Sonnenbrille oder etwas anderem, das ihnen in ihrem Leben noch fehlte. Zur Feier des Tages bestellte sich Jacques einen Teller Pfannkuchen mit Ahornsirup, dazu einen Obstsalat und einen grünen Tee. Wie damals auf Tahiti, als er das erste Mal in Laurents Restaurant gefrühstückt hatte, ließ er sich jeden Bissen genussvoll auf der Zunge zergehen. Das Leben erschien ihm auf einmal wie ein Fest, auf dem er mit Geschenken überhäuft wurde, von deren Existenz er bis vor Kurzem nicht einmal zu träumen gewagt hatte.

Da war Amy, die Frau, die er liebte und die seine Gefühle erwiderte, das schöne Zuhause, das sie mit ihm teilte, ihre Großzügigkeit in jeder Hinsicht, und ihr grenzenloses Vertrauen in seine Fähigkeit, den richtigen Weg zu finden. Und auch ohne sie fühlte er sich wie ein Gewinner. Er war gesund, Ende dreißig, so viele Jahre lagen noch vor ihm, in denen das Leben wunderbar sein konnte – erfüllend, spannend und voller ungeahnter Möglichkeiten dank seiner Fähigkeiten, an die er so lange keinen Gedanken mehr verschwendet hatte, weil er damit beschäftigt gewesen war, sich erst einmal in seiner neuen

Umgebung zurechtzufinden. Er bezahlte, ließ sein Auto stehen und tauchte in den Strom der Fußgänger ein. In Palm Springs waren selten Menschen zu Fuß unterwegs, meist fuhren sie mit dem Auto von A nach B. Aber in dieser Straße war es anders, denn hier gab es auf Schritt und Tritt Verlockungen, die ihnen im Vorbeifahren entgangen wären. Jacques ließ sich treiben und fühlte sich wie ein Fisch, der endlich seinen Schwarm gefunden hat, mit dem er in immer neuen Formationen an jedem Hindernis vorbeischwimmen kann.

Sein Blick fiel auf ein Schaufenster, in dem Spiegel in vielerlei Größen und mit aufwendigen Verzierungen ausgestellt waren. Sie sahen aus, als hätten sie im Wilden Westen einen Saloon geschmückt, und Jacques stellte sich vor, wie darin Frauen in Korsetts mit überquellenden Dekolletés und bauschigen Röcken unauffällig ihr Make-up kontrolliert hatten. Was hatten diese Spiegel gesehen, welche Geschichten würden sie erzählen, wenn sie sprechen könnten? Sie erinnerten ihn an ein Kunstwerk mitten in der Wüste, von dem Amy ihm ganz begeistert erzählt hatte. „The Circle of Land and Sky" hieß es, das wusste er noch. Als er sich im Internet auf die Suche danach begab, wurden ihm gleich der Künstler, Phillip K. Smith III, und der Standort angezeigt. Sofort ging er zum Auto zurück und machte sich auf den Weg dorthin.

Wieder fühlte er sich an diesem Tag wie ferngesteuert, als er den Anweisungen der Stimme seines Navis folgte. Er genoss es, sich in den Strom der anderen Fahrzeuge einzufügen, die an diesem frühen Samstagnachmittag ohne Eile unterwegs waren. Hier gab es keine gewagten Überholmanöver wie in Deutschland, niemand musste schneller sein als der Vordermann, alle hielten sich an die Geschwindigkeitsbeschränkung von fünfundsechzig Meilen. Einen Gegensatz zu diesem braven Fahrverhalten der Amerikaner bildete die Art und Weise, wie sie ihre Wagen benutzten. Auf der Ladefläche eines Pickups saßen Männer in Arbeitskleidung und blickten Jacques an, als der Fahrer an ihm vorbeizog. In Deutschland wäre das undenkbar, dachte er. Menschen, die nicht angeschnallt waren, und völlig ungesichert unter freiem Himmel über die Autobahn fuhren – das war völlig ausgeschlossen. Da war sie wieder, diese Sorglosigkeit, dieses Vertrauen, alles werde schon gutgehen, wie er es heute Morgen auch vom Café aus beobachtet hatte.

Aus einem blauen Straßenkreuzer war eine Frau mit Brille und langen, strähnigen Haaren, die ihr rundes Gesicht einrahmten, ausgestiegen und hatte sich mit ihrem Mann vor den Kofferraum gestellt. Die beiden hatten die Passanten angelächelt und ein Pappschild hochgehalten, auf dem mit Filzstift „God will give us fuel" geschrieben stand. Und tatsächlich hatte nach etwa einer halben Stunde ein Passant die beiden angesprochen und ihnen einen Geldschein in die Hand gedrückt, worauf hin sie ihre Fahrt fortgesetzt hatten. Jacques musste lächeln, als er daran dachte, und er wünschte sich, dieses Gottvertrauen möge auf ihn abfärben, schon allein dadurch, dass sich solche

Menschen in seiner Nähe aufhielten und seinen Weg kreuzten.

„Sie haben ihr Ziel erreicht", sagte die Navi-Stimme voller Überzeugung, und dreißig Meter weiter vorn konnte er das Kunstwerk schon sehen. In einem riesigen U standen mannshohe, schmale Stelen, die rundum verspiegelt waren. Weit und breit war niemand zu sehen, nur das entfernte Rauschen der Autos erinnerte Jacques daran, dass die Zivilisation in unmittelbarer Nähe war, auch wenn er sich wie in einem Science-Fiction-Film vorkam. Als hätten Außerirdische diesen Ort zum Landeplatz für ihr Raumschiff auserkoren und ihn mit der Skulptur als solchen markiert. Jacques stellte sein Auto ab und ging über den staubigen Wüstenboden auf das geheimnisvolle U zu. Wie ein Blitz tauchte in seinem Bewusstsein die Vorstellung auf, er könnte unbemerkt auf eine Schlange treten, die unter einem Stein plötzlich hervorschnellen und ihre Giftzähne in seinem Fuß versenken könnte. Seine Slipper waren auch nicht die richtigen Schuhe für diese kurze Wüstenwanderung, so schimpfte er mit sich selbst. Er versuchte das mulmige Gefühl zu verscheuchen, indem er aufmerksam auf den Boden blickte und sich sagte, damit habe er die Situation im Griff.

Als er vor dem „Circle of Land and Sky" stand, war er überwältigt. So oft hatte er schon die Weite des Raumes in der Wüste bewundert, die bizarren Formen der Bäume, deren dicke Äste den weit gespreizten Fingern einer Hand glichen, die Wolken, die wie zerrupfte weiße

Baumwollknäuel über den Himmel wanderten und sich von einem Moment auf den anderen grau und sogar schwarz verfärben konnten, als würden sie mit der Asche eines Feuers bestäubt, das im Verborgenen brannte, dessen starke Hitze die Menschen in der Wüste aber fühlten. Die vielen Spiegel potenzierten die Wirkung der Landschaft ins Unendliche.

Noch nie hatte Jacques die Kraft der Natur so stark gespürt, ihre Schönheit so deutlich wahrgenommen. Er lief in die Mitte des Halbkreises, breitete die Arme aus und nahm alles in sich auf. Ihm war, als würde ein Schlüssel endlich ins richtige Schloss geführt und eine Tür in seinem Innern würde sich weit öffnen. Als Amy damals mit ihm auf Tahiti in den Meeresarm gesprungen war, hatten sie gemeinsam begonnen, diesen Schlüssel zu schmieden. Übermütig drehte er sich im Kreis, bis ihm schwindlig wurde. Er ließ sich auf den Boden fallen und schüttelte sich vor Lachen, als er an seine Angst vor Schlangen dachte. Danach stützte er sich auf die Ellenbogen, um jede einzelne Stele in den Blick zu nehmen und das Wunder der Natur zu erfassen, dessen Zeuge er hier sein durfte. Alles war seit Urzeiten da, nur hatte er dieses Großartige nicht sehen können, weil ein Schleier vor seinen Augen es verhüllt hatte. In diesem Moment brach die Sonne durch die Wolken und ihre Strahlen trafen mitten auf eine der verspiegelten Stelen. Jacques richtete sich auf und lief um das U herum wie ein ausgelassenes Kind. Dann stellte er sich in die Mitte und verneigte sich. Hätte ihn jemand gefragt: "Was machst du da?", er hätte es nicht mit Worten erklären können. Es fühlte sich gut an, sich zu verbeugen, in Demut, Dankbarkeit und unendlicher Freude darüber, ein Teil dieses Ganzen zu sein.

Wie berauscht fuhr er nach Hause und als er ausstieg, erschien es ihm wie ein Zeichen, das Amys Haus die gleiche U-Form hatte wie der „Circle of Land and Sky", der ihn in so ungeahnte Höhen katapultiert hatte. Es gab so vieles zu tun, und wie nie zuvor fühlte er sich bereit dafür. Sofort schaltete er seinen Laptop an und notierte sich Fragen zu seiner Aufgabe als Marys Ghostwriter: Wollte sie ihr Leben chronologisch erzählen? Oder sollte es thematische Einheiten geben? Wie wäre es, nur Schlüsselsituationen zu beschreiben? Wie viel Fiktion war beim Schreiben erlaubt? Sollte die Geschichte in Ich-Form erzählt werden oder in der dritten Person?

Schon immer hatte er davon geträumt, ein Buch zu schreiben, aber nie hatte er es sich zugetraut. Als hätte er vorgehabt, einen Berg zu besteigen, es aber nicht getan, weil er glaubte, die Luft dort oben sei zu dünn. Mit Mary war dieses Abenteuer nun möglich, weil er dabei nicht auf sich allein gestellt war.

Dann entdeckte er Evas E-Mail. Ihre Worte berührten ihn, so warmherzig und liebevoll hatte seine Schwester ihm geschrieben. Sie zeigte mit dem Finger in die Richtung, die er nun einschlagen wollte, und jetzt gab es für ihn keinen Zweifel mehr, dass er auf dem richtigen Weg war. Es kam ihm vor, als habe er in Deutschland die Tür einer Scheune hinter sich zugeworfen und hier in den

USA den Schlüssel zum Tor eines Palastes erhalten, das er nur noch kraftvoll aufstoßen musste, um eine Wunderwelt in Besitz zu nehmen, auf die er früher bloß durchs Schlüsselloch einen Blick geworfen hatte.

Printed in Poland
by Amazon Fulfillment
Poland Sp. z o.o., Wrocław

25225659R00158